T0247171

BESTSELLER

Ali Land, después de graduarse de la universidad con una licenciatura enfocada en salud mental, pasó una década trabajando como enfermera psiquiátrica para niños y adolescentes en hospitales y escuelas de Reino Unido y Australia. Actualmente es escritora de tiempo completo y vive en Londres. *Niña buena, niña mala* es su primera novela.

ALI LAND

NIÑA BUENA, NIÑA MALA

Traducción de
Aridela Trejo

DEBOLS!LLO

El papel utilizado para la impresión de este libro ha sido fabricado a partir de madera
procedente de bosques y plantaciones gestionadas con los más altos estándares ambientales,
garantizando una explotación de los recursos sostenible con el medio ambiente y beneficiosa para las personas.

Niña buena, niña mala
Perdónenme

Título original: *Good Me, Bad Me*

Primera edición en Debolsillo: agosto, 2024

D. R. © 2017, Bo Dreams Ltd
Publicado por acuerdo con Michael Joseph, un sello de Penguin Random House

D. R. © 2024, derechos de edición para América Latina y Estados Unidos en lengua castellana:
Penguin Random House Grupo Editorial, S. A. de C. V.
Blvd. Miguel de Cervantes Saavedra núm. 301, 1er piso,
colonia Granada, alcaldía Miguel Hidalgo, C. P. 11520,
Ciudad de México

penguinlibros.com

Diseño de portada: © Superfantastic, adaptación del diseño original
Imagen de portada: © iStock
D. R. © Aridela Trejo, por la traducción

ISBN: 978-607-384-430-7

Impreso en México – *Printed in Mexico*

A todas las enfermeras del sector psiquiátrico.
Las verdaderas estrellas de rock.
Este libro es para ustedes.

"Pero los corazones de los niños pequeños
son órganos delicados.
Un comienzo cruel en este mundo puede
deformarlos de maneras extrañas."

Carson McCullers, 1917-1967

¿Alguna vez has soñado con un lugar muy, muy lejano? Yo sí.

Un campo cubierto de amapolas.

Diminutos bailarines rojos valsando con alegría.

Apuntando sus pétalos a un sendero que desemboca en una costa, limpia, intacta.

Floto de espaldas, un océano turquesa. Cielo azul.

Nada. Nadie.

Ansío escuchar las palabras: "Nunca dejaré que te pase nada". O: "No fue su culpa, era tan sólo una niña".

Sí, es el tipo de sueños que tengo.

No sé qué va a pasarme. Tengo miedo. Diferente. No tuve opción.

Prometo esto.

Prometo ser lo mejor que pueda ser.

Prometo intentarlo.

Sube ocho. Después otros cuatro.
La puerta a la derecha.

El patio de juegos.
Así les decía ella.
En donde los juegos eran maléficos y sólo había un ganador.
Cuando no era mi turno, ella me obligaba a ver.
Un agujero en la pared.
Después me preguntaba: ¿Qué viste, Annie?
¿Qué viste?

I

Discúlpame cuando te diga que fui yo.

Fui yo quien confesó.

El detective. Un hombre amable de vientre abultado y redondo. Al principio incredulidad. Después, el overol manchado que saqué de mi bolsa. Diminuto.

El oso de peluche, el frente salpicado de rojo por la sangre. Pude haber llevado más, hay tantos de dónde elegir. Ella nunca supo que los conservé.

Se movió en su silla; el detective. Se sentó erguido, con todo y su barriga.

Noté un ligero temblor en su mano cuando la estiró para tomar el teléfono. Ven, dijo. Tienes que escuchar esto. La espera fue silenciosa hasta que llegó su superior. Soportable para mí. Para él no tanto. Un centenar de preguntas le taladraban la cabeza. ¿Ella está diciendo la verdad? No puede ser. ¿Tantos? ¿Muertos? No lo creo.

Volví a contar la historia. Y otra vez. La misma historia. Observaron distintos rostros, escucharon distintos oídos. Les dije todo.

Bueno.

Casi todo.

La videograbadora estaba prendida; cuando terminé de declarar, en la habitación sólo se escuchaba un zumbido débil.

Es probable que tengas que presentarte en la corte, lo sabes, ¿verdad? Eres la única testigo, dijo uno de los detectives. Otro preguntó, ¿crees que sea seguro que la mandemos a casa? Si lo que dice es cierto. El inspector general respondió, reuniremos a un equipo en cuestión de horas, después volteó a verme y aseguró, no te pasará nada. Ya me ha pasado, quise responder.

Después todo transcurrió muy rápido, así tenía que ser. Me dejaron en la entrada de la escuela, en un coche particular, a tiempo para la salida. A tiempo para que ella pasara por mí. Me estaría esperando con sus exigencias, ahora más apremiantes que nunca. Dos en los seis meses pasados. Dos niños pequeños. Muertos.

Compórtate con naturalidad, me dijeron. Vete a casa. Iremos por ella. Esta noche.

La marcha lenta del reloj encima de mi ropero. *Tic. Toc. Tic.* Y cumplieron. Llegaron. En la madrugada, la sorpresa a su favor. Fuera, un crujido casi imperceptible en la grava. Para cuando forzaron la puerta, yo ya había bajado.

Gritos. Un hombre alto y delgado vestido de civil, a diferencia de los demás. Una serie de órdenes cortaron el aire rancio de nuestra sala. Tú, arriba. Tú, allá. Ustedes dos, al sótano. Tú. Tú. Tú.

Una oleada de uniformes azules se repartieron por nuestra casa. Armas empuñadas en ademán de rezo, pegadas a sus pechos. En la cara tenían grabados la emoción de la búsqueda y el horror de la verdad por igual.

Y luego tú.

Te sacaron a rastras de tu cuarto. Dormías, tenías una marca roja en la mejilla, tus ojos confusos por el cambio del descanso al arresto. No dijiste nada. Incluso cuando azotaron tu cara en la alfombra y leyeron tus derechos recargando sus rodillas y codos en tu espalda. Se te subió el camisón por los muslos. No llevabas ropa interior. Qué humillación.

Volteaste la cabeza a un lado. Me miraste. Nunca desviaste la mirada, la leí con facilidad. A ellos no les dijiste nada, en cambio a mí, todo. Asentí.

Pero cuando nadie estaba viendo.

2

Nombre nuevo. Familia nueva.

    Una nueva.

    Versión.

    De mí.

Mike, mi papá adoptivo, es psicólogo, se especializa en los traumas, igual que su hija Phoebe, aunque ella los causa, no los trata. Saskia, la madre. Creo que ella intenta hacerme sentir como en casa, aunque no sé, es muy diferente a ti, Mami. Delgada y ausente.

    Afortunada; el equipo en el centro me dijo mientras esperaba la llegada de Mike. Los Newmonts son una familia fantástica y viven en Wetherbridge. Guau. Guau. GUAU. Sí, entiendo. Debería sentirme afortunada, pero en el fondo tengo miedo. Tengo miedo de descubrir quién y qué podría ser yo.

    También tengo miedo de que ellos lo descubran.

    Hoy hace una semana, Mike fue por mí, hacia el final de las vacaciones de verano. Yo llevaba el pelo bien cepillado, recogido con una diadema. Practiqué cómo hablar, si debía sentarme o esperar de pie. Cada minuto que transcurría, cuando las voces que escuchaba no eran las suyas sino las de las enfermeras que bromeaban entre ellas, me convencí de que él y su familia se habían arrepentido. Habían entrado en razón.

Me quedé paralizada en mi lugar, esperaba que me dijeran, lo siento, no irás a ningún lado.

Pero llegó. Me saludó con una sonrisa, un apretón de manos firme, no formal, agradable, qué gusto saber que no le daba miedo hacer contacto. Correr el riesgo de contaminarse. Recuerdo que notó que no tenía pertenencias, sólo una maleta pequeña. Dentro, un par de libros, algo de ropa y otras cosas ocultas, recuerdos tuyos. De las dos. El resto se había convertido en evidencia cuando saquearon nuestra casa. No pasa nada, dijo él, organizaremos un viaje para hacer algunas compras. Saskia y Phoebe están en casa, añadió, cenaremos todos juntos, será una bienvenida de verdad.

Nos reunimos con el jefe del centro. Poco a poco, poco a poco, dijo, tómate un día a la vez. Quería decirle que le temo a las noches.

Intercambiamos sonrisas. Apretones de mano. Mike firmó en la línea, volteó a verme y dijo, ¿lista?

La verdad no.

Pero me fui con él de todas formas.

El trayecto a casa en coche fue corto, menos de una hora. Todas las calles y edificios eran nuevos para mí. Todavía había luz cuando llegamos, una casa grande con pilares blancos en la fachada. ¿Todo bien? Preguntó Mike. Asentí, aunque no me sentía bien. Esperé a que abriera la puerta principal, el corazón se me subió a la garganta cuando me di cuenta de que no estaba cerrada con llave. Entramos como si nada, podría haber sido cualquier otra persona. Llamó a su esposa, ya nos conocíamos, nos habíamos visto un par de veces. Sas, anunció, ya llegamos. Ya voy, fue la respuesta. Hola Milly, bienvenida, dijo. Sonreí, eso creí que debía hacer. Rosie, su terrier, también me saludó, me brincó en las piernas, estornudó de alegría cuando le acaricié las orejas. ¿Y Phoebs? Preguntó Mike. Viene en camino de casa de Clondine, respondió Saskia. Perfecto, entonces cenamos en una media hora, dijo. Le sugirió a Saskia que me mostrara mi habitación, recuerdo que la miró y asintió como para animarla. A ella, no a mí.

La seguí a la planta alta, intenté no contar. Casa nueva. La nueva yo.

En el tercer piso sólo están Phoebe y tú, nosotros estamos en el segundo, me explicó Saskia. Te dejamos el cuarto del fondo, tiene balcón y una vista muy agradable al jardín.

Lo primero que vi fueron los girasoles amarillos. De color brillante. Sonrisas en un florero. Le agradecí, le conté que los girasoles eran de mis flores favoritas, parecía satisfecha. Ten la confianza de explorar, hay ropa en el clóset, por supuesto te compraremos más, a tu gusto. Me preguntó si necesitaba algo, respondí que no y se fue.

Dejé mi maleta en el piso, caminé a la puerta del balcón, comprobé si estaba cerrada con llave. Estaba segura. El armario a mi derecha era de pino, antiguo y alto. No lo abrí, no quería pensar en ponerme y quitarme la ropa. Al voltear, vi cajones debajo de la cama, los abrí, pasé las manos por el fondo y los lados, no había nada. De momento estaba segura. Un baño privado, grande, toda la pared derecha cubierta con un espejo. Eludí mi reflejo, no quería recordar. Verifiqué si el seguro en la puerta del baño funcionaba y que no se pudiera abrir desde fuera, después me senté en la cama e intenté no pensar en ti.

Dentro de poco escuché el sonido de pies subiendo las escaleras. Procuré mantenerme tranquila, recordar los ejercicios de respiración que mi psicólogo me había enseñado, pero estaba confundida, así que cuando ella apareció en la puerta me concentré en su frente, fue el único contacto visual que pude lograr. La cena está lista, su voz era como un ronroneo, suave, con un dejo de sarcasmo, tal como la recordaba de cuando nos conocimos con la trabajadora social. No nos pudimos conocer en el centro, no le permitieron saber la verdad ni le dieron oportunidad de preguntar. Recuerdo que me intimidó. Su aspecto: rubia y segura de sí misma, aburrida, obligada a recibir a desconocidos en su casa. Dos veces durante la reunión preguntó cuánto tiempo me quedaría en su casa. Dos veces la callaron.

Papá me pidió que viniera por ti, anunció con los brazos doblados frente al pecho. A la defensiva. En el centro había visto al equipo interpretar el lenguaje corporal de los pacientes, clasificarlo. Observé en silencio, aprendí mucho. Ya pasaron varios días, pero se me quedó grabado lo último que dijo antes de darse la vuelta como una bailarina enojada: Ah, y bienvenida al manicomio.

Seguí el rastro de su aroma, dulce y rosa, hasta la cocina, fantaseando cómo sería tener una hermana. Qué tipo de hermanas seríamos ella y yo. Ella sería Meg y yo sería Jo, mujercitas a nuestra manera. En el centro me dijeron que mi mejor arma era la esperanza, sería lo que me sacaría adelante.

Tontamente les creí.

3

Esa primera noche dormí vestida con mi ropa. La piyama de seda que Saskia había elegido se quedó sin usar, sólo la toqué para quitarla de mi cama. La tela se sintió resbaladiza en mi piel. Ahora puedo dormir mejor, aunque no toda la noche. Desde que te abandoné he mejorado mucho. El equipo del centro me contó que los tres primeros días no dije nada. Me senté en la cama, recargada en la pared. Observando. En silencio. Le llaman shock. Algo mucho peor, quise aclarar. Algo que entraba a mi cuarto cada que yo me permitía dormir. Se deslizaba por el suelo, bajo la puerta, siseaba, aseguraba ser Mami. Aún lo hace.

Cuando no puedo dormir, no cuento borregos, sino los días que faltan para el juicio. Yo en tu contra. Todos en tu contra. A partir del lunes son doce semanas. Ochenta y ocho días y contando. Cuento hacia adelante y hacia atrás. Cuento hasta llorar, y otra vez hasta detenerme, y sé que está mal, pero en algún punto del conteo comienzo a extrañarte. Tendré que esforzarme de aquí a ese día. Hay cosas que tengo que aclarar en mi mente. Hay cosas que tengo que preparar por si me piden que me presente en la corte. Cuando todos te ponen atención, te puedes equivocar.

El papel de Mike en el trabajo pendiente es muy importante. Un tratamiento que esbozaron él y el equipo del centro detallaba una sesión semanal de terapia en las semanas previas al juicio. Es una oportunidad para que yo hable de cualquier preocupación o temor. Ayer sugirió que lo hiciéramos los miércoles, a mitad de la semana. Dije que sí, pero no porque yo quiera, sino porque él quiere, cree que me ayudará.

Mañana entramos a la escuela, todos estamos en la cocina. Phoebe dice gracias a dios, qué ganas de regresar y salir de esta casa. Mike se ríe, Saskia se ve triste. En el transcurso de la semana pasada me di cuenta de que algo anda mal entre ella y Phoebe. Existen casi independientemente la una de la otra. Mike es el traductor, el mediador. A veces Phoebe le llama Saskia, no Má. La primera vez que la escuché, pensé que la castigarían, pero no. No que yo sepa. Tampoco las he visto tocarse y creo que tocarse es una muestra de amor. Aunque no el tipo de contacto que tú experimentaste, Milly. Hay contacto bueno y malo, aclaró el equipo del centro.

Phoebe anuncia que saldrá a encontrarse con una tal Izzy que acaba de volver de Francia. Mike sugiere que me lleve para presentarme. Ella pone los ojos en blanco y dice, ay por favor, no he visto a Iz en todo el verano, la puede conocer mañana. Él insiste, sería agradable que Milly conociera a una de las chicas, llévala a uno de los lugares en donde quedan. Acepta, está bien, aunque eso no me toca.

—Qué amable —dice Saskia.

Mira fijamente a su madre. No deja de mirarla hasta que gana. Saskia desvía la mirada con las mejillas rosadas.

—Sólo dije que me pareció que eras muy amable.

—Sí, pues nadie te preguntó, ¿o sí?

Espero el contraataque, una mano o un objeto. Pero nada. Sólo Mike.

—Por favor no le hables así a tu madre.

Cuando salimos de casa hay una chica en traje deportivo sentada en la pared al frente de nuestra entrada para coches, nos mira cuando pasamos. Phoebe le dice, lárgate, pendeja, busca otra pared para sentarte. La chica responde con el dedo del medio.

—¿Quién era? —pregunto.

—Alguna zorra de esos multifamiliares.

Mira las torres del lado izquierdo de nuestra calle y asiente.

—Por cierto, no te acostumbres a esto. Cuando entremos a la escuela voy a hacer mis cosas.

—Ok.

—Ese terreno pasa por nuestro jardín, no hay mucho ahí, algunos garajes y cosas así, es el camino más rápido para llegar a la escuela.

—¿A qué hora sales en la mañana?

—Depende, casi siempre quedo con Iz y caminamos juntas. A veces vamos a Starbucks un rato, pero este año es temporada de hockey y soy capitana, así que casi todas las mañanas saldré temprano para hacer ejercicio y eso.

—Si eres capitana debes ser muy buena.

—Supongo. ¿Entonces qué onda contigo? ¿En dónde están tus papás?

Una mano invisible entra al hoyo que se me hace en el estómago, lo aprieta con fuerza y no lo suelta. Otra vez siento la cabeza saturada. Relájate, digo para mí, practiqué estas preguntas con el equipo del centro una y otra vez.

—Mi mamá me abandonó de niña, viví con mi papá pero murió hace poco.

—Mierda, qué putada.

Asiento y no digo más. Me dijeron que menos es más.

—Seguro la semana pasada papá te enseñó algunas de estas cosas, pero donde termina nuestra calle, ahí, hay un atajo para la escuela que pasa por allá.

Señala a la derecha.

—Cruza esa calle, da vuelta a la izquierda en la primera calle y luego a la derecha en la segunda, a partir de ahí son como cinco minutos.

Estoy a punto de darle las gracias pero está distraída, se le dibuja una sonrisa. Sigo su mirada y veo a una chica rubia cruzando la calle hacia nosotras, está lanzando besos exagerados al aire. Phoebe se ríe y la saluda ondeando la mano, es Iz, dice. Sus piernas bronceadas contrastan con los shorts cortados que lleva puestos y, como Phoebe, es bonita. Muy bonita. Las miro mientras se saludan, se abrazan, empiezan a hablar a cien kilómetros por hora. Lanzan preguntas, las responden, sacan sus teléfonos de sus bolsillos, comparan fotos. Se ríen al hablar de chicos y de una chica de nombre Jacinta que según Izzy es un adefesio en bikini, te juro que toda la puta alberca se vació cuando se metió. Este intercambio dura unos minutos, pero con la incomodidad de ser ignorada, parecen horas. Es Izzy quien me mira y luego le dice a Phoebe:

—¿Y ésta quién es? ¿La recién llegada al centro de rescate de Mike?

Phoebe se ríe y responde.

—Se llama Milly. Se está quedando con nosotros un rato.

—Creí que tu papá ya no estaba recibiendo a nadie.

—Equis. Ya sabes que cuando se trata de callejeros, no lo puede evitar.

—¿Vas a ir a Wetherbridge? —Izzy me pregunta.

—Sí.

—¿Eres de Londres?

—No.

—¿Tienes novio?

—No.

—Caray, ¿sólo hablas lengua robótica? Sí. No. No —mueve los brazos y hace un ruido mecánico como el dalek del capítulo de *Doctor Who* que vi en clase de teatro en mi otra escuela. Las dos se mueren de risa y regresan a sus teléfonos. Me gustaría decirles que hablo así, despacio y resuelta, cuando estoy nerviosa y para filtrar el ruido. Ruido blanco que interrumpe tu voz. Incluso ahora, sobre todo ahora, estás aquí, en mi mente. Para ti comportarte con normalidad requería el mínimo esfuerzo para mí, en cambio, una avalancha. Siempre me sorprendió lo mucho que te querían en tu trabajo. Nada de violencia ni exabruptos, tu sonrisa, amable, tu voz, reconfortante. Los tenías en la palma de la mano, aislados. Elegías a las mujeres que sabías que podías convencer, les susurrabas al oído. Seguras. Amadas. Así las hacías sentir, por eso te confiaban a sus hijos.

—A lo mejor me voy a la casa, no me siento muy bien.

—Está bien —contesta Phoebe—, nada más no me metas en problemas con papá.

Izzy levanta la vista con una sonrisa provocadora.

—Nos vemos en la escuela —dice y mientras me alejo la escucho agregar—. Se va a poner bueno.

La chica en el traje deportivo ya no está en la pared. Me detengo para ver los multifamiliares, sigo las torres con la mirada hasta que llegan al cielo, estirando el cuello hacia atrás. En Devon no había torres, sólo casas y campos. Hectáreas de privacidad.

Cuando regreso a la casa, Mike me pregunta en dónde está Phoebe. Le explico lo de Izzy, él sonríe, a modo de disculpa, supongo.

—Han sido amigas toda la vida. Tienes todo el verano para ponerte al corriente. ¿Te gustaría platicar brevemente en mi estudio, repasar algunas cosas antes de que mañana vayas a la escuela?

Digo que sí, últimamente estoy diciendo mucho que sí, es una buena palabra, me puedo ocultar detrás de ella. El estudio de Mike es espacioso, tiene ventanas con vista al jardín.

Un escritorio color caoba, un portarretrato y una lámpara de lectura verde de estilo antiguo, pilas y pilas de libros. Hay una biblioteca, hileras de repisas empotradas llenas de libros, el resto de las paredes está pintado de malva. Se siente estable. Seguro. Mike nota que estoy viendo las repisas, se ríe. Lo sé, lo sé, dice, son demasiados, pero acá entre nos, no creo que se puedan tener demasiados libros.

Asiento, estoy de acuerdo.

—¿En tu escuela tenían una buena biblioteca? —pregunta.

No me gusta la pregunta. No me gusta pensar en aquella vida, en cómo era antes. Pero respondo, me muestro dispuesta.

—La verdad no, pero había una en el pueblo cercano al nuestro, a veces iba ahí.

—Leer es muy terapéutico, avísame si quieres tomar prestado algo. Como puedes ver, tengo muchos.

Guiña el ojo, pero no de una forma que me incomode, señala un sillón, toma asiento. Relájate. Me siento, me doy cuenta de que la puerta del estudio está cerrada, Mike debió haberla cerrado mientras yo veía sus libros. Menciona el sillón en el que estoy sentada.

—¿Cómodo, no?

Asiento, intento verme más relajada, más cómoda. Quiero hacerlo bien. También se reclina, agrega, sólo mueve la palanca lateral, si se te antoja, adelante. No se me antoja y no lo hago. La idea de estar sola con alguien en una habitación en un sillón reclinable, acostada de espaldas. No. No me gusta.

—Sé que hablamos de esto en el centro antes de que te dieran de alta, pero es importante repasar lo que acordamos antes de que las próximas semanas de inicio de clases te absorban.

Uno de mis pies comienza a temblar. Él lo mira.

—Pareces insegura.

—Un poco.

—Lo único que te pido, Milly, es que mantengas la mente abierta. Considera estas sesiones como un descanso, un lugar para hacer una pausa y respirar. Tenemos menos de tres meses antes de que empiece el juicio, así que en parte trabajaremos en prepararte para eso, pero también continuaremos con la relajación guiada que el psicólogo del centro inició.

—¿Aún tenemos que hacerlo?

—Sí, te ayudará a largo plazo.

Cómo decirle que no será así, no si las cosas que me asustan encuentran una salida.

—Milly, es parte de la naturaleza humana querer eludir lo que nos hace sentirnos amenazados, lo que nos hace sentir que no tenemos el control, pero es importante enfrentarlas. Empezar el proceso de superar las cosas. Quiero que pienses en un lugar que sientas seguro, la próxima vez que nos reunamos te preguntaré qué elegiste. Al principio parecerá un poco difícil, pero necesito que lo intentes. Puede ser cualquier parte: un salón en tu antigua escuela, un trayecto que recorrías en autobús.

Ella me llevaba a la escuela en coche. Todos los días.

—O algún sitio en el pueblo vecino, como un café o la biblioteca que mencionaste, cualquier parte, siempre y cuando lo asocies con un lugar cómodo. ¿Me explico?

—Lo intentaré.

—Bien. Ahora, sobre mañana. ¿Cómo te sientes? Nunca es fácil ser la chica nueva.

—Ya quiero estar ocupada, ayuda.

—Bueno, tienes que estar segura, hazlo poco a poco, Wetherbridge puede ser muy intensivo, pero estoy seguro de que seguirás el ritmo. ¿Hay algo de lo que quieras hablar o preguntar, cualquier cosa que te provoque inseguridad?

Todo.

—No, gracias.

—Vamos a dejarlo así por hoy, pero si surge algo de aquí a nuestra primera sesión, mi puerta siempre está abierta.

Al volver a mi cuarto, es inevitable sentirme frustrada porque Mike quiere seguir con la hipnosis. Cree que al llamarla "relajación guiada" no reconoceré qué es, pero no es así. Por casualidad, escuché al psicólogo del centro contarle a un colega que con suerte la técnica de hipnosis que estaba usando conmigo me *desbloquearía*. Es mejor dejarme bloqueada, eso quise decirle.

Al pasar por el cuarto de Phoebe escucho música, así que seguro ya volvió. Me armo de valor para tocar la puerta, quiero preguntarle qué esperar de la escuela mañana.

—¿Quién es? —grita.

—Milly —respondo.

—Estoy ocupada preparándome para mañana, deberías hacer lo mismo —responde.

Susurro mi respuesta a través de la puerta —*Tengo miedo*— y después voy a mi cuarto, saco mi nuevo uniforme. Una falda azul, una camisa blanca y una corbata con rayas, dos tonos de azul. Me esfuerzo por no pensar en ti, es todo lo que puedo hacer. Nuestro trayecto diario en coche hacia la escuela y de regreso, trabajabas el turno de la mañana para que yo no tuviera que tomar el autobús. Era una oportunidad de recordarme la canción que cantabas mientras me pellizcabas. Salivaba del dolor. Nuestros secretos son especiales, decías cuando empezaba el coro, entre tú y yo.

Recién pasadas las nueve, Saskia entra a decir buenas noches. Intenta no preocuparte por mañana, dice, Wetherbridge es una escuela muy agradable. Después de que cierra mi puerta, la escucho en la de Phoebe. Toca y después abre. Phoebe responde: ¿Qué quieres?

Quería ver si estás lista para mañana. Equis, responde Phoebe, y la puerta vuelve a cerrarse.

4

Sobreviví a los dos primeros días de escuela, jueves y viernes de la semana pasada, sin incidentes, protegida por el programa de inducción. Clases sobre reglas y expectativas, me presentaron a mi asesora académica, la profesora Kemp. A los de primero de prepa no les toca asesor, pero como soy la única nueva este año y ella es maestra de artes, me la asignaron. La directora de mi otra escuela envió una carta a través de servicios sociales, para explicar el talento que creía que tengo para las artes. La profesora Kemp parecía emocionada, dijo que tenía muchas ganas de ver lo que hacía. Parece simpática, amable, aunque nunca se sabe. Para nada. Recuerdo su aroma más que otra cosa, tabaco mezclado con algo más que no sé qué es. Aunque es familiar.

El fin de semana estuvo tranquilo. Mike trabaja los sábados en su consultorio en Notting Hill Gate, de donde viene buena parte del dinero. Saskia entró y salió de la casa, yoga y otras cosas. Phoebe, en casa de Izzy. Mucho tiempo para mí. El domingo en la noche Mike y Saskia me llevaron a un cine, The Electric, en Portobello Road, y aunque fue muy distinto de esas noches de películas que teníamos en casa, pensé en ti todo el tiempo.

Cuando regresamos, Phoebe estaba en el cuarto de juegos, salió, parecía enojada. Qué agradable, dijo. Te preguntamos si querías venir, respondió Mike. Ella se encogió de hombros, sí bueno, no regresé de casa de Iz a tiempo, ¿no?

Las dos subimos las escaleras. Parece que te estás instalando, ¿no?, me dijo. Disfrútalo mientras dura, no vas a quedarte mucho tiempo, nadie se queda. Lo sentí en el fondo del estómago. Una alarma. Una señal.

La mañana siguiente en el desayuno sólo estamos Mike y yo. Me explica que Saskia dormirá hasta tarde, está recuperando sueño perdido. No sabe que he visto que Saskia guarda pastillas en su bolsa.

Por desgracia, Phoebe ya se fue, dice. ¿Quieres que te acompañe? Es tu primera semana completa. Le digo que estaré bien, aunque no estoy segura de que sea cierto. Durante mis dos días de inducción, almorcé con las otras chicas en la cafetería. La curiosidad del principio pronto se convirtió en desinterés cuando corrió la voz: habla como robot, se mira los pies. Rara. Oculté el hecho de que a veces me tiemblan las manos —daño permanente al sistema nervioso—, llevándolas en el bolsillo de mi saco o cargando un fólder. Queda claro que en esta escuela las cosas se mueven rápido, quedas dentro o fuera en un abrir y cerrar de ojos. No tiene caso buscar a Phoebe, es obvio que prefiere no relacionarse conmigo, así que me ignoran, sí o sí, estoy en la categoría de marginada. LA marginada.

Pero hoy, lunes, es diferente.

Hoy cuando cruzo el patio de la escuela recibo una ola de codazos y risitas en cadena y completamente intencionadas de las chicas de mi año.

No paso desapercibida.

Una vez dentro, me pego todo lo que puedo a la derecha para evitar el centro del pasillo, una tormenta, un lugar de encuentro de chicas malvadas, esnobs y hermosas. Dejo atrás las risitas audibles, los insultos agudos que intercambian entre

ellas con tanta facilidad, incluso entre las amigas —sobre todo
si son amigas— y me dirijo a los casilleros.

Abro la puerta con la espalda. Llevo cargando muchos
fólders.

Volteó. Lo veo de inmediato.

EXTRAGRANDE. Pegada en mi casillero. Mi foto de la escuela, la tomaron la semana pasada en mi primer día. Incómoda e insegura. Con la boca ligeramente abierta, lo suficiente
para tener metida una imagen de un pene extragrande, además
un globo de diálogo.

MILLY SE COGE A WILLY

Me muevo, dejo que la puerta se cierre. Un empujón
suave aísla el lugar. Me llama la atención el póster. Yo. Curio-
sa de verme como nunca me he visto. Un intruso rosa y venoso
sobresale de mi boca. Ladeo la cabeza, me imagino mordiendo.
Fuerte.

Una ráfaga de ruido se cuela desde los pasillos cuando la
puerta se vuelve a abrir y cerrar. Los pasos silenciosos de
la persona detrás de mí. Arranco el póster al mismo tiempo
que la mano se extiende y se apoya en mi hombro. El sonido
de sus pulseras pesadas; su aroma característico me envuelve
como una manta en un día ya de por sí caluroso. Me maldigo
por haberme detenido. Ella lo vio antes de que lo arrancara, sé
que lo vio. Idiota. Debí haberlo sabido. Tú me enseñaste a
reaccionar mejor.

—¿Qué tienes en la mano, Milly?

—Nada, profesora Kemp.

Déjame en paz.

—En serio, me puedes contar.

—No hay nada que contar.

La colección voluminosa de sus anillos. Los siento en la
clavícula cuando me gira para verme de frente. Ya está intere-

sada, lo presiento, y si lo que he alcanzado a escuchar que cuentan las chicas es cierto —que ella es un poco torpe, que a veces se involucra emocionalmente demasiado—, sé que insistirá. Mi mirada, fija en el piso, se dirige a sus pies. Zuecos gruesos, hippies, suelas pesadas de madera. Cuanto más los miro, más parecen dos barcos encallados, atascados en un banco de arena secreto debajo de su falda. *Zarpa, déjame en paz.*

—No parece nada, déjame ver.

Lo arrugo y me lo pego en el coxis. Rezo en silencio. Hazme desaparecer o a ella. Bien. Mejor.

—Voy a llegar tarde, tengo que irme.

—No te voy a dejar ir sintiéndote así. Enséñame, a lo mejor te puedo ayudar.

Su voz, como la usa, casi musical. Me siento mejor, un poquito. Levanto la mirada. Espinillas. Ella es nueva para mí. Sé prudente, sí, dijo mi psicólogo, pero recuerda que la mayoría de las personas no son una amenaza. Muslos. Más cosas hippies, excentricidades. Una falda de pana, una camisa con patrón de paliacate, un proyecto andante no del todo terminado, el estilo caótico que odiarías, Mami. Colores y capas. Capas y colores. Las manos entrelazadas, anillos extragrandes tintinean y chocan, carros chocones. ¿Nerviosa? No. Algo más. Anticipación. Sí. Un momento entre las dos. Un lazo afectivo, eso cree. Su aroma, menos agobiante. Llego a sus ojos. Castaños y parpadeantes, oscuros y claros, me extiende la mano.

—Déjame ver.

Suena la campana así que le entrego el póster, no quiero llegar tarde a clase, otra razón para que me señalen. Ella intenta alisar las arrugas en el papel, lo aplana en el muslo, lo frota con la mano, como si lo planchara. Miro a otro lado. Escucho que su respiración se hace más profunda, como si intentara contener algo. ¿Cómo es posible?, dice. Estira el brazo, pone la mano en la manga de mi blazer, no en mi piel. Por suerte.

—Preferiría olvidarlo, maestra.

—No, me temo que no. Tengo que averiguar quién hizo esto, sobre todo porque soy tu asesora. ¿Tienes idea de quién pudo haber sido?

Respondo que no, aunque no es del todo cierto. La semana pasada, en la calle.

Las palabras de Izzy: se va a poner bueno.

—Milly, lo voy a averiguar, tú no te preocupes.

Quiero decirle que no se moleste, que ha sido peor, pero no puedo, no sabe quién soy ni de dónde vengo. Mientras ella baja la vista para estudiar de nuevo el póster, me llama la atención su cuello. El pulso, fuerte y constante. Cada que palpita, la piel circundante se estremece ligeramente. Me sacudo la idea cuando Phoebe e Izzy entran dando un portazo, frenan en seco cuando se dan cuenta de que tengo compañía. Está claro que venían a regodearse, con los teléfonos listos en las manos. A capturar el momento. Las miradas nerviosas que comparten: suficiente evidencia. Nunca entiendo por qué las personas no ocultan mejor lo que sienten, aunque es justo reconocer que he tenido más práctica que la mayoría. La maestra Kemp las sorprende mirándose, saca su propia conclusión. La correcta. A lo mejor no es tan tonta o torpe como las chicas creen.

—¿En serio? Y Phoebe, sobre todo tú, ¿cómo pudiste? ¿Qué dirían tus padres de esto? Estarían furiosos. No sé, ya no sé, no entiendo cómo se llevan. Necesito pensar en esto, las dos repórtense al salón de arte después de pasar lista y…

—Pero, maestra Kemp, hay una junta sobre la gira de hockey en las vacaciones de medio año, tengo que asistir, soy la capitana.

—Por favor no me interrumpas, Phoebe, ¿queda claro? Espero que Izzy y tú estén en mi salón a más tardar a las 8:55 o llevaré este asunto más lejos, mucho más lejos. ¿Entendido?

Silencio, no dura más de un par de segundos. Izzy habla.

—Sí, profesora Kemp.

—Bien, ahora vayan a pasar lista y después directo a mi salón. Milly, será mejor que tú también pases lista y no te preocupes, arreglaré esto.

El corazón me late desenfrenado todo el camino. La maestra Kemp, muy ocupada "involucrándose emocionalmente", no vio el gesto que me hizo Phoebe al salir del área de casilleros. Se pasó un solo dedo por la garganta. Mirándome fijamente. Carne muerta. Yo. Carne muerta.

Por favor.

Phoebe, cariño.

5

Menos de dos horas después, afuera de la dulcería, se me acercan, una de cada lado, se me pegan. Una versión del juego de las escondidillas pero con brillos y meneo del pelo.

—¿Qué tal la vida como la nueva putita de la maestra Kemp? —siento el aliento caliente de Izzy en la oreja izquierda.

Phoebe, ni sus luces. Es más lista. Pasa al frente Clondine, su otra mejor amiga, ansiosa de agradar, a mi derecha, las mangas bien arremangadas. Los baños detrás de los edificios de Ciencias, que casi nunca se usan, suenan a problemas. Las manos me empujan por la puerta. Empujón, otro empujón y uno más.

No pierden el tiempo.

—¿Te crees muy lista, no? Acusándonos con la maestra Kemp.

—No le dije.

—¿Escuchas eso, Clondine? Lo está negando.

—Claro que la escucho, sólo que no le creo una mierda.

Izzy se acerca, teléfono en mano. Nos graba. Me empuja, fuerte. El aliento le huele a fresas, tan seductor que podría meterme en su boca. Detrás de sus dientes de porrista se asoma un chicle, no tiene frenos como Clondine, un bocado de metal de colores. Recarga la mano en la pared, sobre mi cabeza, quiere que me sienta pequeña. Amenazada. Lo habrá visto en alguna película. Hace una bomba. Rosa y opaca. Toca mi nariz y estalla. Risitas. Izzy retrocede, Clondine sigue en donde se quedó.

—Dame tu teléfono y no digas que no tienes porque Phoebe nos contó que Mike te compró uno.

Silencio.

Tu voz en mi cabeza. ÉSA ES MI HIJA. DEMUÉSTRALES. AGRADECIDA, ASÍ DEBERÍAS SENTIRTE POR TODO LO QUE TE ENSEÑÉ, ANNIE. Tus halagos, excepcionales; cuando los haces, se extienden por todo mi ser como un incendio fuera de control que con su boca hambrienta y abrasadora se traga casas y árboles y otras adolescentes menos fuertes. Las miro a los ojos, los restos del chicle de Izzy me cuelgan de la barbilla. Les desconcierta mi gesto desafiante, me doy cuenta. Fugaz. La contracción alrededor de sus labios suculentos, ojos ligeramente más abiertos. Sacudo la cabeza, despacio, a propósito. Izzy, la más hambrienta de las dos, muerde el anzuelo.

—Dame tu maldito teléfono, perra.

Sus manos me empujan, su cara presiona la mía, agradezco el contacto. Soy real. Veme, siénteme, pero que sepas que de donde vengo, esto es simplemente calentamiento.

Sacudo la cabeza otra vez.

Una sensación punzante se dispersa por mi mejilla, llega a la oreja, del otro lado. Cachetada. Escucho risas, admiración por el desempeño de Izzy. Tengo los ojos cerrados pero la imagino haciendo una reverencia, como siempre quiere gustar al público. Su voz es distante, el zumbido en mi oído amenaza con apagarla, pero las palabras son inconfundibles.

—No. Voy. A. Pedirlo. Otra. Vez.

Y yo nunca olvido.

Nunca.

Cuando obtienen lo que quieren, se van. Mi mano toca mi mejilla ardiente y me acuerdo de ti. Me traga. El remolino de recuerdos. Estamos en nuestra casa, puedo oler la lavanda que te encantaba, el florero en el baño. Es la noche de tu arresto, pasé toda la tarde en la estación de policía. Falsifiqué una carta firmada por ti, la entregué en la administración de la escuela, me dejaron salir después del almuerzo, sin hacer preguntas.

Esa noche me aterraba mirarte, que nuestras miradas se encontraran, como si tuviera garabateada la vergüenza de lo que había hecho a escondidas. Pintada con espray, en mi cara. Me ofrecí a planchar, lo que fuera para que me dejaran de temblar las manos y para estar armada por si la policía llegaba temprano y fueras tras de mí. Te veías diferente, más pequeña, aún intimidante, pero menos. Pero no eras tú quien había cambiado, era yo. Se avecinaba el final. O el principio.

Me preocupaba que no llegaran, que cambiaran de opinión, que decidieran que lo estaba inventando. Intenté respirar con normalidad, pararme con normalidad, aunque tampoco importaba porque podías ponerte como loca en cualquier momento. Un minuto estabas arreglando unas flores y al siguiente exigías que hiciera algún malabar. Casi no hay actividades diarias que no me recuerden a ti, cómo te gustaba hacerlas. Cuando era hora de dormir, esperaba que me dijeras en dónde debía dormir. A veces en tu cama, otras me dabas un respiro y podía dormir en la mía. Lo gracioso, o triste, es que en el fondo, esa noche quería dormir contigo porque sabía que sería la última, aunque también temía subir las escaleras sola. Sube ocho, después otros cuatro, la puerta a la derecha. Frente a la mía. El cuarto de juegos.

No dijiste nada cuando cerraste la puerta de tu cuarto, fue una de esas noches. Podías pasar días sin hablar, ignorarme, y de repente me engullías, mi piel, mi pelo, en minutos, lo que pudieras agarrar. Esa noche me despedí, susurrando. Creo que también pude haber dicho te amo, y era cierto. Aún lo es, aunque intento no hacerlo.

Cuando subí las escaleras me apoyé en la pared del pasillo fuera de la habitación frente a la mía, necesitaba sentir algo sólido, aunque me quité rápido. Los escuché. Las voces de los fantasmas diminutos que se filtraban por la pared. Llegaron de repente. Drásticamente. En tierra de nadie.

Ella estará ahí, esperando, la niña que le sacó el dedo del medio a Phoebe, lo sé. La he visto varias veces desde aquella primera noche. Doy la vuelta en la esquina de mi calle, ahí está, sentada en la pared. Siento algo en la panza, un apretón, no es miedo. Placer, creo. Emoción. Ella es pequeña, está sola. No he hablado con ella, pero en eso estoy. Al acercarme, empieza a balancear las piernas de arriba abajo, golpea por turnos los ladrillos de la pared que rodea los multifamiliares frente a mi casa. Su ojo derecho, moreteado e inflamado, no está del todo abierto. Una raya de futbol, toda azul. Su ojo abierto me mira al pasar. Parpadea, vuelve a parpadear. Código morse con un ojo. Saco las papas, la bolsa se abre con un estallido, sabe que tiene que hacer su parte. La miro. Su ojo bueno mira para otro lado, empieza un silbido alegre, pecosa y distante. Me encojo de hombros, cruzo la calle. Tres. Dos…

—¿Tienes algo de comer?

Uno.

Volteo a verla:

—Te doy papas, si quieres.

Voltea, mira por encima del hombro, como para comprobar que estamos solas, y pregunta:

—¿De qué son?

—Sal y vinagre.

Camino hacia ella, extiendo la bolsa. Si quiere, tendrá que despegarse de la pared. Lo hace. Rápida como un rayo, las agarra, se vuelve a sentar. Sus tenis maltratados retoman su baile: *pum, pum*, derecha, izquierda. Le pregunto su nombre, pero me ignora. Toma sólo unos minutos, no se come las papas, se las traga. Las devora. Voltea la bolsa y le cubre la boca, le da golpecitos en el fondo, las migajas que quedaban desaparecen. La bolsa vacía cae flotando al piso. Es más grande de lo que parece, doce o trece tal vez. Es pequeña para su edad.

—¿Tienes otra cosa?

—No, nada.

Hace una burbuja de saliva que es asquerosa y fascinante a la vez. Cómo toma forma en sus labios, cómo la vuelve a succionar. Atrevida, aunque infantil, todo al mismo tiempo. Quiero preguntarle por qué siempre se sienta aquí sola, por qué una pared en la calle es mejor que su casa, pero se va. Pasa las piernas por encima de la pared, se va caminando a una de las torres. La veo irse, ella lo sabe, siente mi mirada. Se da la vuelta, me mira como diciendo, qué te pasa. Sonrío, se encoge de hombros. Lo intento otra vez.

—¿Cómo te llamas? —grito.

Ella deja de caminar, se da la vuelta para verme de frente, arrastra uno de sus tenis en el piso. Una vez. Dos veces.

—¿Quién quiere saber?

—Milly, me llamo Milly.

Aprieta los ojos, parece dudar, pero responde de todas formas:

—Morgan.

—Qué bonito nombre.

—Equis —responde, empieza a trotar y desaparece. Al cruzar la calle, deletreo las letras de su nombre, las paso por mi lengua y labios, y mientras busco mis llaves, es inevitable sentirme satisfecha. Me aguanté con Clondine e Izzy y le hablé a la niña de la pared. Puedo hacerlo, puedo vivir después de ti.

6

Hasta ahora, he conseguido mantener tus visitas nocturnas en secreto.

El hecho de que entras como serpiente, debajo de la puerta. Y subes a mi cama. Pones tu cuerpo escamoso a mi lado, me mides. Me recuerdas que aún te pertenezco. En la mañana termino en el piso, hecha bola, con la colcha en la cabeza. Mi piel se siente caliente, pero por dentro estoy fría, es difícil de explicar. Una vez leí en un libro que las personas violentas son impetuosas y que los psicópatas son desalmados. Calor y frío. Cabeza y corazón. ¿Pero y si provienes de una persona que es las dos cosas? ¿Qué pasa entonces?

Mañana, Mike y yo tenemos que conocer a los abogados fiscales. Los hombres o mujeres encargados de abatirte. De encerrarte y tirar la llave. ¿Desde tu celda te preguntas por qué? ¿Por qué me fui después de tantos años? Hay dos razones, pero sólo puedo hablar de una y es ésta.

Dulces dieciséis, los míos. Cumplo hasta diciembre, pero tú empezaste a planearlo con meses de anticipación, pero no como una madre debería. Un cumpleaños que nunca olvidarás, dijiste. O sobreviviré, recuerdo haber pensado. Empezaron a llegar correos de otros que habías conocido. El lado oscuro del internet. Una lista de finalistas. Tres hombres y una mujer, los invitaste a venir, a ser parte de la diversión. A compartirme.

Sería mi cumpleaños, pero yo sería el regalo. La piñata. Dulces dieciséis, dijiste, qué ganas. Las palabras eran como caramelos en tu boca. Para mí, limones. Amargos y ácidos.

Siento el principio de una migraña mientras me preparo para la escuela, otro de tus regalitos. Los botones de mi camisa desafían mis dedos, es como intentar enhebrar un hilo con palillos chinos. Me tardo más de lo normal y para cuando paso por el cuarto de Phoebe, la puerta está cerrada y me pregunto si ya se fue. No la he visto desde ayer en los casilleros de la escuela. Espero que ella y las chicas ya se hayan "divertido" suficiente conmigo.

Estamos en el tercer piso, alfombra gruesa color crema. Al llegar al pasillo de abajo, cambia a mosaico. Calculo mal el último escalón y me tropiezo, caigo en el mármol frío. Debo haber gritado porque Mike sale de la cocina.

—Despacio, déjame ayudarte.

Me coloca en el último escalón y se sienta a mi lado. Estúpida, me digo.

—No pasa nada. Un descuido, la casa sigue siendo nueva para ti. Te estás cubriendo los ojos de la luz, ¿es migraña?

—Creo.

—Nos dijeron que las esperáramos. Tal vez será mejor que no vayas a la escuela, por lo menos en la mañana. Intenta dormir.

Mi primer instinto es decir no, pero entonces recuerdo en dónde estoy y en dónde estás. A veces pedías el viernes en el trabajo para tomarte un fin de semana largo. Llamabas a la escuela y les decías que estaba enferma, del estómago o gripa. Tres días enteros, sólo tú y yo.

—La tetera está lista, te haré un té y luego vuelve a la cama, ¿sí?

Asiento, me ayuda a levantarme. Le pregunto en dónde están Phoebe y Saskia, me explica que se han ido.

—Por cierto, Sas te dejó un regalo en la cocina.

El regalo es pequeño, cuadrado. Envuelto en papel azul y con un moño rojo.

—Ábrelo si quieres.

El gesto es amable. Me siento frente a la mesa y veo a Mike preparar el té, la delicadeza con la que levanta las cosas, las coloca en la mesa, me invade la gratitud. No muchos aceptarían a alguien como yo, no muchos querrían esa responsabilidad. Ese riesgo. Intento contener las lágrimas, pero me ganan. Caen en el mantel lila. Mike se da cuenta cuando trae las tazas, se sienta en la silla al lado mío. Mira el regalo sin abrir en mis manos, me dice que no me preocupe. Tómate tu tiempo, dice, tómate el té, tiene miel, el dulce ayudará.

Tiene razón, también el calor.

—Sé que apenas es martes, pero deberíamos reunirnos más tarde, si te parece. Creo que hoy te vendría bien una sesión, ¿qué opinas?

Asiento, aunque quiero decir que no. No quiero que los desprecie, que se entrometa en mis pensamientos y deseos. Le repugnaría saber que te extraño y que mientras estoy sentada aquí te extraño. Cuando esta mañana abrí las cortinas, noté una casa de pájaros en el jardín de los vecinos que me recordó cuando construimos una juntas. Usaste un martillo para golpear los clavos. Cuando te pedí hacerlo yo, me acariciaste el pelo y dijiste sí, pero cuidado con los dedos. La enfermera en ti, pensando en prevenir el dolor en vez de ocasionarlo, por una vez.

—Qué bueno que ya recuperaste el color. ¿Por qué no te metes a la cama? Al rato te despierto.

Consigo dormir toda la mañana. Hoy Mike trabaja desde casa y almorzamos juntos. Sevita, la ama de llaves, nos prepara sopa y sándwiches de jamón. Rosie se sienta con la nariz casi pegada en mi pierna, los ojos cafés, ingenuos y aburridos a mi lado. Le doy un trozo de carne mientras limpiamos la mesa.

En el estudio de Mike la iluminación es moderada, dos lámparas, nada arriba. Explica que cerrará las persianas pero mantendrá las contraventanas abiertas. Las persianas tienen borlas moradas complejas en las puntas. Me sigue la mirada y sonríe.

—Sas, ella es la artística, yo no.

Camina hacia su escritorio, cierra su laptop y se quita los lentes. Siéntate, dice, y señala el sillón en el que me senté la última vez. Cuento mientras me siento, de diez para atrás, intento moderar mi respiración. Levanta un cojín de otro sillón. Terciopelo azul. Camina hacia mí y lo coloca en el brazo del sillón en el que estoy sentada. Sonríe. Se sienta frente a mí, cruza las piernas, entrelaza los dedos, descansa los codos en los brazos de la silla.

—Estoy seguro de que estás pensando en mañana, la reunión con June y los abogados. ¿Recuerdas a June? Es la oficial de testigos para nuestro caso, a quien conociste brevemente en el hospital.

Asiento.

—Discutiremos algunas cosas, pero sobre todo, te interrogarán sobre tu testimonio.

Tomo el cojín, me lo pego al cuerpo.

—Milly, sé que esto es difícil para ti y entiendo lo doloroso que fue denunciar a tu madre para empezar, pero pase lo que pase, lo superaremos.

—¿Qué querrán preguntar? ¿Tendré que contarles todo otra vez?

—No estamos del todo seguros, los abogados fiscales están trabajando para determinar qué pretende la defensa.

Me gustaría poder contarle que no deben preocuparse por la defensa, sino por ti. Las horas y horas de cada día que pasas confinada en una celda, les darás buen uso. Sé que lo harás. Estarás tramando un plan.

—Pareces preocupada, Milly. ¿En qué piensas?

Que si hubiera ido a la policía antes, Daniel, el último niño que te llevaste, seguiría vivo.

—Nada, estaba pensando si le habrán dado una copia de mi declaración a los abogados que están defendiendo a mi mamá.

—Sí, y es probable que te interroguen sobre eso. Eres la testigo principal en el juicio de tu madre y la defensa buscará formas de minar tu declaración, intentará crear duda razonable sobre ciertos sucesos.

—¿Qué pasa si me equivoco o digo algo inapropiado?

—De momento no quiero que te preocupes por eso. Tenemos mucho tiempo para prepararnos si te llaman al estrado. Con suerte mañana sabremos más. Lo importante es que recuerdes que el juicio no es en tu contra. ¿De acuerdo?

Asiento, digo que sí. Creo que por ahora.

En cuanto Mike comienza, me doy cuenta de que es mejor que el psicólogo del centro, o tal vez me siento más cómoda con él. Quiero superar el pasado. En serio. Aun así, intento no relajarme durante la sesión. Aprieto las manos en puños, me dice que las relaje, que me concentre en respirar. Cierra los ojos, apoya la cabeza en el respaldo de la silla. Me pide que describa mi lugar seguro, lo hago. Responde en voz baja. Constante. Reconfortante. Inhala y exhala. Él me guía por cada extremidad de mi cuerpo, me pide que tense y relaje cada una. Otra vez. Y otra vez. Esta vez profundo. Deja que tu mente vaya a donde quiera, a donde necesite.

Mi lugar seguro se desvanece. Otras cosas aparecen en primer plano. Las imágenes se ven mejor. Mi mente se mueve en círculos, nada a contracorriente, intenta rechazarlas. Una habitación. Una cama. Oscuridad, en el techo la silueta de los árboles baila en patrones frenéticos. La sensación de ser observada, una sombra oscura detrás de mí. A mi lado. Me respira en el cuello. La cama se hunde cuando la sombra se recuesta a mi lado. Demasiado cerca. No habla, se mueve a mi alrededor. Sobre mí. Mal. Peor. La voz de Mike está muy lejos, apenas puedo escucharla. Sigo regresando a un lugar en el que no quiero estar, la habitación frente a la mía, el sonido de niños llorando. Tú riéndote.

Me pregunta qué más veo o escucho. Le digo que un par de ojos amarillos brillando en la oscuridad. Un gato negro, del tamaño de un humano, es un centinela cerca de mi cama, lo enviaron a vigilarme, a mantenerme ahí. Saca y retrae las garras.

—No me gusta estar aquí, quiero irme.

La voz de Mike, ahora más clara, me dice que regrese a mi lugar seguro. Ve caminando, dice. Lo hago. El hueco en el roble viejo, detrás de nuestra casa. Acostumbraba a escalarlo, me metía en el corazón del árbol cuando trabajabas los fines de semana y no siempre me llevabas, veía cómo cambiaba la luz en el campo. Escarlata y naranja. No había ruido. No había llantos.

Seguro.

—Cuando estés lista, abre los ojos, Milly.

Me quedo inmóvil uno o dos minutos. Siento mojado debajo de la barbilla. Abro los ojos, miro el cojín, teñido de lágrimas, el terciopelo moteado. Miro a Mike. Tiene los ojos cerrados, se pellizca arriba del puente de la nariz, se masajea un poco. Cambia de psicólogo a papá adoptivo. Abre los ojos cuando hablo.

—Debo haber llorado.

—A veces recordar tiene ese efecto.

—¿No hay otra forma?

Mike sacude la cabeza, se inclina sobre su asiento:

—Para superarlo hay que enfrentarlo.

Abro el regalo de Saskia cuando regreso a mi recámara. Lo primero que veo dentro de la cajita cuadrada es oro. Una cadena con un nombre. Milly, mi nuevo nombre, no Annie. Acaricio los bordes de las letras, las puntas, me pregunto qué tanto puede un nombre cambiar a alguien, si es posible.

Termino un ensayo para la clase de francés y estoy a punto de ponerme a dibujar cuando escucho que se abre la puerta del cuarto de Phoebe y se vuelve a cerrar, pasos en las escaleras, como si hubiera aventado sus cosas y vuelto a bajar. La sigo unos minutos después. Quiero ver si Saskia está en casa para agradecerle.

La encuentro en el cuarto de estar con Phoebe, un cuarto cómodo lleno de sillones suaves, una pantalla montada en la pared. La tele está prendida pero Saskia la apaga cuando entro. Se pega su trago al pecho. El tintineo de los cubos de hielo, un vaso grueso y bajo, cristal. Una rodaja de limón. Phoebe está encorvada frente a su teléfono, no levanta la vista.

—Hola, Milly. ¿Te sientes mejor? Mike me contó que tenías migraña.

—Mucho mejor, gracias y gracias por el regalo.

Le enseño el collar y sonríe, atontada. Le gustan sus tragos fuertes y cuando los mezcla con las pastillas que toma, letales. Phoebe levanta la vista, se levanta del sillón y camina hacia mí.

—Déjame ver —no espera que le enseñe, me arrebata la cadena. Saskia desdobla las piernas, pone el vaso en la mesita frente a ella, con pilas y pilas de revistas de decoración de interiores. Está a punto de pararse, creo, pero antes de que pueda, Phoebe voltea y le dice—: Increíble. Especial, según tú; mandaste a hacer el mío porque pasé mis exámenes el año pasado. ¿Qué ha hecho ella que es tan especial?

—Phoebs, no. Es un regalo de bienvenida, se suponía que...

—Sé exactamente lo que quisiste hacer.

Phoebe voltea a verme:

—No creas que eres especial, porque no lo eres —me avienta el collar en el pecho y me empuja al pasar.

Volteo a ver a Saskia y le digo que lo siento, pero dice que es su culpa, no mía, después levanta su trago y se lo termina, se hunde en el sillón y mira fijamente la pantalla de televisión vacía.

7

A la mañana siguiente intento ignorar los nervios que me provoca Phoebe, me considera otra intrusa que no es bienvenida, la nueva de una lista interminable de niños adoptivos. Al bajar las escaleras juro encontrar el modo de mejorarlo, de que nos llevemos bien. Me detengo en el rellano del primer piso y escucho la conversación entre ella y Mike.

—¿Por qué puede faltar a la escuela otra vez? ¿Por qué yo no puedo?

Es obvio por el tono alegre y en broma de Mike que la maestra Kemp no le ha contado del póster en mi casillero. Ella debe estar solucionándolo a su manera, "discretamente".

Siento las rugosidades a lo largo de mis costillas a través de mi camisa. El patrón familiar de cicatrices ocultas. Un idioma que sólo yo entiendo. Un código, un mapa. Braille sobre mi piel. En dónde he estado, qué me pasó ahí. Odiabas cuando me cortaba, decías que era un hábito asqueroso, pero por más que lo intenté, nunca pude dejar de hacerlo.

Pisadas arriba me despiertan y regresan al presente. Bajo la mano. Un piso arriba, Saskia camina al rellano, baja para encontrarse conmigo.

—Buenos días, ¿todo bien?

Su voz revela dolor, desesperada de que confíen en ella, de hacerlo mejor conmigo que con Phoebe. Asiento. No revelo nada. La realidad es que la mayoría no puede lidiar con la verdad, mi verdad. Se escucha algo acolchado en el mármol debajo. Rosie. Me rodea varias veces, se tumba en los azulejos, un rayo de sol de septiembre. La miro respirar. Su vientre melenudo se eleva y cae. Pienso en mi perro, Bala, un Jack Russell adoptado de la perrera, otro intento por parecer normal, y de deshacerte de las ratas en la casa vieja en la que vivíamos. Se fueron rápido, lo llamaste buen chico hasta que se volcó al sótano. Rascaba y olfateaba la puerta. El instinto le avisó, sabía lo que había.

Lo podía oler.

Lo ahogaste en una cubeta cuando yo estaba en la escuela. Dejaste su cuerpo rígido, su pelo mojado, lustroso. Lo envolví en la manta de su canasto y lo enterré en el jardín. No pude enterrarlo en el sótano. No ahí.

En menos de una semana regresaron las ratas.

Saskia sonríe, sé que hoy es un día importante para ti, vamos a hacerte un buen desayuno, dice. La sigo a la cocina junto a su aroma de aceite corporal costoso.

La radio está prendida, los titulares.

Tú.

La atracción estelar por todos los motivos equivocados. Es sutil, pero la escucho, la crispación en la voz de la presentadora cuando detalla los cargos en tu contra. Saskia y Mike se miran. Phoebe no sabe, pero de todas formas hace una pausa, el pan tostado se queda suspendido en la entrada de su boca.

—Perra psicópata, deberían colgarla —dice.

Se me hace un nudo en el estómago. Hago contacto con lo más cercano en la mesa de la cocina, sale volando. Se rompe al estrellarse en los mosaicos de pizarra, un líquido viscoso y rojo, mermelada, tiñe el piso. Me arrodillo, mi mano toca el vidrio. Más rojo, esta vez de mi dedo. Arrastran las sillas y alguien apaga el radio. Lo siento, digo. Lo siento. Phoebe me mira, mueve los labios en silencio para decir "anormal" y se va. Escucho a Rosie aullar cuando ella pasa a su lado. Mike se acuclilla a mi lado. No debimos haber tenido las noticias prendidas, no queríamos que escucharas eso, asegura.

Tu nombre. Los cargos en tu contra, Mami.

Mi realidad expuesta en público.

Me encojo de hombros. Todo lo que veo es rojo, estoy acostumbrada. A los derrames y las filtraciones, al rojo que se escurre en las grietas de la duela y no se quita sin importar cuánto lo talles. Recuerdo las horas en el centro de seguridad, en donde "ellos", los profesionales, intentaron prepararme para la vida después de ti. Cómo responder preguntas como de dónde soy, a qué escuela iba, por qué vivo con una familia adoptiva. Para lo que no me prepararon, para lo que no podían prepararme, es para lo mucho que me parezco a ti. Y aunque casi todos los días sales en las noticias, cuando el caso en la corte esté en su apogeo, se pondrá peor. Mucho peor. Estarás en todas partes.

Yo estaré en todas partes.

Eres la viva imagen de tu madre, me decían en el refugio para mujeres en el que trabajabas. *Eso es lo que me da miedo*, respondía en mi mente.

Limpio el desastre del piso. Mike intenta ayudarme, pero le pido que no, me pasa un curita para mi dedo. Come algo, dice Saskia. Quiero contestarle, predica con el ejemplo, pero en cambio digo, "No creo que pueda desayunar, me voy a lavar los dientes".

Mike dice que me esperará en el recibidor, que no tarde, tenemos que estar en la oficina de los abogados a las nueve. Cuando paso frente al cuarto de Phoebe, la escucho hablar por teléfono, reírse. Cuenta cómo tiré la mermelada, seguro a Izzy o Clondine. Y cuando me cepillo los dientes escucho tu voz: ¿QUIÉN HACE ALGO ASÍ? ¿QUIÉN DENUNCIA A SU MADRE? No

51

respondo, no sé qué decir ni cómo se siente ser esa clase de persona.

Cuando bajo las escaleras otra vez, me detengo para rascarle la panza a Rosie, su pelaje rojizo, erizado. Ella aprecia el gesto, el toque delicado, roza el piso con la cola.

—Le caes bien, ¿sabes? —dice Mike al acercarse.

—Y ella a mí.

—Creo que nos iremos en metro, será más rápido que esperar en el tráfico.

Al llegar a Notting Hill Gate, nos unimos a la multitud de las personas que se trasladan al trabajo todos los días, bajamos al metro y nos subimos a un tren. El vagón está lleno, trabajadores de la ciudad en traje, sin abrigo, con las mangas arremangadas para aliviar el calor del metro, incluso en septiembre. La vida en Londres es tan distinta, la gente se mueve en conjunto, viven apretados. No hay hectáreas que los separen. Mike y yo viajamos de pie, aplastados entre la multitud, nos bajamos en la estación St Paul's y pronto salimos al exterior, Mike empieza a hablar sobre el juicio, sobre las opciones que tengo si debo presentarme en la corte.

—Le he dado muchas vueltas. Sobre todo a las medidas especiales que tendrías, podrías usar el enlace a un video en vivo en vez de tener que ir al tribunal. ¿Qué opinas?

Inútil. Eso creo. Ya siento que estás preparando las armas, cargándolas. Le podría decir que sí a Mike, sí, preferiría presentar el testimonio en video, pero él no conoce los sentimientos con los que vivo todos los días. No sabe que aunque ya no estoy contigo, una parte de mí aún quiere complacerte y satisfacer mi deseo de estar cerca de ti otra vez, en la misma habitación. La última oportunidad que tendré.

Escucho a Mike decir: "Vamos a dar vuelta aquí a la izquierda para evitar la multitud". Nos apartamos de la calle principal y caminamos por una calle cerrada y empedrada, el cambio de ritmo y la ausencia de ruido es relajante. La catedral de San Pablo se asoma en los espacios entre los edificios. Hasta hoy, sólo la había visto en fotos. Es mucho más hermosa en la vida real. Nunca creí que viviría en una ciudad grande, pero la densidad de los edificios, la cantidad de gente, es reconfortante. Segura.

—Milly, no me respondiste. ¿Me escuchaste?

—Sí, lo siento, y entiendo por qué crees que el enlace del video es buena idea, pero ¿qué tal si prefiero no hacerlo? ¿Qué tal si no quiero recurrir a las medidas especiales? Cuando June me visitó en el hospital, me dejó un folleto. Decía que podía.

—Puedes, pero no entiendo por qué querrías.

No puedo contarle, no soy capaz de decirlo. Que la persona de la que quiero escapar también es la persona a la que quiero recurrir. Así que le digo que es porque por primera vez, quiero poder elegir. Quiero ser yo quien tome una decisión que me incumbe.

—Entiendo tu punto pero no estoy seguro de estar de acuerdo, sobre todo después de esta mañana. Los titulares te alteraron mucho.

—Fue la impresión más que otra cosa, se me resbaló la mermelada de los dedos, fue un accidente.

—Lo sé, de todas formas queremos protegerte.

No puede. Nadie puede. Se está orquestando un juego, uno contra uno secreto. No hay réferi. Mi única oportunidad de escapar es yendo a la corte.

—Mike, pronto cumpliré dieciséis, ya no soy una niña. Quiero la oportunidad de hacer esto, de sentirme valiente. Saber que al final logré pararme en la corte y me interrogaron, saber que ella estuvo en la corte también.

—Milly, necesito pensarlo; lo que sí puedo anticipar es que vas muy bien, mucho mejor de lo que cualquiera hubiera esperado.

—Así que en realidad, podría lidiar con ir a la corte.

Nos detenemos al final de un callejón, en donde se reincorpora a la calle principal, se vuelve a escuchar el ruido del tráfico. Mike se da la vuelta para mirarme. Lo veo a los ojos, puedo si es necesario, aunque no mucho tiempo.

Asiente, las ruedas cognitivas están girando. Está pensando en una respuesta.

—Hablaremos con los abogados. Entiendo tu punto de vista, pero todos tienen que estar de acuerdo, y para ser honesto, no creo que June vaya a estarlo. Si te sirve de consuelo, hablaré con ella, por lo menos la ayudaré a verlo desde tu punto de vista. Y ya veremos, ¿de acuerdo?

—De acuerdo, gracias.

Lo tengo, justo donde lo quería.

Entramos a la recepción de las oficinas de los abogados por unas puertas giratorias grandes, a un atrio inundado de luz proveniente de un techo de cristal en forma de domo. Ya llegó June, sonríe y nos saluda. Cuando la conocí en el centro me dijo con acento norirlandés muy marcado, queremos lo mejor para ti. Ni siquiera me conoces, quise responder.

—Hola, chicos, ¿llegaron bien?

—Sí, sin problema —dice Mike.

—Hola, Milly, qué gusto verte otra vez, ha pasado mucho tiempo. ¿Todo bien?

Asiento. Levanto la vista para ver las oficinas que nos rodean, piso tras piso, un pastel corporativo, sin cereza que lo corone. Gente trajeada, con expresiones neutrales. Máscaras. Se respira un aire de resolución, movimiento, el golpeteo de zapatos en el piso, también de mármol. Un guardia de seguridad monitorea los torniquetes, tarjetas de identificación en cordones colgados al cuello se retiran y se deslizan. Se toman tantas decisiones aquí, se cambian tantas vidas. Pronto será tu vida. Y la mía.

—Milly.

—Milly. Te está hablando June.

—Lo siento.

—Le estaba explicando a Mike que el juzgado, que se llama Old Bailey, no está lejos de aquí. Si te piden que asistas al juicio, debes entrar por el estacionamiento subterráneo.

—¿Por qué?

—Es una medida de seguridad.

Mira a Mike. Él la mira. El mundo dirige un millón de miradas. Vistazos. Me esfuerzo para descifrarlas, más que la mayoría. Mi psicólogo en el centro me lo reveló. Es posible que tengas una habilidad perjudicial para leer las emociones, me dijo. Quiso decir: mi mente no funciona igual que la de una persona promedio. Así que leo libros de textos, miro a la gente en la tele y en la calle. Practico. Progreso rápido, siempre se puede mejorar. No me gusta la palabra "promedio".

—No tienes de qué preocuparte, sólo que a veces, cuando hay juicios muy mediáticos, se puede reunir la gente afuera de la corte. Algunos verdaderos idiotas que buscan problemas.

—¿La gente quiere verla, verdad? —pregunto.

June pone su mano en mi antebrazo, me quito. Mike asiente, él entiende.

—Lo siento —dice ella—. Y sí, la gente querrá verla, pero también es para protegerte. Aunque la prensa tiene prohibido mencionarte por tu nombre o usar fotografías, nunca se sabe.

—¿Vamos? Ya casi son las nueve —dice Mike.

—Tienes razón, vamos, los abogados nos esperan. También es hora del té y si tenemos suerte, unas galletitas de chocolate. ¿Se te antojan, Milly?

Asiento, se me antoja más meterle una en el hocico.

Bajamos en el elevador al piso –2, a las entrañas del edificio. Silencio. No nos molestarán. Creen que ya estoy suficientemente perturbada. June nos conduce a una sala de juntas, dos hombres alrededor de una mesa rectangular grande. Iluminación lineal, se avecina una migraña que empeorará con el parpadeo sutil de la lámpara en el fondo de la habitación. Café y tazas en el centro de la mesa, tazas de porcelana, no remedos de unicel. El detective en la estación de policía en donde rendí mi primera declaración me contó que era por seguridad, el unicel no se rompe, cariño.

Recuerdo haber pensado, no, pero sí se puede usar el líquido hirviendo.

Los hombres se levantan, le dan la mano a Mike. Fiscales de la Corona es su título oficial. Me pregunto si los seleccionaron especialmente o tal vez se ofrecieron. Tal vez los voluntarios se amontonaron, todos deseosos de participar en uno de los casos de mayor perfil que haya llegado a la corte. Su trabajo es acosarte y convencer al jurado de castigarte con severidad. Una mera formalidad, según me han dicho. No tienes ninguna oportunidad. Tienes un boleto para la cárcel. Sólo de ida. Jodida.

Yo lo causé.

No escucho sus nombres, les diré Flaco y Gordo, es fácil recordarlos.

—¿Comenzamos? —dice Flaco.

June empieza con una actualización de cómo me las estoy "arreglando" en casa y cómo me estoy adaptando a la nueva escuela. Mike contribuye, sobre todo con cosas buenas. A todos les impresiona lo bien que estoy.

—¿No tienes problemas para dormir? —pregunta June.

—No —respondo.

Mentira.

Mike me mira brevemente, sospecha lo contrario, pero no dice nada. Sentido de propiedad. El crédito de que yo esté bien es suyo, de que *parezca* que estoy bien. Me pregunto si también asumiría la responsabilidad si yo resultara ser como tú.

Gordo pasa a lo siguiente, a discutir el proceso del juicio a detalle, dice que de ser necesario, me llamarían una semana antes para venir a ver el video de mi testimonio.

—Para entonces sabremos el ángulo con el que la defensa abordará el caso y cómo destrozarlos, por supuesto —dice.

Se recarga en el respaldo de su silla. Salchichas rechonchas en las puntas de sus manos, cruzadas, descansan en su vientre abultado. Engreído. Los botones se tensan, protestan. Miro para otro lado, me enferma su falta de disciplina. Continúa.

Se presentarán los detalles de tu infancia frente al jurado. Se les entregarán copias de tus expedientes médicos, entre ellos el alcance de tu…

Hace una pausa, la sala de juntas está cargada de palabras que no puede decir. Lo miro, le toca sufrir por hacer contacto visual. Asiente sutilmente, continuamos. No lo culpo, su reacción es habitual. Escuché a las enfermeras en el hospital hablar de mis lesiones. Fuera del alcance del oído, eso creyeron. Nunca había visto algo así, dijo una de ellas, fue su propia madre, y es enfermera, ¿lo puedes creer? Sí, otra contestó, por eso no se reportaron casi todas las lesiones, se trataron en casa, nunca podrá tener hijos, ¿sabes? Me dijiste que debía estar agradecida, me habías hecho un favor. Los hijos sólo causan problemas.

—Lo último y quizá lo más importante es discutir si Milly se presenta o no en la corte —dice Flaco—. Y hasta cierto punto, puede que esto no esté en nuestras manos debido a los acontecimientos de estos días.

—¿Acontecimientos? —pregunta June.

—Ha habido ruido de parte de la defensa, hay ciertas cosas sobre las que quieren interrogar a Milly.

Me palpita el pecho. Una paloma mensajera, un mensaje importante en un barril pequeñito atado a su cuello. La puerta de la jaula, cerrada, las otras vuelan, libres.

—¿Qué clase de cosas?

—Aún no lo tenemos muy claro y tal vez no sea muy útil preocuparse demasiado hasta no estar seguros —dice Gordo.

—Bueno, hubiera sido útil saber esto antes de hoy —dice Mike, primero me mira a mí y luego a los abogados—. No le da a Milly una posición muy cómoda, adivinar qué le quieren preguntar.

Presiento que lo sé. Un mal presentimiento.

—Estoy de acuerdo —dice June.

—Como dije, es un nuevo acontecimiento y en este punto están siendo discretos —responde Flaco.

—Dada la evidencia, me parecen medidas desesperadas.

No, June, no son desesperadas, es la primera fase de un plan que ejecutas tú, Mami.

—En cuanto a lo que supone para Milly —responde Flaco—, debemos prepararla para la posibilidad de que la interroguen sobre su testimonio.

—Mike —digo.

Él me mira.

—Está bien, no pasa nada.

El estómago vacío, no desayuné, aun así siento la garganta llena. Trago. El juicio no es mío, es tuyo. Es todo lo que necesito recordar.

—¿Qué tan probable es? —pregunta June.

—Estamos convencidos de que la defensa querrá seguir ese camino. Pero será el juez, tomando en cuenta nuestras recomendaciones, quien tome la decisión final. No todo es pesimismo —responde Flaco—. Milly tiene la opción de hacerlo mediante un video o, si creemos que puede lidiar con ello, desde el estrado. Habrá una pantalla para que Milly no pueda ver a su madre. En mi opinión, ponerla en el estrado evocará una respuesta positiva del jurado. No hay nada como un niño en la corte para suscitar empatía.

—No me gusta la idea de usar a Milly como carnada —responde Mike.

—Igual —dice June.

—Les guste o no, es la naturaleza del sistema judicial —argumenta Flaco— y a fin de cuentas todos queremos lo mismo.

Todos en la mesa asienten menos yo, me concentro en respirar. Tranquila. En no decirles que escucho tu risa en mi cabeza.

—¿Y tú, Milly? ¿Qué opinas? —pregunta June.

Protégée. Te encantaba decir esa palabra. Lo suficientemente valiente. ¿Lo soy? Todo lo que me enseñaste, lo suficientemente bueno. ¿No crees? Quieres que me culpen. TAMBIÉN ESTUVISTE PRESENTE, ANNIE. Intento bloquear tu voz, responder la pregunta de June.

—Mike y yo lo hemos hablado un poco y creo que para cuando inicie el juicio, me sentiré fuerte y de hecho podría ayudar si voy al juzgado.

—Una actitud muy razonable —dice Flaco, se retira una costra en la comisura derecha de la boca. Me incomoda, así que miro a otro lado, hacia la luz parpadeante, pero me marea y mi corazón late más rápido.

—Si quieren mi opinión, todo suena demasiado entusiasta.

Pero no la pedimos, June, ¿o sí?

—Todos sabemos cómo pueden ser los abogados defensores cuando empiezan —prosigue.

Una obstrucción en mi garganta, gritaría si pudiera. Se me durmieron los pies por pegarlos tan fuerte en el piso. Si tan sólo pudiera decirles por qué es tan importante que esté en la corte. Por qué tengo que seguirte el juego. Miro a Mike, le pido con la mirada que intervenga. Lo hace.

—En las próximas semanas Milly y yo trabajaremos en estrategias, pero en mi opinión su postura al respecto es bastante razonable. También puede ser útil verlo como una oportunidad para pasar página. Una experiencia catártica si se maneja adecuadamente.

—¿Y si no? Lamento ser la abogada del diablo, pero ¿y si es demasiado difícil para ella llegada la hora? ¿Qué tal si la defensa es implacable, intenta confundirla, manipularla para que secunde su versión de los sucesos? Ya de por sí se siente culpable.

—June, momento, no estoy seguro de que sea útil hablar de los sentimientos de Milly frente a todo el mundo.

—Lo siento, tienes razón. Pero necesitamos decidirlo ahora y creo que sería provechoso si saliéramos a hacerlo, ¿vamos?

Le hace un ademán a Mike y a los abogados y salen, dicen que no van a tardar. Sigo las rugosidades de mis cicatrices debajo de mi camisa. Las cuento. Veinte veces o más.

Te pregunto qué pasa si no quiero jugar, si me niego. Tu respuesta, una voz desdeñosa. SIEMPRE QUERRÁS JUGAR, MI PEQUEÑA ANNIE, YO TE HICE ASÍ.

Por fin regresan. Primero Flaco, luego June, seguida de Mike. Gordo se fue. Un almuerzo temprano. Y este cerdito comió carnita.

No escucho nada salvo las palabras de Flaco.

—Decidimos que si te llaman al estrado, subas.

Pero en vez de satisfacción, siento un hueco que se abre en mi interior. Un lugar vacío y solitario. Ahora nadie puede ayudarme.

Arranca una discusión sobre cómo gestionar mi exposición a la cobertura de los medios en el periodo previo al juicio, limitar la hora en la que veo las noticias y escucho la radio. Mike, mi monitor. El consejo es mantenerme ocupada. Escucho algunas cosas, no la mayoría.

Estoy escuchando otra voz, una que dice:

EN SUS MARCAS, LISTAS, FUERA, ANNIE.

8

Mike me deja en Wetherbridge antes del descanso de la mañana. Me dice que está orgulloso de mí, le agradezco, desearía pensar lo mismo. Cuando me registro en la oficina me doy cuenta de que olvidé recordarle que tengo una reunión con la maestra Kemp después de la escuela, así que le mando un mensaje mientras disfruto los últimos minutos de silencio en los casilleros. Hoy no me recibe ningún póster, pero cuando entro al correo de la escuela desde mi laptop —otro regalo de Mike y Saskia—, tengo un mensaje de la maestra Kemp:

> Hola, Milly, espero con ansia nuestra reunión de hoy. Se me ocurrió que podíamos dibujar, ¿qué te parece? Nos vemos en el salón de arte más tarde.
> *MK.*

MK. Nunca había visto que una maestra firmara con sus iniciales.

El resto del día transcurre sin novedades. Mate, biología-química-física y estudios de religión para terminar. Cuando suena la campana, me voy al salón de arte. Escucho las voces antes de verlas. Nasales y estridentes. Chicas. Malvadas. Bajan las escaleras, vienen hacia mí y me pregunto qué clase de castigo les puso MK por el póster, si es que lo hubo. Me detengo para dejarlas pasar, las escaleras no son tan anchas. Phoebe me empuja contra el barandal.

—Hola, cara de perro.

¿Cara de perro? Se suponía que seríamos hermanas. Mujercitas.

—Te está esperando. Qué dulce que tu querida maestra Kemp esté peleando tus batallas.

—Phoebe, sobre el collar, no me lo voy a poner, me siento mal.

—¿Qué collar? —pregunta Izzy.

—Nada —responde Phoebe.

—Ay, por favor, dime —Izzy le dice pegándole en el estómago.

Reducida. Menos hostil, menos valiente. Avergonzada frente a su amiga. Debería sentirme mal por mencionarlo ahora, frente a alguien más. Debería.

—La pendeja de mi mamá le compró uno de esos collares de oro con su nombre.

—¿El que te mandó a hacer? ¿No se había mandado a hacer uno también para que las dos hicieran juego?

Phoebe asiente, intento decir que lo siento, pero me dice que me calle.

—Ay, ¿mami te volvió a decepcionar?

—Vete a la mierda, Iz.

—Cálmate, ¿quién necesita madres cuando nos tenemos a nosotras?

Se ríen y siguen bajando las escaleras hasta el siguiente descansillo. No digo nada, pero quiero decir algo, quiero.

Necesito una madre.

Izzy se detiene, levanta la mirada y dice:

—¿Has recibido llamadas extrañas en estos días?

Mi mano se mueve hacia mi teléfono en el bolsillo de mi blazer.

—Interpreto por tu silencio que no. Prepárate, seguro no tardan.

Más risitas y carcajadas.

Sal en la herida. Arde. Me asomo hacia abajo, al ver sus caras hermosas, recuerdo una historia que leí. Un cuento nativo norteamericano en el que un cheroqui le dice a su nieto que dentro de todos nosotros se libra una batalla entre dos lobos. Uno es malvado, el otro bueno. El niño le pregunta, ¿qué lobo gana? El cheroqui le dice que al que alimentas. Cuando me asomo para verlas sus caras se vuelven blancos. Estoy tentada a abrir la boca, saliva y escupitajo en sus caras maquilladas. Muñecas. Un aroma a bronceado falso, a galleta, cuelga en el aire. Izzy hace una V con los dedos, y mete la lengua en medio. Phoebe hace lo mismo. Malos pensamientos en mi mente. Se abre una puerta en el pasillo inferior, las obliga a circular. Reviso mi teléfono mientras subo las escaleras restantes para llegar al salón de MK, no tengo llamadas.

Cuando llego, hay dos caballetes colocados frente a frente. Dos bancos, dos cajas de carboncillo. Dos de todo.

—Hola. ¡Bienvenida! ¿Lista para dibujar?

Asiento, dejo mi mochila y mi blazer. Me pregunta si quiero un vaso de agua.

—No, gracias.

—¿Has trabajado con carboncillo?

—Un poco.

—Bien, escoge un caballete.

Sus manos son inquietas, se mueven rápido, como si el peso de los anillos fuera excesivo si se quedaran quietas más de un segundo. Se sienta frente a mí.

—¿Ya sabes qué quieres dibujar?

Sí, pero creo que no sería apropiado.

—No, me da igual.

—¿Qué tal si dibujamos esa figura de la mesa, es de un escultor que se llama Giacometti, o tengo un perfume en mi bolsa, la botella tiene una silueta interesante.

Su perfume. Eso es. Familiar. Ramitas frescas de lavanda cortadas de nuestro jardín, por ti.

—La figura está bien —respondo.

—Buena elección, yo la traigo.

Se mueve con fluidez, las cuentas tribales que lleva dejan una estela de ruido a cada paso. Tiene el pelo amarrado en un chongo despeinado, atado con un pasador que tiene un patrón que parece asiático. Me recuerda a algo de la revista *National Geographic*, una mezcla entre una geisha desarreglada y la sacerdotisa de alguna tribu. Comenzamos a bosquejar al mismo tiempo, de algún modo sintonizadas, nuestras manos sincronizadas se estiran para agarrar el carboncillo. Me pregunta qué tal las cosas hasta ahora, le digo que bien.

—¿Bien bien, o podrían estar mejor pero no quieres decir más?

—Un poco de las dos.

Deslizar. Dibujar. Una cabeza en la página, me pregunto si ella también empezó por la cabeza.

—El arte es una terapia excelente, ¿sabes?

Siento el hormigueo con anticipación. Muros a medio construir viven dentro de mí, se erigen en cuestión de minutos si siento la amenaza de estar expuesta. "Terapia." ¿Por qué lo diría? Sólo los que necesitan saber, dijo Mike. La maestra James, directora de la escuela, Sas y yo, nada más. Nadie más sabe sobre tu madre. Me asomo desde mi caballete para verla. Sin maquillaje, rubor natural. Duraznos con crema. Levanta la vista, sonríe, se le forman arrugas y pliegues discretos alrededor de los ojos. Apuesto a que sonríe y se ríe mucho.

—¿Qué tal vas?

—Bien, gracias.

La cabeza ya tiene un cuerpo, delgado como un látigo, como el que usabas, aunque yo decía que no.

—¿Cómo van las cosas con las chicas?

Peor que nunca.

—Supongo que no tan mal.

—¿Supones?

—Presiento que no encajaré muy bien aquí.

—Puede ser difícil, de eso no hay duda. Las chicas aquí son inteligentes y astutas, la mayoría se ha criado en Londres toda la vida. Ya lo he visto, a las nuevas las tratan un poco mal, para eso estamos los asesores y para mi suerte, ¡me tocaste tú! ¿Lista para enseñarme tu dibujo?

—Eso creo, sí.

Se limpia las manos en el paño húmedo a su lado, se para y camina hacia mi caballete, da un silbido de admiración, caramba, la directora de tu otra escuela tenía razón.

—Qué matices tan increíbles, parece que la estatua se mueve, que se sale de la página. ¿Te importaría si me lo quedo? Me gustaría enseñárselo a los de primero de secundaria, de momento están trabajando en bosquejos de figuras.

—Claro, si le parece que es lo suficientemente bueno.

Estoy a punto de arrancar la hoja, pero me pide que me detenga, que he olvidado algo.

—Ay, lo siento.

—Un artista siempre debe firmar su trabajo.

La miro, me guiña, me da un empujoncito en el hombro y no me siento rara ni incómoda como cuando June me tocó. Firmo, pero debo tener más cuidado en el futuro, casi firmo Annie.

Estoy por irme cuando me dice: "No te preocupes por las chicas, las estoy vigilando. Las he tenido recogiendo y limpiando estuches de pintura. Parecen arrepentidas de lo que hicieron, así que estoy segura de que ahí terminará todo. ¿Por qué no te llevas un rollo de papel y una caja de carboncillo para que sigas dibujando en casa?

Me voy con una sensación cálida, el lobo bueno se dio un festín.

Los pasillos están en calma, no tengo que correr ni preocuparme por evitar a las otras chicas. Voy a mi casillero a recoger un fólder que olvidé, voy a medio camino del patio de la escuela cuando suena mi teléfono. Un número que no reconozco.

Recuerdo la cara burlona de Izzy cuando dijo: "¿Has recibido llamadas extrañas?"

No debería contestar, pero me mata la curiosidad. La curiosidad mató a…

—Hola.

—¿Es Milly?

Una voz profunda. Contenida.

—¿Quién es? —respondo.

—Llamo por el anuncio.

—¿Qué anuncio?

—La postal.

—¿Qué postal?

—Ay, muñeca, no seas tímida.

—¿Cómo conseguiste este número?

—Por el anuncio, ya te dije. Mira, no es por nada pero ¿eres real o no?

—Tal vez.

—¿Te gusta jugar, verdad? —pregunta.

Su voz. Diferente. Más urgente. Reconozco qué significa.

—Depende —respondo.

—¿De qué?

—Si gano o no.

Cuelgo, miro el teléfono unos segundos, salgo del patio. Aunque esta mañana hacía calor en el metro, el viento de la tarde ha cambiado en las últimas semanas, ha enfriado, me roza las manos. Guardo el teléfono en el bolsillo de mi blazer, llevo demasiado, el fólder y el rollo de papel que me dio MK. Siento una vibración en el muslo, un mensaje. No me detengo a leerlo, llegaré a casa en unos minutos. Cuando llego a la esquina de mi calle, saco el teléfono de mi bolsillo, un número desconocido otra vez.

Tengo el pito parado y listo hay que vernos

Lo vuelvo a leer, no sé qué me ofende más, el contenido o que no tenga puntuación. Inculto. El mensaje desaparece de la pantalla mientras recibo una llamada. Esta vez reconozco el número, es el mismo que antes. No puedo evitar contestar. Casi divertida.

—¿Sí?

—¿Me colgaste?

Me detengo en la esquina, me recargo en la pared, apoyo mi mochila pesada y la despego de mis hombros.

—Tal vez.

—¿Llevas puesto tu uniforme?

—¿Cómo sabes que voy a la escuela?

—Por la foto, ¿llevas falda o uno de esos vestiditos?

Escucho la excitación en su voz, es obvia. Siempre me he preguntado si en un hombre suena diferente que en una mujer. No.

—¿Cuándo nos podemos ver? Pago bien.

Cuelgo. Dos cero, perdedor. Disfruto el poder, ser deseada. Cuando doy vuelta en mi calle, escucho un silbido. Morgan. Usa sus dedos como un albañil o un paseador de perros. Sonrío y ella asiente, me llama y luego esconde la boca en el cierre de sus pants, así que sólo se le ve la parte superior de la cara. Lleva algo en una de las manos. Camino para allá. Tiene el ojo menos moreteado, pero me doy cuenta de que cuando saca la boca de la chamarra, tiene los labios partidos y ensangrentados. Los mastica como si fueran comida. Un aperitivo.

—Hola.

No responde. Voltea la cabeza a un lado, se pellizca los labios, se arranca un cachito de piel. Cuando voltea, hay sangre fresca, como si se hubiera comido una mora, un aperitivo más apetitoso. Se lame la sangre, se limpia la boca con la manga. Me doy cuenta de que lleva una postal en la mano, pero no sé de qué.

—Vengo de la escuela.

Se encoge de hombros.

—Se te ve mejor el ojo.

—Sí, hasta la próxima.

—¿Qué pasó?

—Choqué con una puerta, es lo que mi mamá dice siempre —sonríe con suficiencia.

¿Y lo que dice Mami es cierto, ¿no?

—Dijiste que te llamabas Milly, ¿no?

—Sí.

—Encontré algo que creo es tuyo, tiene tu nombre y tu foto. M-I-L-L-Y.

Deletrea mi nombre, con sus labios irritados pronuncia cada letra despacio, concentrada.

—¿Por qué lo dices así?

—Vete a la mierda, soy disléxica.

Adopta una expresión herida. Miro para otro lado, avergonzada por haberla causado.

—En fin, no necesitas saber leer bien para entender esto.

Me da la tarjeta. Es obra de un profesional, laminada, color de calidad. Pienso en cómo se hizo, tal vez en una imprenta, tipos con sobrepeso sorben tazas de té mientras paso de un lado a otro.

—¿De dónde la sacaste?

—Anoche me la encontré en la caseta de teléfono, abajo a la derecha, por los arcos cerca de Ladbroke Grove. Mi teléfono se descompuso y el de mi mamá no tiene crédito.

Ya sé en dónde. Entre la tierra y la mugre, los orines y el chicle, hay una colección de anuncios. Yo. Una cara nueva, agregada al cartel. ¡Acérquense! ¡Acérquense!, un bombón recién llegado. Una galería de senos, bocas abiertas, expresiones grotescas en las caras de las mujeres. Y ahora, una colegiala. La imagen, la misma que usaron en el póster que dejaron en mi casillero. Palabras nuevas.

MILLY, COLEGIALA, CALIENTE
LISTA PARA MAMAR VERGA, LLAMA YA

Los baños de los salones de ciencia. Izzy. "No te lo vuelvo a pedir." Vibra mi teléfono, una vibración del interior de mi bolsillo izquierdo, disfruto brevemente cómo se siente ser popular. Corderos hambrientos en el pezón, quieren más.

—No te ofendas, pero no pareces.

—No soy.

—¿Entonces de qué se trata?

—Alguien cree que es un chiste.

—Los hiciste encabronar, es un chiste muy enfermo.

—Son unas chicas de la escuela y la chica con la que vivo.

—¿La putita esa, rubia y presumida?

Señala nuestra casa, miro por encima del hombro.

—Sí, ella.

La entrada para coches tapa buena parte de las ventanas, pero dos o tres dan a la calle. Siento la necesidad de mantener a Morgan en secreto.

—¿Ya te llamó alguien? —pregunta.

—Sí, ahorita.

—Mierda. ¿Qué vas a hacer para vengarte?

Ya pensaré en algo.

—No sé, seguro nada. ¿Cuánto crees que llevaba la postal pegada?

—A lo mejor un día o así, no sé. ¿Te acabas de mudar verdad?

Asiento, respondo:

—Son mi familia adoptiva.

—A nosotros casi nos toca cuando metieron a la cárcel a mi mamá, pero mi abuela vino a cuidarnos.

—¿Entonces tu mamá ya salió?

—Sí, sólo estuvo unas semanas. Le ayudó a mi tío con una estupidez.

Se pellizca los labios otra vez. Resisto las ganas de quitarle la mano de una cachetada, de decirle que se detenga. Se separa de la pared y se para. Le pregunto si quiere hacer algo. A lo mejor, responde. Sospechosa. Qué bien, quiero decirle. Es más seguro así.

—Nos podemos ver al final de mi jardín. La puerta azul de la privada te lleva al jardín, casi siempre está cerrada, pero podría abrirla. Mi cuarto es el del balcón.

—¿Por qué tienes tantas ganas de que salgamos?

—No sé, no es fácil ser la nueva, sobre todo con una hermana adoptiva como la mía.

Asiente, me da la impresión de que ella también se siente sola.

—¿Qué piensas? ¿Quieres? —le vuelvo a preguntar.

—Como dije, tal vez. ¿Quieres que nos veamos en tu jardín para que nadie sepa que somos amigas, verdad?

—No es eso, es por la putita esa con la que vivo, la rubia. Tú lo dijiste.

Las dos sonreímos cuando lo digo.

—Vería la forma de arruinarlo, de decirle a su papá o algo —explico.

—Seguro que sí, la muy cerda.

Necesito algo para cerrar este trato. Los regalos abren puertas, después de eso la confianza se gana más fácil. Te vi hacerlo cientos de veces con los niños del refugio. PIENSA, ANNIE, PIENSA. Tu voz en mi mente. El teléfono piensa por mí, vibra otra vez en mi bolsillo. Le pregunto a Morgan si lo sabe usar, lo saco, se lo enseño.

—Sí.

—¿Qué hago ahora que me llaman por el anuncio?

—No sé, ¿cambiar de número?

—No puedo, tendría que pedírselo a mi papá adoptivo y sospecharía.

—¿Tirarlo?

—Es nuevo, sería una locura tirarlo. Le podría decir que lo perdí, pero creo que se enojaría mucho.

—A quién le importa, seguro tienen un chingo de dinero, un teléfono no es nada.

—Sí, pero me sentiría mal por tirarlo. Dijiste que tu teléfono estaba descompuesto, a lo mejor te lo puedo prestar, cambia el número o algo.

—No, no creo. Ni siquiera te conozco.

—Así podríamos estar en contacto, por si queremos hacer algo.

—¿Y no tendría que hacer nada a cambio?

—No, nada. Como te dije, me estarías ayudando.

Se muerde el labio de nuevo, se mira los pies, después levanta la vista y dice, ok, hecho. Se lo lleva, dice que verá cómo avisarme que ya cambió el número y luego me pregunta qué hacer con la postal.

—¿Era la única?

—La única que vi.

—Haz lo que quieras, quémala si quieres.

Asiente y se va. La miro irse, satisfecha. Tus enseñanzas, tu voz, útiles. A veces.

La casa está en silencio cuando abro la puerta, no está cerrada con llave, así que podría haber alguien en casa, seguro Saskia, siempre se le olvida cerrar con llave. El radiador al lado del organizador de zapatos emite un murmullo, es el esfuerzo que le requiere mantener el porche cálido y que se escapa por sus tuberías antiguas. Veo unos tenis en el piso y no los reconozco, demasiado grandes para ser de mujer.

Me quito los zapatos y aviento mis cosas en las escaleras. Rosie me mira desde su cama con los ojos medio abiertos, está muy cómoda como para levantarse a saludarme, medio mueve la cola. La cena está servida en la barra de la cocina. Tres en línea. Sevita sabe de sobra que no tiene caso dejarle nada a la "señorita Saskia", lo cual indica que Mike y Phoebe no están. Me arriesgo a prender el radio mientras se calienta el guisado en el microondas, para ver si escucho algo, pero los titulares ya se acabaron. Como rápido para no ver a Phoebe y cuando meto mi plato en el lavaplatos, voy al estudio de Mike, toco a la puerta para asegurarme de que no haya llegado. No hay respuesta. Uso un Post-it del paquete en la mesa junto al nicho, escribo "Querido Mike, perdón, pero perdí mi teléfono, no lo encuentro en ninguna parte. ¿Qué hago?"

Lo pego en el centro de la puerta de su estudio, a nivel de los ojos para que lo vea. Una disculpa en rosa neón y un vete a la mierda secreto para Phoebe. Quiero conseguir otro teléfono lo más pronto posible para poder estar en contacto con Morgan. Cuando paso frente al sótano, me doy cuenta de que la puerta está abierta, conduce al cuarto de lavado y al gimnasio. Me asomo rápido para asegurarme de que Sevita no esté abajo, y la cierro, ojalá tuviera seguro.

Desde mi balcón compruebo si la reja del jardín no se ve desde la casa. No se ve. Estoy a punto de entrar cuando escucho el silbido, una silueta pequeña en la calle cerrada, me saluda ondeando la mano. Después ella hace algo con las manos. Una chispa, otra, un encendedor prendido, seguido de una llama pequeña. Desde aquí es imposible ver bien, pero sé que está quemando la postal. Cuando se calienta demasiado como para agarrarla, la tira en el piso, agita las manos, listo, y regresa corriendo a la calle por la cerrada.

Bajo la guardia, me quedo dormida muy rápido. Vienes a felicitarme. Me recuerdas que de no haber sido por tus enseñanzas, nunca hubiera conseguido que Morgan confiara en mí. Me despierto llorando.

Sube ocho. Después otros cuatro.
La puerta a la derecha.

Ponte los pantalones.
Ponte la camisa.
Obedece.
Disfrázate. Tu juego favorito.
Los niños vestidos de niños y las niñas también.
Muñecos de tamaño real que caminan y hablan; son para jugar.
Tíralos cuando te aburras.
Annie, te ves muy especial vestida de niño.
Acércate, Mami te quiere ver.

9

Esta mañana Saskia se ofrece a llevarnos a la escuela a Phoebe y a mí, se da cuenta de que además de lo de siempre, tengo que cargar un portafolio grande para arte en donde guardaré mi trabajo del año. Phoebe, vestida con ropa deportiva dice no, planea ir a correr antes de la escuela con dos de las chicas que viven cerca, les recuerda que esta noche se queda en casa de Izzy. Mike le grita mientras ella se pone los tenis en el porche, asegúrate de desayunar algo. Se abre la puerta y se azota al cerrarse. Chasquea la lengua, pero después sonríe.

—Vi el recado del teléfono. Normalmente te diría que esperes unos días a ver si aparece, pero me quedo más tranquilo si puedo localizarte si es necesario. Esta vez lo reemplazaré, pero por favor ten más cuidado.

Le pido que cambie el número, así me siento más segura. Dice que entiende, que en la noche lo habrá resuelto. Me como un tazón de cereal mientras espero que Saskia se vista y cuando está lista, salimos al coche, un Mini descapotable. Meto el portafolio en la cajuela, apenas cabe. Es una zona de Londres en donde el estilo es más importante que la funcionalidad. Las apariencias importan. Besos al aire mientras se apuñala por la espalda. Y se le da vuelta al cuchillo.

—¿Lista? —pregunta y se sube al asiento del conductor.

Asiento, molesta por cómo dijo "lista" con alegría excesiva. Si rascas la base aplicada perfectamente en su rostro, se asoma la debilidad. Un recorte de cartón de una madre. Pisa el acelerador demasiado fuerte, el coche se sacude en la grava, protesta. Quiero decirle, relájate, no muerdo. Bueno, sí muerdo pero no te voy a morder. Parece precavida. Intuición femenina tal vez. No puede olvidar quién soy, de quién provengo. A quién pertenezco. Cuando cree que estoy distraída, que no me voy a dar cuenta, la veo mirando.

Me doy cuenta.

—Qué agradable —dice cuando salimos de la entrada para coches.

—Sí —respondo mientras busco a Morgan.

—¿Qué tal la escuela?

—Ajetreada, hay mucho que asimilar.

—Mike me cuenta que te interesa el arte.

—Me gusta dibujar.

—Siempre fui malísima para el arte, malísima para muchas cosas si soy honesta. No como tú, me dicen que eres muy lista.

—No sé, pero gracias. ¿Te puedo preguntar algo?

—Claro, dime.

—¿Qué haces durante el día cuando Mike está trabajando y nosotras en la escuela?

—Varias cosas, supongo.

—¿Como qué? Si no te molesta que pregunte.

Volteo para verla de frente, se aclara la garganta, mira para otro lado. Una respuesta involuntaria por estar en una situación complicada, con algo que ocultar, en el fondo se alegra de que en unos minutos llegamos a la escuela.

—Cositas. Compras en línea para la casa.

Sí, las cuales guarda la ama de llaves.

—A veces me reúno con las otras mamás para hablar de cosas de la escuela y sin darme cuenta, el día se me ha ido y llegan todos a la casa.

—Se te olvidó el yoga. Te encanta, ¿no?

—Sí, qué boba que lo olvidé. Me gusta mucho, practico casi diario.

Espero unos segundos, después agrego:

—Y tu instructor, te cae muy bien.

La complexión cremosa de su rostro cambia de color. Se sonroja. Aprieta los labios. Quita la mano izquierda de la palanca de velocidades, se toca la nariz un par de veces. Mentira. No soy la única que oculta información.

—Sí, es excelente —contesta.

—¿De casualidad pasó a la casa anoche?

Me mira. Leo su proceso mental fácilmente. No puede ser, piensa. No había nadie, ¿o sí? Voltea antes de contestar.

—De hecho sí, pedí un tapete nuevo y decidió llevármelo. Creo que pasaba por ahí.

El tono de su voz. Un poco más agudo. El coche se detiene, el semáforo contribuye al dolor. Suyo. Al placer, mío. Después la culpa. No sé por qué la estoy provocando, por qué lo estoy disfrutando.

Le digo a Saskia que fue muy amable por llevarle el tapete. Asiente, le preocupa qué sigue, pero me detengo ahí. No le cuento que antes de cerrar la puerta del sótano anoche, escuché ruidos. No le cuento que bajé las escaleras del gimnasio y vi que un hombre al que le dobla la edad se la cogía por detrás. Zorra. No le cuento porque los secretos, cuando se manejan con cuidado, pueden ser útiles.

—Hasta aquí puedo acercarme —dice y se orilla al lado del puesto de periódicos cruzando la calle de la escuela.

—Está bien, voy a agarrar mis cosas de la cajuela.

Cuando volteo para abrir la puerta del coche, te veo en la primera plana de un periódico en el puesto. Saskia me apura, dice que está estorbando. Salgo, cierro la puerta, agarro mi portafolio de la cajuela y cuando lo cierro, Saskia toca el claxon y arranca. Hago tiempo recogiendo mis cosas del pavimento y acomodándolas en mis brazos, sin quitarte los ojos de encima. Alguien a mis espaldas dice, ¿podrías estorbar más? Recojo todo y camino hacia el paso peatonal. Paletas altas color naranja, un río de alumnos en uniforme.

Entro a la sala de estudiantes, un lugar que evito igual que el "pasillo central", pero hoy en la mañana hay una reunión obligatoria para la obra escolar de nuestro grado, *El señor de las moscas*. Abro la puerta. A la primera persona que veo es a Phoebe, ya se cambió la ropa de correr y trae puesto el uniforme. Un puñado de las otras chicas descansa en los pufs y sillones. La mayoría no levanta la vista cuando entro, tienen las cabezas inclinadas sobre sus teléfonos. Dan toquecitos con los dedos. Se desplazan. Arriba. Abajo. No están leyendo sobre el secuestro de mujeres y niños en Nigeria. Les obsesionan las cosas pequeñas, las cosas insignificantes. Las separaciones de los famosos. Las reconciliaciones. Los bebés. El divorcio. Quién le fue infiel a quién. De todas formas se lo merecía, cerda. Intercambian comentarios. Los dedos van más rápido. Un toque. Dos toques. Otro toque. Deshacer, porque cambian de parecer. Son caprichosas.

Dejo mi portafolio de arte en la puerta y sin pensarlo, agarro uno de los periódicos de la mesa más cercana y me siento. Mi ritmo cardiaco acelera cuando me doy cuenta de que también estás en la primera plana de éste. Ahora no es momento de disfrutarte, de disfrutar mirarte. Abro el periódico, no importa en qué página, de todas formas no me puedo concentrar en las palabras. Un minuto después, más o menos, Phoebe se para de su lugar en la ventana y camina hacia mí, me lo arrebata de las manos. Escudo. Armadura. Adiós. Te tiene, tu cara, en su mano derecha.

—Gracias, cara de perro, sabes que me encanta estar al día.

Se deja caer en la silla frente a mí. Su falda del uniforme, enrollada en la cintura, queda más corta de lo que debería, revela las huellas de un bronceado de verano en sus piernas torneadas. Calcetines a la altura de los tobillos, la próxima semana empezaremos a usar mallas. Estoy segura de que encontrará el modo de hacerlas atractivas. Levanta las piernas y descansa los pies en la mesa entre nosotras, se le ven los calzones, se pone el periódico en los muslos. Tiene algo pintado con pluma debajo de la rodilla, el garabato de un corazón a un lado de una cicatriz vieja. De forma ovalada. Verlo me recuerda a ti, te encantaba dejar tu marca en mí. Conquistada y adjudicada. Miro fijamente cuando pienso en ti, es un problema. Capas de pensamientos desfilan a toda velocidad en mi mente.

No me doy cuenta de que lo hago.

—¿Te gusta verle los calzones a las chicas, eh?

Miro a otro lado, algunas de las chicas se ríen, otras están ocupadas, concentradas en sus vertederos superficiales en el ciberespacio. Phoebe sigue leyendo y de reojo la veo sacudir la cabeza, cuando dice, mierda, sé que habla de ti.

—Clonny.

—¿Sí?

—Hay más información sobre la perra psicópata que mató a esos niños.

—Mierda, ¿en serio? ¿Qué dice?

—Algo sobre un área de juegos. Ven, mira.

Clondine se para con mucho esfuerzo de un puf, gatea hacia ella. Mi cuerpo reacciona. Pánico. Sudor frío. En la nuca.

—¿Lo leo en voz alta? —pregunta Phoebe.

—Sí —responde Clondine.

Trago saliva o eso intento. Los dedos de un duende bloquean mi garganta. El sabor es asqueroso. No vomites, no puedes. No aquí.

Despierta el interés de las demás. Una a una, como abejas a la miel. Se acercan a Phoebe, cada una en su silla, se asoman por encima de los hombros, sabe cómo atraer a una multitud.

—Ruth Thompson, de 48 años de edad, era una empleada popular en el refugio de mujeres en el que trabajaba. En su puesto de enfermera terapeuta era el primer punto de contacto para aquellas mujeres asustadas y sus hijos, quienes vivían ocultos, muchas veces huían de parejas peligrosas y violentas. No tenían idea de que en ella habían encontrado a una persona igual si no es que más malvada. Thompson fue arrestada en julio de este año y se le acusa de nueve cargos de asesinato infantil, los cuales parece haber cometido en el transcurso de diez años, entre 2006 y 2016. Según nuevos detalles que han visto la luz, estos asesinatos se realizaron en una habitación que ella denominaba el cuarto de juegos, en su casa en Devon. Tras su arresto, se descubrieron los cuerpos de ocho niños en el sótano de la casa y uno más en el llamado cuarto de juegos. Se cree que las víctimas oscilan entre los tres y los seis años. Thompson vivía en esta residencia con un hijo adolescente quien parece haber proporcionado evidencia fundamental en el caso en su contra.

—¿Qué mierda? ¿Era mamá? Dios mío, imaginen vivir con ella.

—Sí, siempre pensarías que te tocaría después.

—¿El cuarto de juegos? Qué puta enferma. Me pregunto qué más saldrá.

Las otras palabras que lee Phoebe —abuso, agujero en la pared, secretos— se mezclan; pienso en lo que dijo Aimee: "Siempre pensarías que te tocaría después".

También lo pensé, eso de que me tocaría después. Pero no podías, ¿o sí? No porque me quieras, no porque sin mí habrías estado desecha, desolada. Me mantuviste con vida porque me necesitabas. Yo era parte de tu disfraz.

Cuando Phoebe termina de leer, silencio. Se libera la respiración contenida. Empiezan las groserías. Marie, francesa, corta la tensión de la atmósfera, dice, a lo mejor nuestras mamás no son tan malas después de todo, ¿eh? Cabezas asienten. Poco a poco el grupo se dispersa, de vuelta a sus asientos originales. Cabezas inclinadas, toquecitos con los dedos. Rápido, cinco minutos, ya están en otra cosa. A ponerse al día. El mundo puede cambiar en un abrir y cerrar de ojos en las redes sociales. Phoebe no, no tiene la cabeza inclinada, me está mirando. En todo lo que puedo pensar es en que soy tu viva imagen y de algún modo ella lo ha descubierto.

—¿Qué opinas, cara de perro? ¿Crees que sea culpable?

Sé que lo es.

—Lo decidirá la corte.

—No suenas muy interesada, a lo mejor también tienes gustos enfermos, todos sabemos que los niños adoptivos no están bien de la cabeza.

Me volteó, me avergüenzan las ganas de llorar, pero esto la provoca más. Odia que la ignoren.

—¿Te crees muy lista, no? Le dijiste a Papá que perdiste tu teléfono, ¿no? ¿Qué te parece si le digo en qué clase de actividades extracurriculares estás metida? ¿Colegiala caliente, eso decía el anuncio?

Cómo lo dice. Cae de su lengua, de esos labios. Brillosos. Divinos. Volteo para mirarla y a la mayoría de las cabezas en el salón. Clondine se burla mientras filma con el teléfono en el aire. Típico. Se reproducirá una y otra vez, se editará. Se le pondrá música. Cualquier cosa para que lo vean en Instagram y Facebook. Suena la campana. Primera clase. Alguien pregunta en dónde mierda está la profesora Mehmet. Una sensación punzante, aguda, mi mano en el bolsillo de mi blazer. No necesito mirar para saber que me arranqué la piel del dedo gordo y estoy sangrando. Sé qué hora es por la campana, pero de todas formas miro el reloj, para evitar la mirada de águila de Phoebe. El cojín que me avienta me pega en un costado de la cara. Salto, los nervios de punta después de escucharla leer sobre ti y sobre el hecho de que también tenías un hijo.

Yo.

Estamos a punto de irnos cuando llega la maestra Mehmet. Entra dando zancadas, anuncia quién interpreta qué papel en la obra, pide voluntarias para trabajar tras bastidores y pintar los decorados. Las audiciones se realizaron el martes, cuando falté por la migraña, pero me pide que sea apuntadora. Nos recuerda que utilicemos el foro de primero de prepa como espacio para hacer lluvia de ideas.

—Reúnanse para practicar sus diálogos, chicas, métanse de lleno en sus personajes. Coman, duerman y beban esta obra. Espero sólo lo mejor de todas.

La sala de estudiantes se vacía. Me quedo, aliso las arrugas que Phoebe dejó después de leerte en voz alta. Te pongo arriba del librero, la idea de que rayen tu cara o la usen de portavasos. Demasiado. Un minuto después de irme, regreso, arranco la página con tu foto y la meto en el bolsillo de enfrente de mi mochila.

Tercera clase, me conecto al foro. Un lugar privado, un espacio privado, una muestra de confianza de la directora para las de primero de prepa. La contraseña la protege un individuo nominado, nada menos y nada más que la abeja reina, Phoebe Newmont. Citas y poemas. Tarea. Y ahora, videos. El más reciente: "A cara de perro le dan un cojinazo". Las respuestas son sobre todo emoticones de "llorar de risa". Izzy comentó: "¡¡Más por favor!!"

Me esforcé tanto por no creer las cosas que me decías, sólo somos tú y yo, Annie, nadie más te querrá. Yo asentía, decía, sí, tienes razón, por supuesto. Programada para obedecer. Pero en la madrugada, cuando la amenaza de la visita de tu sombra me mantenía despierta, en mi mente rechazaba tus palabras. Me aferraba a la idea de que algún día me querrían y me aceptarían por ser yo. Quienquiera. Lo que sea que fuera. Pero hoy no tengo ninguna oportunidad, Phoebe se está encargando de eso. Muy pronto decidió que no le caía bien y que a nadie más le debería caer bien. Poderosa, como tú.

Duele; ser el blanco de Phoebe, pero hasta cierto punto es inclusión. Una oportunidad de aprender y estoy ávida por aprovecharla. Ahora soy mi propia maestra, aunque tus enseñanzas todavía resuenan en mi mente con potencia. Recuerdo un fin de semana, te ayudaba en tu trabajo. Jugaba con los niños mientras tú atendías a sus madres. Una de las mujeres hizo un comentario sobre mí, me llamó hermosa. Despampanante. En el coche camino a la casa me dijiste, la belleza le otorga poder a una persona.

Y camuflaje.

Me lo ha otorgado, dijiste, y a ti también te lo dará.

Te pregunté a qué te referías. Es la naturaleza, respondiste. La belleza ciega, atrae a la gente. Una rana arborícola de un color vivo, una araña que sonríe. El hermoso tono azul de su cabeza distrae a su presa. La telaraña, pegajosa. Gruesa. La presa se da cuenta demasiado tarde. ¿Se da cuenta de qué, Mami? Sonreíste, me pellizcaste el muslo, con fuerza, y dijiste: no hay escapatoria.

Tu voz, cómo contabas cuentos. Fascinante, aunque aterradora. Recuerdo pensar que yo no quería cegar a la gente ni atraerla para que no pudiera escapar.

No quería ser como tú.

10

Cuando hoy en la mañana reviso mi computadora, las noticias sólo hablan de ti. Fragmentos de información filtrados y devorados por los periodistas.

Uno de los artículos dice:

El jurado espera escuchar evidencia no sólo de la madre del niño Daniel Carrington, la última víctima mortal que se encontró en casa de Thompson, también de un experto forense que responderá preguntas sobre su muerte y la escena del crimen, la habitación en la casa de los horrores de Thompson que ella denominaba cuarto de juegos. Por ahora no está claro si esto es parte normal del proceso judicial o si la presencia del experto forense responde a una solicitud de la defensa. Actualmente Thompson está presa en la cárcel Low Newton y la fecha del juicio está pendiente.

Desearía poder racionalizarlo en mi mente. Que la razón por la que la defensa quiere enfocarse en la muerte de Daniel es porque es la más reciente y la evidencia está fresca. Pero sé que no es así. Es por ti. Tú les dijiste que se concentraran en ese caso porque sabes que me dolerá más. Conocí a Daniel en el refugio. A él y a su mamá. Pienso en ella constantemente y en las otras mamás. Cómo se debieron haber sentido cuando descubrieron qué habías hecho. A quién le habían confiado a sus hijos. Tenían a monstruos por maridos pero en ti, algo peor. También estarás pensando en ello, aunque lo recordarás de otra forma. En una forma que alimente tu gusto por lo macabro, disfrutarás el alboroto por tu causa, querrás saber hasta dónde llegan tus mentiras. También pienso en el jurado, quiénes serán, qué tipo de personas serán. Y lo mucho que las compadezco. Lo que escucharán, las imágenes que les mostrarán. Les tomará meses, tal vez más, olvidarlas. Dejar de imaginarlas. Si lo consiguen.

La foto que utiliza la prensa, no sé de dónde la sacaron, nunca la había visto. El público verá tu rostro, tus ojos y dirá, mírala, se nota que es mala, me da escalofrío, sí señor. No te importará, crees en tu belleza, en tu simpatía, aún. Los hombres y mujeres uniformados que te vigilan, algunos de ellos olvidarán, hablarán del clima contigo. A lo mejor hasta intercambiarán un chiste. Tú, encantadora.

El interés de los profesionales, muchos querrán entrevistarte, escanear imágenes de tu cerebro para intentar descifrarte, aumentará a medida que surjan más detalles. Las asesinas que operan solas (sí, yo estuve presente, pero de todas formas) son una excepción. Después están los demás, como a los que invitaste para mi cumpleaños, acechan, se mueven en las sombras. Les inspirabas admiración. Amigos por correspondencia, tal vez alguna propuesta de matrimonio, o dos. La reina del bajo mundo cuya existencia nadie quiere admitir. Personas ordinarias. Que albergan una malicia extraordinaria. El cerebro de un psicópata es distinto de la mayoría, he evaluado mis probabilidades. Ochenta por ciento genética, veinte por ciento entorno.

Yo.
Cien por ciento jodida.

Me alegra que sea fin de semana, no me tengo que preocupar por la escuela. Ya se terminó mi primera semana. Sobreviví. Mike dejó un teléfono nuevo afuera de mi puerta el jueves en la noche. Me agacho y lo desconecto del cargador. Cuando me paro y abro las cortinas de la puerta del balcón, el cielo está azul y despejado. En las próximas semanas, cuando llegue octubre, el sol descansará más bajo. De niña, a los tres o cuatro años, me gustaba la oscuridad del invierno. Prendíamos la chimenea de la sala y a veces rostizábamos malvaviscos. En ese entonces no sólo éramos nosotras, vivíamos con Papá y Luke. No me gusta pensar en mi hermano, cómo encontró la forma de escapar y me abandonó. Los sentimientos, ocultos muy en el fondo. Es algo que deberías considerar abordar con el tiempo, dijo el psicólogo del centro, pero como parte de un plan de terapia a largo plazo, y después del juicio. Recuerdo ver cómo eras con Luke y desear estar en su lugar, un deseo del que luego me arrepentí.

Me llama la atención un pedazo de papel detrás de una de las macetas en el balcón. Abro la puerta, salgo y lo levanto. Un teléfono, la letra M debajo. Chica lista. Aunque acercarse tanto a la casa, arriesgado. Mando un mensaje al teléfono para decirle que soy yo. Responde al instante, me pregunta si quiere que nos veamos después. Sí, respondo. Me dice que la vea a las tres al final del jardín, que me ponga una sudadera con gorra. Me vuelvo a meter a la cama, me enrosco dentro del edredón, disfruto cómo me hace sentir el mensaje de Morgan. En la otra escuela no tenía muchas amigas, las invitaciones para quedarme a dormir se fueron terminando cuando no las correspondía. No podía.

Duermo tranquila, por primera vez me siento descansada y con hambre. Busco a Rosie pero su canasto cerca del radiador está vacío y recuerdo que Mike mencionó que a veces le gusta llevarla al trabajo. Más atención que en casa.

Hay un recado en la mesa de la cocina. "Pasé a verte: ¡¡SUPERDORMIDA!! Por favor envíanos tu nuevo teléfono a mí y a Sas. Estaré trabajando pero Sas está en casa."

Me preparo un tazón de cereal y me lo como de pie, recargada en el calor de la estufa AGA. Escucho que se abre la puerta de entrada, suena la campana antigua que cuelga del marco de la puerta, quienquiera que sea sube directamente las escaleras.

—¿Hola?

No contestan, así que salgo al recibidor. Hay una bolsa tirada en el piso, abierta, se le salen todas las cosas. Es de Saskia. La brinco, se ve su cartera hasta arriba, está abierta por tantos recibos. Le gusta comprar, la hace sentir mejor, aunque sea un poquito. Estoy a punto de irme cuando veo que se asoma algo en el compartimento de las tarjetas de la bolsa. Me acerco para verlo bien y regreso a la cocina para recoger mis cosas del desayuno. Cuando escucho pasos en el descansillo de arriba regreso al pasillo, me aseguro de que lleguemos al mismo tiempo.

—Hola, no me di cuenta de que estabas aquí. ¿Dormiste bien? —pregunta.

Lleva un tapete de yoga en el hombro, guardado en un estuche de seda hecho a mano, seguro un regalo de Mike o de Benji tal vez, su instructor.

—Sí, gracias.

—¿Qué vas a hacer? Si quieres puedes venir a yoga.

Las piernas delgadas como las de un chapulín, mallas de lycra brillosas, le aprietan la entrepierna. Labios vaginales. Delineados. Depilados seguramente. No le da pena.

—No, gracias. Tengo muchísima tarea, en Wetherbridge todos parecen ir muy adelantados.

—Yo no me preocuparía si fuera tú, te pondrás al corriente. ¿Estarás bien sola? Me puedo quedar si quieres.

—No, está bien.

—Regreso en una hora y media por si se te antoja hacer algo después.

—Creo que voy a quedar con una amiga.

—¿Alguien de la escuela?

—Sí.

Mira el reloj inexistente en su muñeca, le urge irse.

—Me tengo que ir.

Ya va a medio camino cuando la llamo.

—Saskia.

—Sí.

—No me gusta pedirte, Mike y tú ya han sido muy amables, ¿pero me podrías dar un poco de dinero por si quiero un chocolate caliente o algo?

—Claro, por supuesto, déjame sacar mi cartera. Deberíamos darte una mesada, a Phoebe le damos. Hoy en la noche hablo con Mike.

Me le acerco en el porche.

—¿Con veinte está bien?

Asiento.

—Toma.

—Gracias, disfruta el yoga.

—Sí.

—Y a tu instructor.

—Perdón, ¿qué dijiste?

—Y la meditación.

—Sí —responde.

Cuando saque el coche de la entrada, sentirá mariposas en la panza. Deja de ser paranoica, se dirá en voz alta. Aunque tiene todos los motivos para serlo, porque por mucho que me esfuerce, a veces no lo puedo evitar.

Cuando es hora, bajo al jardín para ver a Morgan. Cuando le di mi teléfono, esa noche abrí el cerrojo de la reja, así debió haber descubierto las escaleras para incendios que dan a mi balcón. Tiene prisa por irse, me quiere llevar no sé a dónde.

—Ponte la capucha, sígueme —dice.

Cuando llegamos al final del callejón, cruzamos la calle y entramos a los multifamiliares en los que vive. De inmediato nos eclipsan las torres de edificios, hay pocas personas en la calle pero nadie nos hace caso. En algunas ventanas están prendidas las luces, el cielo de la tarde empieza a oscurecer. Los balcones están repletos de bicicletas de niños, lavadoras y triques.

—Apúrate, lentona.

Vamos a la torre más remota de los multifamiliares, llegamos a unas escaleras en la parte posterior del edificio.

—¿A dónde vamos? —pregunto.

—Hasta arriba —señala la azotea del edificio—. Unas carreritas.

Sale corriendo, pero la alcanzo rápido. Son dieciséis pisos, no hay luz en los pasillos, hay una puerta hasta arriba, la pintura cobalto se está descascarando, el color resalta entre el concreto gris de las paredes. Nos detenemos para recuperar el aliento, nos sonreímos. Se quita la capucha y yo hago lo mismo.

—Ven —me dice.

Abre la puerta, el viento nos recibe ávido cuando salimos. Nos pasa por arriba y por todas partes, rápido, muy fuerte. Me toma de la manga y me jala a la izquierda. Nos acercamos al borde del techo, veo el mundo debajo. Coches, camiones, personas, no tienen idea de que estamos aquí viéndolos. Señala un pedazo que falta del barandal, cuidado, me dice.

Asiento. Caminamos hacia un conducto de ventilación grande, una hélice enorme dentro de cuadros acanalados.

—Aquí hace menos viento —dice.

Hay vidrio roto en el piso a un lado del conducto, es una botella de Coca vacía. Una caja de plástico, dos, tal vez más. Colillas de cigarro desperdigadas. Feo, aunque hermoso al mismo tiempo, un lugar que guarda el anonimato.

—¿Quién viene hasta acá?

—Casi nadie, yo. No vivo en este edificio, pero a veces vengo para escapar.

Entiendo a qué se refiere, la necesidad de evadirse. Con frecuencia.

—¿Qué tal el teléfono? —le pregunto.

—Bien, ya estaba desbloqueado, así que nada más conseguí una tarjeta. Fácil. ¿Lo quieres?

—No, ya me dieron uno nuevo. Quédate con ese.

—¿Segura?

—Sí. También traje otra cosa.

Del bolsillo de mi pantalón saco la envoltura que robé de la bolsa de Saskia y se la doy.

—¿En serio? ¿De dónde la sacaste?

—La encontré en la bolsa de mi mamá adoptiva.

—Dios.

La veo desdoblarla, pliegue por pliegue, hasta que descansa completamente abierta en la palma de su mano. Se pone de cuclillas, protege el contenido, me cuenta que la ha probado varias veces en las fiestas de los multifamiliares. Con el dedo meñique recoge un poco del polvo blanco y lo pone en otro dedo, se acerca, se tapa una fosa nasal y aspira la droga por la otra. Me pasa la envoltura, se acuesta de inmediato, como una estrella de mar en el concreto. Cuando cierra los ojos finjo inhalar. La doblo y la guardo, me recuesto a su lado.

—Está buenísima —dice.

—Sí.

—¿Qué tal va la vida con la rubia?

—Intento no cruzármela.

—Buena jugada, no creo que sea ni un poquito buena.

—No.

—¿Por qué esculcaste las cosas de tu mamá adoptiva?

—Supongo que estaba aburrida, además es fácil provocarla.

—Así que te gusta provocar a los demás, ¿eh?

—No, la verdad no debería hacerlo con ella. Creo que me tiene un poco de miedo.

—¿Te tiene miedo? ¿Por qué te tendría miedo?

Mi pasado, eso da miedo.

La pregunta de Morgan me inquieta, me hace pensar en lo que vive dentro de mí y si es posible eludirlo. Los rasgos en lo más recóndito de mi ADN. Me persiguen.

Aspira una línea, se pone de pie y me pregunta si quiero sentir como que vuelo.

—Ven, te enseño —dice.

Nos acercamos al borde del techo, al hueco en el barandal, el viento es más fuerte y el cielo más oscuro. Está a mis espaldas, me empuja para acercarme a la orilla. Súbete a la cornisa, me dice. Mi cuerpo está rígido, mis piernas no obedecen. Parece un juego que no quiero jugar.

—Súbete, no te caes. Yo lo hago siempre, extiende los brazos como un águila.

—No, hay mucho viento.

Me dice cobarde y se sube a la cornisa; de cuclillas, le toma un momento equilibrarse, se para poco a poco.

Un movimiento en falso.

Y.

Algo en mi cuerpo se prende.

—Ves —dice riéndose—, no es tan difícil. Bueno, para algunos.

Escucho tu voz, enojada, decepcionada. SE ESTÁ RIENDO DE TI, ANNIE, ESO NO ESTÁ BIEN, PIENSA EN CÓMO DESQUITARTE.

No, no quiero. Me quiero ir, pero en cambio, me le acerco. Una corriente me recorre la espalda, desde que te dejé había estado dormida, no sé quién soy. sí, ANNIE, sí SABES, ENSÉÑA-ME. Me acerco más y tal vez lo hubiera hecho, tal vez soy capaz. De algo peor. Pero se baja, voltea y me sonríe, tiene roto el diente frontal. Cuando la miro me siento muy culpable.

—Gallina. ¿Qué quieres hacer ahora?

—Lo que sea.

—Vamos al conducto de ventilación, quiero más coca.

—Ok.

Cuando estamos acostadas en el piso, le pregunto a Morgan por qué quería volar, por qué quería ser como un águila.

—Supongo que para escapar, ir a otro lado.

—Una vez me contaron un cuento de una niña que tenía tanto miedo que rezaba para tener las alas de un águila.

—¿A qué le tenía miedo?

A la persona que le estaba contando el cuento.

—Algo la perseguía, sin importar qué tan rápido corría o qué tan lejos llegaba, siempre le iba pisando los talones.

—¿Qué era?

—Una serpiente, esperaba hasta que la niña se cansaba de correr, esperaba a que se dormía, y entonces salía.

—¿Serpiente es lo mismo que víbora?

—Sí.

—¿Por qué perseguía a la niña?

—No era una serpiente, se hacía pasar por una.

—¿Entonces qué era?

—Una persona, le dejaba muy claro a la niña que si intentaba escapar, la perseguiría. La encontraría.

—¿Cómo puede una persona convertirse en serpiente?

—A veces las personas no son lo que dicen ser.

—¿La niña logra escaparse?

No en la versión que me contaste, Mami.

—No sé.

—¿Por qué?

—Porque la niña desapareció y no se le ha visto desde entonces, ni a la serpiente.

—¿Crees que la sigue persiguiendo?

—Tal vez.

Seguramente.

—Qué bueno que no me persigue ninguna serpiente.

—Sí, qué suerte.

—¿Te sabes muchos cuentos?

—Sí.

—¿Me cuentas otro?

—Tal vez a la próxima.

Conseguí lo que quería, que Morgan y yo nos hiciéramos amigas, pero ahora tengo miedo.

Un paso en falso.

Y.

En mi mente te burlaste de mí, dijiste ¿NO TE DAS CUENTA, ANNIE?

¿NO TE DAS CUENTA DE QUIÉN ERES?

11

Cuando regreso a la casa, el abrigo de Mike está colgado en el barandal del recibidor, debió haber vuelto temprano del trabajo. Tomo mi iPod de mi cuarto, no me quiero quedar ahí sola, y voy al nicho afuera de su estudio. Me gusta ese lugar porque está lleno de sus libros y me he dado cuenta de que es un buen sitio para escuchar sus conversaciones telefónicas. Los libros del nicho varían pero la mayoría tiene que ver con el estudio de todo tipo de cosas "psico". Psicoanálisis. Psicoterapia. Psicología. Y uno de mis favoritos, un libro de pasta dura roja, un estudio de psicópatas. La etiqueta que te puso la prensa. El libro es grande y pesado, muchos capítulos. Quién iba a decir que se sabía tanto sobre ti.

El capítulo sobre los hijos de psicópatas es el que más me interesa. La confusión que siente un niño cuando la violencia se mezcla con ternura. Estira y afloja. Un estado de hipervigilancia, nunca saber qué esperar, pero saber esperar algo. Reconozco esa sensación. La viví todos los días contigo. Como esa vez cuando se fue la luz en la casa, afuera una tormenta. Dentro, peor. Agarraste una linterna, me dijiste que fuera al sótano, que subiera el switch. Te dije que tenía miedo, no quería ir, sabía que ahí abajo había más que cajas y muebles viejos. Te pusiste la linterna debajo de la barbilla, me dijiste que me acompañarías, una trampa desde luego. Me empujaste y cerraste la puerta con llave. Me aferré a la puerta, conté hacia atrás, cien o más, después me desmayé, cuando desperté me estabas pateando. Estabas decepcionada, eso dijiste, por ser débil y asustadiza, juraste hacerme fuerte, enseñarme a ser como tú. Esa noche fantaseé con pagarte con la misma moneda, terminar tus clases, pero sabía que aún muerta tu fantasma atravesaría paredes hasta encontrarme.

Escucho que suena el teléfono en el estudio de Mike, responde rápido, como si estuviera esperando la llamada. Me quito los audífonos, no es que esté escuchando música, el truco, siempre parecer absorta. Distraída. Mike confía en mí, no tiene por qué no hacerlo.

Aún.

Una pausa, después, hola, June, ningún problema, eres una buena distracción, todo menos poner por escrito las notas de hoy. Ya sé, cuéntame. Sí, ella está bien, le va bien en la escuela, se esmera. Intento convencer a Phoebe de que haga lo mismo.

Risas.

No habla un rato, escucha a June, después dice, dios, pobre chica, qué más tiene que soportar. No puedo creerlo.

En mi pecho detona una explosión.

Mike guarda silencio, de nuevo escucha, después responde, sí, por supuesto, le contaré todo lo que tiene que ver con el juicio, pero no qué está diciendo su mamá. Gracias, June, agradezco el esfuerzo que estás haciendo. Sí, nosotros también lo creemos, muy especial.

Un clic. Se termina la conversación.

Me vuelvo a poner los audífonos, deslizo el libro rojo debajo de un cojín justo antes de que Mike salga de su estudio. Finjo no darme cuenta de su presencia, tamborileo a partir de la música imaginaria que escucho. Él mueve su mano frente a mí, sonrío, pulso pausa en mi iPod, me quito los audífonos.

—Hola, ¿qué tal tu día? —pregunta.

—Bien, gracias.

—¿Qué estás leyendo?

Un libro enorme sobre mi Mami. Y sobre mí.

Le enseño *El señor de las moscas*, el otro libro que estoy leyendo.

—Es obligatorio, la profesora Mehmet cree que debemos leer al menos un clásico al mes. También es la obra del año.

—¿Te tocó un papel?

—Me perdí las audiciones, pero la maestra me pidió que fuera apuntadora, además voy a ayudar tras bastidores, pintar los decorados y demás.

—Qué bien. ¿Phoebe tiene un papel?

Por supuesto que sí, es la reina de la prepa, ¿no sabías?

—Es la narradora en escena, tiene que aprenderse muchos diálogos.

—Guau, será mejor que vaya empezando. ¿Lo estás disfrutando? —asiente mirando el libro.

—Sí.

—¿Qué es lo que más te gusta?

—Que no hay adultos.

—Gracias —dice riéndose.

—No, no es eso.

—¿Entonces? ¿Te gusta que los niños no tengan padres?

—Sí tienen padres, pero no están en la isla.

—Buen punto. Pero hay escenas bastante inquietantes, ¿no crees?

Asiento, respondo:

—Como la muerte de Piggy.

—También muere un niño llamado Simón, ¿no?

Se da cuenta de que no lo mencioné, como buen psicólogo, quiere explorar por qué.

—La muerte de Simón es muy perturbadora, ¿no te parece? —pregunta.

Titubeo lo suficiente como para que parezca que lo estoy pensando, después contesto:

—Sí.

Lo que quiero decirle. La verdad. Es. Que la idea de que las personas o los niños se lastimen y maten entre ellos no me parece inquietante.

Me resulta familiar. Me siento como en casa.

Se sienta a mi lado. Tiene las mangas de la camisa arremangadas, vellos claros en los antebrazos, un reloj que se ve costoso. Lo suficientemente cerca como para tocarme, pero no lo hará.

—Acabo de colgar con June, se quería reportar antes de salir unos días de vacaciones.

Y para contarle lo que estás diciendo. Más platos chinos, están girando.

—¿Hay noticias sobre el juicio? ¿Tengo que ir o no?

—Nada concreto aún, pero sí me contó que los abogados están armando una serie de preguntas para que las revisemos.

—¿Preguntas?

—Cosas que te podrían preguntar.

—¿Entonces me van a interrogar?

—Todavía no estamos seguros. Y entiendo que provoca una sensación horrible, pero te contaré en cuanto sepa. Lo prometo.

Se pone de pie, se estira, me ofrece prepararme un refrigerio, quiere distraerme. Así le dejo de preguntar. Lo acompaño al frente de la casa.

—Por cierto, se me olvidó decirte ayer que hoy en la noche vamos a tener una cena familiar.

—¿Todos?

—Sí, tú, Sas, Phoebe y yo.

Pásame las papas, cara de perro.

Me pregunto cómo se recibirá en la mesa.

—Nos vemos como a las siete, ¿está bien?

—Sí.

Dedico el siguiente par de horas a dibujar y escuchar a Phoebe en su cuarto a través de la pared, llamada tras llamada telefónica. Considero tocar su puerta, fingir que apenas nos conocemos.

Olvidemos todo lo que ha pasado hasta ahora, diría. Comencemos de nuevo. Amigas, incluso.

Cuando es hora de cenar, bajo a la cocina, huele a que algo se está rostizando en la estufa, el aire se siente caliente e incómodo. Mike también lo siente, abre la ventana justo después de que llego. Phoebe está parada, recargada en el fregadero, con la cabeza en el teléfono. Hay una botella de vino tinto abierta en la barra de la cocina a un lado del radio, el cual está apagado, nadie quiere correr el riesgo de que escuche sobre ti.

—Huele bien —digo.

Phoebe levanta la vista, emite un sonido despectivo desde el fondo de la garganta. Mike la mira y sacude la cabeza. Saskia se voltea, se mantiene ocupada moviéndole al *gravy* en la estufa.

—Lo que percibes es el legendario asado de pollo de Sas.

—Legendario porque está tan seco que lo seguirás masticando de aquí al otro domingo. No es demasiado tarde para pedir comida china, gente.

El comentario de Phoebe es ignorado, baja la cabeza para ver su teléfono otra vez. Soy nueva en esta familia pero también lo percibo. La inhabilidad de Saskia para ser madre, para ser fuerte. Miro a Phoebe y me entristece pensar que no se da cuenta de que ella y yo nos parecemos más de lo que cree.

—Bueno, Phoebs, es hora de guardar el teléfono, sin pleitos. ¿Podrías poner la mesa con Milly por favor?

—Bien, nada más no esperes que me divierta.

—Tal vez si lo intentaras lo harías —dice Saskia y se da la vuelta para mirarnos.

No lo dice en buen momento, sino años después; es muy tarde para aplacar la ira de Phoebe. ¿Pero por qué?

—¿Tal vez si lo intentara? ¿Viniendo de ti?

—Por favor chicas, no creo que sea necesario hacer esto frente a Milly.

Se tambalea, amenaza con derrumbarse. Una baraja colocada en forma de pirámide, con mucho cuidado. Una familia frágil.

Nadie habla, el único sonido es el de las patas de Rosie sobre el mosaico cuando entra moviendo la cola, con la nariz levantada. Estornuda de placer, el aroma a pollo que reposa fuera del horno la tienta, la atrae.

Mike se agacha para rascarle detrás de las orejas, su sitio favorito, después le dice, ven señorita, afuera, y la saca, la encierra en el porche. Phoebe y yo ponemos la mesa mientras Saskia sirve las papas y las verduras para el asado en tazones. Cuando Mike regresa, afila un cuchillo largo con movimientos complejos, luego corta el pollo. No me pide que extienda los dedos en la mesa mientras clava el cuchillo entre cada dedo lo más rápido que pueda. No es ese tipo de juego.

Una vez sentados nos toma unos minutos pasar los platos, intercambiar tazones desde puntos opuestos de la mesa, hasta que todos estemos listos para comer. Mike sirve vino para Saskia y para él y media copa para Phoebe. Cuando me ofrece, digo que no, que con agua está bien. Phoebe me dice aburrida y todos nos reímos, apuesto a que lo que me dice en su mente es mucho peor.

—Salud —dice Mike, levantando la copa.

Nadie le hace caso.

—Milly me cuenta que van a representar *El señor de las moscas.*

101

Descubre oro, sabe en dónde buscarlo.

—Sí, prácticamente tengo el papel más importante, soy narradora. La maestra Mehmet dice que tengo una voz muy clara.

—Qué bien, ¿verdad, Sas?

Asiente, pero sin mucho convencimiento. Seguro está imaginando cogerse a Benji o salir por la puerta y no volver. Tiene los ojos vidriosos, se lleva la mano a la nariz de vez en cuando. Mike no está ciego ni es prejuicioso. Prefiere ignorarlo. Tolerarlo. Su reserva, llena. Está drogada. Puesta. Cogiendo por ahí. Hasta la madre.

—Milly. Tierra a Milly —escucho la voz de Mike.

Phoebe hace el comentario, si las miradas mataran. Saskia se endereza, se mete un bocado a la boca. Mike dice, basta, ya basta. La conversación continúa. Sosa. Monótona. Comemos mientras hablamos. Phoebe tenía razón, el pollo está seco. Mike le pregunta si se está aprendiendo sus diálogos, le sugiere hacer lo mismo que yo, leer y releer el libro. Una tela roja frente a un toro, un cerillo para una llama.

—Típico, de hecho he estado estudiando mucho mis diálogos, pero a lo mejor estás muy pinche ocupado como para darte cuenta.

Se empina su copa, el calor del alcohol es como combustible para su coraje.

—Si sigues hablando así, te retirarás de la mesa, ¿de acuerdo? Sobre todo cuando tu mamá cocinó una cena tan rica.

—Pues yo estaré comiendo otra cosa —responde.

Saskia abre la boca, quiere decir algo, pero la vuelve a cerrar. No se siente ni la mitad de valiente que su hija, y no lo es. Se disculpa para ir al baño, su nariz tiene hambre.

—Fue un chiste, por amor de dios.

—Te lo advierto, Phoebe, lo digo en serio —Mike responde.

Clava su tenedor en una papa, lo mira y dice:

—Bien.

Él se lleva la mano al pelo, suspira y me pregunta si quiero más pollo.

—No gracias, ya me llené.

—¿Y a mí no me ofreces?

—¿Quieres?

—No, pero sí quiero vino.

—No, y menos esta noche.

Demasiado tarde. Toma la botella, se sirve otra copa y derrama la mitad. Esta vez se la llena. Tiene los labios morados.

—No lo creo, Phoebe.

Él se para, le quita la copa de la mano y lo tira en el fregadero.

—Antes no te importaba.

—Antes te portabas mejor.

Ella me mira fijamente, sé que de algún modo me culpa. Cuando Mike regresa a su lugar intenta otro enfoque.

—¿Por qué no trabajan juntas para la obra y se ayudan?

—Me gustaría —respondo.

—Ya estoy trabajando con Iz.

—Podrían incluir a Milly.

—Se sentiría excluida.

—No hace falta ser grosera.

—No estoy siendo grosera, ¿por qué te pones de su lado?

—No me estoy poniendo de lado de nadie.

—Claro que sí, parece que soy invisible.

Él podría contarle, desactivar la bomba. Explicarle por qué él y yo pasamos tanto tiempo juntos, a dónde fuimos cuando falté a la escuela. Los abogados. Nuestras conversaciones vespertinas, de qué tratan. De ti. Pero no le cuenta, le dice que es importante que él me ayude a adaptarme a la vida como miembro de esta familia, que se requiere un poco de tiempo y

103

atención adicionales. Phoebe está a punto de responder, pero Saskia regresa con un vaso de vidrio en la mano. Hielo. Una rebanada de limón. Se sienta, juega con su collar, el que hace juego con el de Phoebe y el mío. A Phoebe no se le va una, no cuando se trata de su madre.

—Bueno, en vista de que ya pasaste a los tragos fuertes, me voy a terminar tu vino.

Se estira para alcanzar la copa de Saskia y se la termina. Lolita, la seductora adolescente, sabe cómo provocar. Mike pone la mano en la mesa, por dentro se estará intentando tranquilizar, emplear las tácticas que usa en el trabajo. Se para y dice:

—No te estoy preguntando, te lo estoy ordenando. Retírate de la mesa, Phoebe. Si tienes hambre, llévate lo que quieras, pero vete directo a tu cuarto. Prefiero no verte lo que queda de la tarde.

Hace lo que le dicen. Más calmada. Todo lo que sube tiene que bajar.

Y quedaron tres.

Me da lástima, es inevitable; también lo he sentido. La profunda sensación de soledad entre las personas, o la persona, que se supone tendría que protegerte. Criarte. Mike se disculpa, me pregunta si ya estoy satisfecha.

—Sí, gracias, si no les importa creo que también subiré.

—Claro, y lo lamento, no era lo que tenía pensado.

Me detengo afuera del cuarto de Phoebe, imaginando qué estará haciendo. ¿Mensajeando a Izzy? ¿Contándole lo mucho que odia a su familia y a mí?

Nada de familia nueva.

—Milly, soy Mike, ¿me oyes?
Por favor deja de llorar.
—Milly, ¿con quién hablas?

Te voy a ayudar, lo prometo.

—Todo está bien, Milly.

No, ya es muy tarde.

Alguien pone sus manos en mis hombros, los deja ahí. Aprieta. Una voz dice, Milly, necesitas salir de ahí. Abro los ojos y veo a Mike frente a mí.

—Te ayudo a enderezarte.

—No, Mike, me necesitan. Tienen miedo.

—Dame la mano, Milly. Eso es, muy bien.

Cuando Mike me guía para salir del sótano, la luz en el pasillo me ciega. Un reflector. Expuesta. Esto soy. Empiezo a llorar, me abraza. El corazón le late con fuerza. Lo siento a través de la tela gruesa de su bata. No se supone que debería tocarme, pero me alegra que lo haga.

—Lo siento —digo, todavía pegada en su pecho.

—No tienes ninguna razón, Milly.

Sí la tengo.

Tengo muchas razones.

12

El sábado en la noche, cuando Mike me acompañó a mi cuarto, me dijo que todo estaba bien, que hablaríamos en la sesión de esta semana, pero cómo estar segura de que lo dice en serio. De que todo está bien. Cuando se acerca la noche, el piso bajo mis pies se siente menos firme. Lo que digo. Lo que revelo sobre mí en esos momentos. Mi mayor temor eras tú, todavía lo eres casi siempre, pero ahora tengo otro temor, que me echarán, que Mike reconocerá que es demasiado para él. Que no quiere cargar con esto.

En once semanas empieza tu juicio. Once semanas, el mismo edificio que tú, el mismo aire. Quiero saber qué le dijo June a Mike por teléfono. Algo que dijiste. Algo que no quieren que descubra. Habla despacio, di la verdad, sólo te tienes que preocupar por eso, me dijo Mike la semana pasada. Se dice fácil.

Me siento en la cama, tomo una de las ligas que llevo en la muñeca y me hago una cola de caballo, así se peinan las chicas de la escuela. Cuando me visto, enrollo los dibujos que hice el fin de semana para enseñárselos a MK. Tengo ganas de verla otra vez, siento que nos entendemos. Justo antes de salir de mi cuarto, recibo un mensaje. Morgan, dice que se divirtió el domingo, nos vemos pronto, seguido de miles de emoticones. Una estrella, el pulgar levantado. Dos niñas bailando al unísono y un globo rojo. Le caigo bien, eso creo. Sólo ha visto lo bueno. Hay algunas cosas que no deberían revelarse, eso me decías. Muestra sólo el lado que crees que agradará. En el que confiarán.

—Buenos días —dice Mike cuando entro a la cocina.

—Buenos días.

Phoebe también está, tiene los brazos cruzados frente al pecho, voltea la cara cuando me ve.

—Phoebe —dice Mike.

Ella lo mira, exhala haciendo ruido y dice, está bien, después voltea a verme.

—Perdón por el sábado.

Asiento, respondo:

—Gracias, no importa.

—No, sí importa y ella lo sabe. Ya he dejado muy claro que si vuelve a ocurrir algo así, habrá consecuencias, ¿cierto, Phoebe?

—Sí.

—Bien, ahora dejemos esto atrás. ¿Por qué no se van juntas a la escuela? Es raro que se vayan al mismo tiempo.

—Quedé con Iz, tenemos cosas de qué hablar.

—Phoebe, como mencioné en la cena del sábado, estoy seguro de que podrías incluir a Milly de vez en cuando, ¿no crees?

—Está bien, me gusta caminar sola, me da tiempo para despejarme.

Se ve decepcionado, pero no insiste. Terminamos de desayunar al mismo tiempo y salimos de la casa al mismo tiempo, pero cuando cruzamos la salida para coches y llegamos a la calle, me dice:

—No creas que no sé qué tramas, pero para que sepas, mamá y papá nunca alojan a nadie más de un par de meses. Muy pronto regresarás al lugar de donde viniste.

Se va corriendo, la mochila le rebota, y se reúne con Izzy, quien la espera al final de la calle. De donde viniste, dijo. Quiero gritarle, preguntarle a dónde va una persona si no se puede quedar en donde está ni regresar al lugar de donde proviene. ¿A dónde iré cuando termine el caso de la corte? Alojamiento temporal, eso dijo June cuando la conocí en el centro. Mike y Saskia han decidido que soy la última niña adoptiva que acogerán hasta que Phoebe termine la prepa. Ella no tiene idea de lo afortunada que es y de lo mucho que me gustaría que hubiera espacio para las dos.

Cuando llego a la escuela, reviso mis horarios. Tengo matemáticas, cuando entré y pasé por la dirección vi un anuncio que decía que nuestra maestra, la señorita Dukes, faltaría. Las de primero debíamos trabajar en la biblioteca. Decido pasar primero por el salón de arte para ver si está MK. Su salón está vacío cuando llego, un suéter con borlas cuelga en el respaldo de su silla, hay un libro de texto abierto, boca abajo en el escritorio. Quiero voltearlo, ver qué está leyendo, pero se abre la puerta que da al pasillo y entra cargando una montaña de platos de papel decorados con caritas de fieltro. Sonríe cuando me ve.

—Qué agradable sorpresa. ¿Qué tal tu fin de semana?

—Muy bien, gracias. ¿El suyo?

—Muy tranquilo, para ser honesta. Si me buscabas a mí, tienes suerte, tengo como media hora libre antes de que lleguen los pequeños.

—Quería enseñarle unos dibujos que hice el fin de semana.

—Maravilloso, vamos a verlos.

Saco el rollo de dibujos del bolso de mi mochila y se los doy.

—Guau, has estado ocupada.

—Sólo son tres —respondo, disfruto cómo me hace sentir su entusiasmo.

—Vamos a extenderlos en la mesa.

Usamos botes llenos de plumas con puntas de fieltro para sostener las orillas de las hojas, se hace para atrás cuando los tres están extendidos. Asiente.

—Están estupendos, sobre todo el de la chica con las alas de águila. ¿Siempre te ha gustado dibujar?

—Eso creo, sí.

—¿Alguno de tus padres es artista?

Cómo decirle, cómo explicarle que creías que lo que hacías era arte.

Piel, no papel.

—Mi mamá me abandonó cuando yo era pequeña, así que no estoy segura.

—Lo siento, qué insensible, sé que te estás quedando con los Newmonts.

Le digo que no pasa nada, pero no es cierto. No es lo que dijo, es lo que no puedo decir.

—Eres muy talentosa. ¿Has considerado estudiar arte cuando termines la prepa?

—Tal vez, pero también me gusta mucho la ciencia.

—Hay más dinero en la ciencia, eso seguro. Gracias por compartirlos conmigo, me encanta ver sus trabajos. Si no te importa, tengo que contestar unos correos, pero por favor quédate a dibujar, tengo unos veinte minutos.

—Tengo que estar en la biblioteca. La maestra Dukes no vino así que tenemos una hora para estudiar.

—Si quieres puedo llamarle a la bibliotecaria, le aviso que estás conmigo.

—¿No le importa que me quede?

—Por supuesto que no, mientras más, mejor. Es agradable tener compañía, ¿no crees?

Sí.

Me siento frente a uno de los caballetes mientras ella llama a la señora Hartley, tomo un pedazo de gis rojo de la caja en la mesa a mi lado. Lo deslizo y trazo en movimientos circulares. Trabajamos en silencio. Vuela el polvo, igual que el tiempo. Astillas rojas contrastan con el azul marino de mi falda del uniforme. Presiono muy fuerte, se rompe el gis.

—¿Puedo ver? —pregunta.

—Ajá.

Se acerca y se para detrás de mí.

—El color en esta pieza es muy potente.

Asiento.

Los derrames y filtraciones.

—¿Puedes describir qué dibujaste? ¿Es una persona?

El dedo de MK ronda cerca de tu cara, pero no la toca. Traza el contorno en el aire, también los trazos curvos de gis rojo que te rodean.

—Es una interpretación de algo que vi.

—¿En la tele?

—Sí, algo así.

—¿Has oído hablar del concurso de arte Sula Norman?

—¿Es la niña que murió?

—Sí, hace dos años murió de leucemia. Me parece que era una artista muy talentosa, aunque nunca la conocí, fue antes de que yo empezara a trabajar aquí. Cuando falleció sus padres donaron un premio de arte a la escuela, un año de materiales y una exposición en una galería en Soho. Después de ver tu trabajo, te recomendaría que entraras.

—No estoy segura de ser tan buena.

—Confía en mí, si sigues entregando trabajo así creo que tienes muchas posibilidades de ganar. No debería decirlo, pero es cierto.

—Gracias, lo voy a pensar.

Camino al lavabo, me centro en lavarme las manos, en todo menos en el calor que se extiende por mi rostro. Fui una tonta por sonrojarme y ella se dio cuenta. Jalo una toalla de papel del dispensador, me seco las manos. Me alcanza en el lavabo y me da un paño húmedo.

—Para el polvo en tu falda —dice.

Paso lo que queda de esa hora de clase en la biblioteca y salgo lo más rápido posible cuando suena la campana, me aseguro de llegar al gimnasio antes que las demás. Me cambio en un vestidor. Privado. En estos días mi cuerpo es mío, me pongo el leotardo para práctica de salto. Me alegra no haberme cortado anoche, los brazos de la profesora Havel me agarran de las costillas para ayudarme a girar de cabeza sobre el caballo. Una alumna más joven entra para interrumpir la clase.

—Profesora Havel, tiene una llamada importante.

—¿No puede esperar?

—No, la señora McD dijo que era urgente.

—Ok, no me tardo, chicas. Descansen el caballo y trabajen en el piso y por amor de dios no hagan tonterías, tengan cuidado.

En cuanto se cierra la puerta del gimnasio, incrementa el ruido. Risas y bromas, pláticas sobre chicos y cosas que pasaron el fin de semana. Escucho, me ayuda a aprender a encajar. Integrarme. Veo a Georgie, una de las chicas más pequeñas del salón, escalar una cuerda pegada al techo. Usa los pies para impulsarse a partir de un nudo grande en la punta de la cuerda, y los brazos para subir, alcanzar altura. Lo está haciendo bien, va casi a la mitad, la cuerda se mece un poco de lado a lado a medida que avanza. Veo a Phoebe darle un codazo a Clondine, le susurra algo, después se ríen y se acercan a la cuerda. Georgie ya está muy arriba, no hay colchoneta, sé lo que están a punto de hacer, es obvio. Debería intervenir pero por primera vez no soy yo a quien ridiculizan. Denigran.

Empiezan a mecer la cuerda, primero suavemente. Las otras chicas no tardan en darse cuenta. La multitud se reúne enseguida, las colas de caballo caen cuando los cuellos se flexionan y las cabezas miran al techo. Los teléfonos también lo harían, pero los leotardos no tienen bolsillos. Georgie les dice que paren, pero no lo hacen. Bájate, rápido, quiero gritar, pero el miedo se apodera de ella primero. Le dice que se agarre, le susurra al oído que se agarre por su vida. Pega el cuerpo a la cuerda, la aprieta con más fuerza, los pies descalzos son inútiles. Se resbala un poco, vuelve a subir rápido y con dificultad. Suelta una pierna, la vuelve a pegar. Alguien hace un chiste, dice qué tal el clima allá arriba, Georgie. Risas. Maldiciones. Mierda, mira qué alto se columpia. Después una advertencia de Annabel.

—Se va a caer, Phoebe, detente.

Pero ella no escucha, jala la cuerda con más fuerza, sonríe más, disfruta el poder. El control. Georgie se columpia como un chango bebé sin la espalda ni la cola de su madre para sujetarse. No hay ramas ni árboles. Nada que amortigüe la caída. Está arriba sola. Allá afuera sola. Todos lo estamos.

—Clon, te toca.

Hace lo que le dicen, jala la cuerda a la izquierda, le da una vuelta a Georgie. Cada que la cuerda gira, le veo los ojos, mojados. Lágrimas. Asustada. Se resbala un poco, más que la última vez. Cansada. Ayúdala. No puedo. Puedo. No quiero.

Nadie me ayudó a mí.

La cuerda comienza a detenerse, Clondine se hace a un lado, le grita a Georgie.

—Son diez libras por el paseo, gracias.

Las otras chicas pierden el interés, asumen que todo terminará bien, que ya no columpiarán la cuerda, que Georgie bajará en uno o dos minutos, que se quejará con Phoebe y Clondine sobre lo asustada que estaba. El círculo de espectadoras se empieza a desintegrar y forman grupos de dos o tres, se van. La cuerda está casi inmóvil. En las colchonetas empieza una competencia de vueltas de carro, se reanudan los chismes.

Casi todas las chicas salvo Phoebe. Lo que sea también acecha en su interior, no puede evitar darle otro jalón a la cuerda. En su interior hay una llama que arde con demasiada intensidad.

Georgie, demasiado cansada para agarrarse.

Miro a otro lado antes de que se caiga. El sonido, inconfundible. Eso hacen los huesos. Truenan. Crujen. Se apaga la risa de la que formé parte hace unos minutos y reina el silencio. El silencio se convierte en puta madre.

—Qué pendeja, Phoebe —dice Clodine.

Volteo. Georgie. Más desplomada que sentada, la cara blanca, del mismo color que el hueso que le sobresale debajo de la barbilla. Un cuchillo de calcio, una clavícula. Una ráfaga de leotardos deja de dar vueltas de carro, se mueve, la rodea. También me muevo, pero por atrás, me siento a su lado. Respiro, su respiración, entrecortada, la cuerda se columpia sobre nuestras cabezas, nos acusa. Todas tuvimos algo que ver. El ruido del gimnasio es diferente, las voces son más agudas que hace un rato, con un tono de crispación y pánico. Las chicas no se separan, traumadas.

—Mierda. No sólo fui yo, también fuiste tú, Clondine.

—No, ya me había quitado y tú debiste haber hecho lo mismo.

—Dios mío, creo que voy a vomitar.

—Cállate, Clara, piensa en la pobre de Georgie.

—Te llevaremos con Jonesy, ¿de acuerdo, Georgie? Vas a estar bien —dice Annabel. Decidida. Como capitana.

Phoebe se acuclilla, tiene una oportunidad mínima para arreglarlo y lo sabe. Y la aprovecha.

—Lo siento muchísimo, pensé que ya estabas bajando. Nunca lo hubiera hecho si hubiera creído que te caerías.

—Es un poco tarde para eso, ¿no crees? —dice Annabel.

—Te puedes callar la puta boca por una vez, trae a Jonesy y no te atrevas a decir nada. De cualquier forma todas me van a respaldar, ¿verdad? Todas nos reímos, todas tenemos la culpa, fue un accidente.

Es buena. Muy buena. Las chicas asienten solemnes. Clara voltea y vomita en su mano, moviendo los hombros. Georgie empieza a gemir. Es un sonido escalofriante que escala hasta convertirse en lamento cuando Georgie mira hacia abajo y ve el hueso que le atraviesa la piel. Annabel sale corriendo, grita, voy por Jonesy.

—No veas —le digo a Georgie.

Phoebe escucha el llanto de Georgie más fuerte que nadie, quiere que pare.

—Mierda, por favor cálmate, Jonesy está a punto de llegar. Recuerda decir que fue un accidente, ¿de acuerdo?

—¿Le traigo agua? —pregunta Marie.

—No —alguien responde—, no debes darle nada de tomar, lo vi en la tele, hay que mantenerla cálida hasta que reciba atención médica.

—¿Qué tal la sudadera de allá? ¿Se la pongo en las piernas? ¿Georgie, tienes frío?

Siento que su cuerpo empieza a temblar. Conmoción. La recargo en mi hombro.

—¿Por qué no intentamos pararla, sentarla en la banca? —sugiere Phoebe—. ¿Puedes hacerlo, Georgie, puedes moverte?

Sacude la cabeza, empieza a llorar.

—Tienes que intentarlo, hay que ayudarla.

Sé qué intenta hacer Phoebe, "limpiar" la escena para que parezca menos salvaje. El cuerpo roto de una chica se ve mejor en una banca que desplomado bajo la cuerda de la que se cayó, de la que la tiraron.

—No lo hagas —me escucho decir.

Un mar de morado y azul velvetón me mira fijamente.

—No te metas —contesta Phoebe.

—Le duele mucho, no puedes moverla.

—¿Y qué te hace una experta en huesos rotos?

Un movimiento en mi cuerpo cabelludo, un calor lento y progresivo. Cargo el peso de Georgie, le digo que se agarre el codo y que apoye su brazo en la panza.

—Así, te ayudará a soportar el dolor.

A mí me ayudó.

Llega Jonesy, la enfermera de la escuela, mira a Georgie y le dice a Annabel que corra a la oficina y llame una ambulancia. Arrastra un caballo detrás nuestro, me da las gracias por ayudar y le dice a Georgie que se recargue despacio. La profesora Harvel se debió de haber enterado porque entra furiosa.

—¿Qué pasó? Les pedí que tuvieran cuidado.

—Lo tuvimos, estábamos jugando y luego Georgie se cayó de la cuerda —explica Phoebe.

—¿Acaso no me escucharon? Dije que trabajaran en las colchonetas. Váyanse a cambiar, todas, rápido.

Phoebe me espera afuera del vestidor, se me acerca tanto a la cara que veo sus pecas diminutas en una capa que contrasta con el azul de sus ojos.

—La próxima vez, no te metas donde no te llaman, ¿entendido?

La ignoro, me voy caminando. Me sigue, cuando pasa me empuja hacia atrás. Caigo en las bancas de madera.

Lastimada, pero viva.

No te imaginas cuánto, Phoebe.

13

Un par de días después del incidente del gimnasio, Phoebe pasa una tarjeta cuando termina la clase de biología.

—Fírmenla todas —ordena—, la señora McD la enviará a casa de Georgie.

Cuando me llega la tarjeta, leo la caligrafía rosa de Phoebe: *Qué pena lo de tu accidente, que te mejores, con amor P xxx*.

"Tu accidente", qué elección de palabras tan interesante. Está muy bien escrita para un profesor o un padre. No hay razón para sospechar juego sucio y Georgie sabe de sobra que más le vale no quejarse. Todas lo saben, salvo yo, te delaté, ¿no es así, Mami? Conté la historia una y otra vez, mientras la lucecita roja de la cámara parpadeaba.

Cuando todas la firman, veo a Phoebe lamer la solapa, pegarla con una mano, un movimiento suave en forma de V. Se pone vaselina en los labios, color rosa, besa el centro de la V en la parte posterior del sobre. Pienso qué tan diferente es en la escuela. Tan segura. Qué tan diferente era yo también, tan buena fingiendo, ocultando nuestros secretos. Me pregunto qué pensarían las chicas si supieran que Phoebe grita en sueños. Llora. La he escuchado en las noches que estoy demasiado asustada como para dormir, demasiado asustada como para quedarme en mi cuarto, de todas las sombras y susurros que provienen de las esquinas oscuras. De ti. A veces me levanto, me siento en el pasillo, me acurruco entre las cortinas largas de terciopelo. Inquieta y afligida, así está Phoebe, los gritos solitarios en sus sueños se convierten en lágrimas cuando despierta. A veces se prende una lámpara, una rebanada de luz debajo de la puerta. He considerado entrar, decirle que todo está bien, aunque es más probable que no lo esté. No estoy segura de qué sea peor, una madre como la mía que era demasiado o una como la de Phoebe. Que no es suficiente.

Suena la campana para el almuerzo y voy a la primaria. Sólo he ayudado dos veces pero parece que le caigo bien a los niños y ellos me caen bien. Su compañía es un poco como magia. Existen en nuestro mundo y en el suyo. Dragones que hay que matar, princesas que hay que rescatar. Léelo otra vez Milly, nos encanta este cuento, por favooooor. La semana pasada una de las niñas se cayó, le sobé las manos, le quité la grava de las rodillas. Sé valiente, le dije, debes serlo.

Cuando llego al área de juegos un grupito viene corriendo, sonríen y estiran los brazos.

—¡Eeh, ya llegó Milly!

—¿Podemos jugar al caballito? —pregunta Evelina, una niña pequeñita, de aspecto frágil, piel pálida, una sombra rosa en torno a los ojos. Apuesto a que en casa su mami le da baños de avena para las partes con eczema visibles detrás de las rodillas.

—Súbete —respondo, me agacho para que pueda alcanzar.

Lo hago mucho. Imaginar qué tipo de padres tienen los niños. El equipo en el centro me explicó desde el principio que lo que tú hiciste estuvo mal. Anormal. Así que intento aprender qué está bien, intento ser diferente de ti.

Evelina, un koala, me rodea el cuello con los brazos. Al pasar frente a la ventana de un salón, un rastro de niños corriendo detrás de mí, emocionados porque sea su turno, veo mi reflejo. Miro para otro lado.

Cuando me agacho, dejo que Evelina se baje y empieza una cantaleta de "me toca". Finjo parecer agobiada, corro en un círculo, me siguen, desde luego. Una niña se queda atrás, con los ojos fijos en el piso, mira de vez en cuando, ve a los otros niños, cómo interactúan conmigo. Recuerdo hacer lo mismo a su edad. Le ofrezco mi espalda para que se suba.

—¿Quieres? —pregunto.

Sacude la cabeza, se pone a jugar con los botones de su blazer y mira a otro lado. Una niña rechoncha que preferiría ignorar, se lanza a mi espalda, me dice ¡arre caballo! Estoy enojada porque la otra niña, la que quiero, no confía en mí. Me enseñaste cómo portarme con los niños, sin embargo, parece que me sigue faltando tu encanto. Tu habilidad.

Me voy galopando.

—Más rápido, más rápido —insiste la voz aguda detrás de mí.

Aprieta las piernas en mi cintura, la sensación me molesta. Me sofoca. Es una caída considerable desde mi espalda, no tan alta como la de Georgie, pero lo suficiente como para lastimar a una niña de cinco o seis años. Debería agarrarla fuerte.

Debería.

Aterriza con un golpe, empieza a llorar.

—Me tiraste.

—Vamos, Ángela, no seas dramática. Todos los buenos jinetes se caen a veces. Levántate y sacúdete.

Y vete, no te quiero ver.

Hay avioncitos pintados en los bloques de concreto del patio de juegos. Veo a la niña pequeña que finge mirarlos. No la invito a jugar, sé que no quiere, pero camino hacia ella, le doy un dulce de mi bolsillo. A los niños les gustan los dulces y las personas que se los dan.

De inmediato escucho tus halagos, ÉSA ES MI NIÑA, pero en vez de sentirme victoriosa como en los baños con Clondine e Izzy, esta vez me siento sórdida.

—Oye, no es justo —dice Ángela cuando se da cuenta del dulce—. La que se cayó fui yo.

La ignoro. Gorda. Cerdita. Suena la campana, anuncia el final del recreo.

—Vamos todos, vamos a formar un trenecito para entrar, chú-chú.

Las tres maestras esperan para pasar lista a todos los niños. Nunca se sabe quién acecha afuera del patio.

O dentro.

—Señorita Carter, Milly me tiró.

—¿Cómo, Ángela?

Yo respondo.

—Estábamos jugando caballito, no pasó nada.

—Mmm, por favor ten más cuidado a la próxima, Milly, lo último que necesitamos es que un padre de familia se queje.

—Claro, tendré cuidado.

—Por favor —responde con mirada desaprobatoria.

La miro, sonrío. No debería ser yo quien tenga cuidado.

La señorita Evans, otra de las maestras, le dice a los niños que me den las gracias. Lo hacen al unísono, el canto hermoso de aves. Me llena de calidez. Busco a la niña. Está hasta atrás en la fila, aún intenta verse pequeñita. Invisible.

Ayer Mike llegó tarde del trabajo, así que sólo nos dio tiempo para una sesión corta. Quería hablarme de Daniel, de lo que podrían preguntarme si me interrogan en la corte, de que la defensa podría implicar que debí haber hecho más. Pude haber hecho más. Es vital que te resistas a interiorizar estos sentimientos, dijo, aférrate a la realidad: nada de esto fue tu culpa. Nadie te culpa. *No es cierto*, quería decirle.

Yo me culpo.

Me pidió que nos volviéramos a reunir esta noche para continuar con la relajación guiada, aseguró que era crucial para liberar el trauma clavado en el subconsciente. Le dije que no me gusta no poder recordar todo lo que he dicho. Tienes que confiar en mí, Milly, respondió, sé lo que hago, llevo muchos años dedicándome a esto.

Antes de reunirme con él contesto un mensaje que Morgan mandó hace rato. Dice que ha estado espiando a la "putita rubia" y que si sabía que fumaba. No, respondo. Está escribiendo: Pues sí, ¿¡qué más podré averiguar?! Aunque nunca se lo pedí, me gusta la idea de que ande por ahí sigilosamente, espiando para mí, me siento más cercana a ella, siento que es alguien en quien puedo confiar.

Cuando entro a la cocina Phoebe le está contando a Mike del accidente de Georgie y que ella le ayudó. Agrega que yo me quedé paralizada, no ayudé para nada. Igual de pálida que Georgie.

—No le hagas caso —dice Mike, mirándome—. Qué bueno que estuviste, Phoebe.

—Papá, otra cosa. ¿Has visto mi tarea de química por ahí?

—No creo, cariño. ¿Cuándo la viste la última vez?

—No estoy segura, tal vez ayer, pero es para mañana y el profesor Frith se va a poner como loco si no la entrego.

—Entonces ponte a buscar.

Llega Saskia vestida con su ropa de yoga. La vagina evidente, como siempre.

—¿Escuchaste eso, Sas? Phoebs ayudó a Georgie Lombard, hace unos días tuvo un accidente en el gimnasio.

—Qué bien —responde—. Me tengo que ir, se me hace tarde para mi clase.

A Phoebe le duele. Que no pida más detalles. Le dedica una mirada grosera a Saskia y la empuja cuando pasa a su lado. Saskia le hace un gesto a Mike y dice ¿qué?

—Nada —le responde—. Vamos, Milly, hay que empezar.

Ninguno nos damos cuenta de su presencia. Tres. Pisos. Arriba. Sentada en el barandal.

—Disfruta el yoga, mamita querida —responde, mirándonos desde arriba.

Provoca a Saskia, quita las manos del barandal, finge tambalearse, quiere que ella le diga que tenga cuidado, pero no lo hace, Mike lo hace.

—No seas tonta, bájate, te vas a matar.

Decepcionada otra vez, le enseña el dedo del medio a su mamá, desaparece en el descansillo y se mete a su cuarto. Mike intenta sonreír, pero Saskia responde:

—Tú eres el psicólogo, arréglalo.

—Sas es nuestra hija, no algo que se deba arreglar. Está enojada porque…

—Por mí, ¿eso ibas a decir verdad? —contesta Saskia—. Es mi culpa. Fue hace años pero sigue siendo mi culpa, ¿no?

—No quise decir eso. Mira, hablaré con ella, pero no esta noche.

—Tal vez si pasaras más tiempo con tu hija las cosas mejorarían.

Un golpe bajo, se arrepiente enseguida, se disculpa. Miro su cuerpo delgado, casi del mismo tamaño que el de Phoebe, mismo pelo, ojos. Parece una adolescente sólo que rebasada en una casa con nosotras, adolescentes de carne y hueso. Las lecciones en estos días, más rápidas. Más groseras.

De camino al estudio de Mike explica por qué lo llamó hoy el psiquiatra del centro, quería verificar mi tratamiento actual. Recuerdo muy bien su oficina. Estaba llena de certificados y títulos enmarcados. Las preguntas, las mismas todas las semanas. Apetito. Dolores de cabeza. Recuerdos recurrentes. Y por último, el sueño. ¿Cómo estás durmiendo? Todas las noches varía, le contaba. Sí, es de esperarse, respondía.

Arrancaba una hoja en su recetario, recetaba otro coctel de pastillas. Azul en la mañana, blanca en la noche. Rosa si no quería pensar en nada. Otra de las adolescentes me enseñó cómo guardarlas dentro de la boca y escupirlas después en el retrete.

Tomarlas se sentía como hacer trampa.

Era un gesto de generosidad que no merecía, aún no lo merezco cuando recuerdo lo que le pasó a Daniel la noche anterior a que te delatara.

—¿Qué te parecería aumentar tu dosis nocturna? —pregunta Mike.

Le digo que me siento atontada en la escuela, tan pronto me levanto.

—¿Aún? Eso no está bien, voy a anotarlo para no olvidar mencionarlo cuando lo llame mañana. Agendaremos una revisión integral cuando termine el juicio.

Mike, tan diligente a la hora de dispensarme medicamentos. No tanto a la hora de comprobar que los tome. Hay un calcetín lleno de pastillas en mi cajón. Abre su diario, escribe algo, después se sienta en la silla frente a mí.

—¿Lista?

—La verdad no.

—Esto es importante, Milly. Debemos entrar a ciertas partes de tu mente para que puedas superarlo. Por ejemplo, el episodio nocturno de disociación que tuviste hace un par de días en el sótano se vincula con la culpa y con cómo te sientes por las cosas que hiciste que no fueron culpa tuya.

El miedo se acerca desde la parte baja de mi estómago, se mueve hacia mi garganta.

—Debes abordar esos sentimientos, debes sentirte segura de que tu madre ya no puede controlarte.

Ayer Mike dijo que sabía lo que hacía, que lleva muchos años dedicándose a esto, ¿entonces por qué no puede ver los hilos, tuyos, que aún llevo pegados? ¿Por qué no se da cuenta?

—Vamos a hacer un poco de relajación y hablamos más al final.

Me pide visualizar mi lugar seguro pero lo único que veo son caras de fantasmas que se forman en una nube de humo. El cigarro que te fumabas después. Los fantasmas aún planean en el aire. No pueden descansar en paz, no les gusta en dónde están.

En dónde los metieron.

—Describe lo que escuchas —me pide Mike.

—Alguien pide ayuda.

—¿Quién es?

—Alguien que está en el cuarto de enfrente.

—¿Fuiste a ver quién era?

—Sabía quién era, reconocí su voz, pero la puerta estaba cerrada con llave, no pude entrar para verlo.

—Milly, tu responsabilidad no era ayudarlo.

—Al otro día en la mañana estaba llorando, quería a su mami, pero la puerta seguía cerrada entonces tampoco pude ayudarlo. Después salimos de la casa y ella me llevó a la escuela en el coche, siempre cantaba la misma canción.

—¿Qué canción?

—"Naranja dulce"

NARANJA DULCE, LIMÓN PARTIDO, DAME UN ABRAZO QUE YO TE PIDO. ¿ME DAS UN ABRAZO, ANNIE?

—Mike, también estuve ahí.

—¿En dónde estabas, Milly?

Abro los ojos. Él se inclina hacia adelante en su silla.

—Dijiste que también estuviste ahí, ¿a qué te refieres?

Me muerdo la lengua. Amargo y cálido cuando corre la sangre.

—Milly, hiciste todo lo que pudiste. Todo lo que pudiste dadas las circunstancias. Debe ser particularmente difícil recordar a Daniel.

—¿Por qué crees que lo estaba recordando a él?

—Reconociste su voz. Era el único al que conocías bien.

—Pero eso no significa que no me importaban todos los otros niños que se llevó.

—Lo sé, no estoy sugiriéndolo, pero debió haber sido mucho más difícil cuando te diste cuenta de que se había llevado a Daniel, habías convivido con él en el refugio.

—No quiero hablar de eso.

—Pero es necesario. Debes poder hacerlo si te presentas en la corte.

—Entonces podré.

—¿Por qué no intentar ahora?

—Siento que me estás presionando, necesito más tiempo.

—Sólo quiero que sepas que éste es un lugar seguro, Milly, me puedes contar lo que sea, habla conmigo. Para eso estoy.

Le digo que lo sé, pero estoy cansada y ya no quiero hablar.

Se recarga en su silla, asiente, dice, está bien, dejémoslo aquí por hoy.

Leo hasta la medianoche, estoy agotada, pero no me duermo. Ansío que me abracen, que alguien me consuele. Tu contacto dolía, pero la ausencia de contacto duele más. Salgo de la cama, abro la puerta del balcón, la abro de par en par. Aire frío llena la habitación, el escalofrío y la piel de gallina, una sensación agradable. Mi piel solitaria.

Me siento en el banco frente al caballete que Mike y Saskia me compraron. Amabilidad de su parte, todos los días. Es tarde, pasan de las dos de la mañana. El aire nocturno me envuelve, mis pies descalzos murmuran. Me gusta el sonido del carboncillo. Las manchas, los borrones, la perfección se queda fuera en el frío. Mis manos negras me recuerdan que está pasando algo. Se está haciendo algo. Me mezo en el banco mientras dibujo, adelante y atrás. Cierro los ojos un momento, aprieto el carboncillo con más fuerza. El viento entra por la puerta del balcón, me pellizca los senos. Mis pezones, duros y apretados.

Me mezo a los lados.

Izquierda y derecha. Un movimiento circular. Disfruto la madera del banco en mis calzones, el calor que se crea, un contraste absoluto con el resto de mi cuerpo helado. Froto.

Con más fuerza en la hoja de papel.

Con más fuerza en el banco.

El carboncillo se rompe. Me queda una sensación punzante abajo, polvo negro en las rodillas.

En la mañana hay un dibujo en el caballete. Tú otra vez. Quito la hoja, la enrollo, la meto al cajón debajo de mi cama.

14

Estos días no han sido buenos. Un sueño recurrente sobre estar en el estrado, abriendo la boca, pero en vez de palabras, sale volando una colonia de murciélagos. Dicen la verdad a chillidos. La vergüenza de decirlo en voz alta, de lo que te permití que me hicieras. O lo que te permití hacerles. Hoy en la mañana desperté jadeando, el juego de las almohadas que te gustaba.

Morgan no respondió mis mensajes el fin de semana. A veces le ayuda a su tío, así que ya sé que es por eso, pero con frecuencia me pregunto qué pasaría si supiera la verdad sobre mí. Me pregunto si entendería, si querría seguir siendo mi amiga. Es a quien siento más cercana y a veces la carga que tú supones es demasiado para mí. La necesidad de compartir, de sentirme normal. Aunque no estoy segura de que pudiera guardar el secreto y me preocupa que si los padres de los niños que te llevaste no pueden contigo vengan por mí. Un hijo a cambio de otro.

Elijo una sudadera negra y jeans. Botas Uggs. Hoy tenemos una excursión con los chicos de Brookmere College y tengo pavor desde que la anunciaron. Visible, así me siento, por todas las razones equivocadas, las otras chicas, seguras. Saben cómo actuar con los chicos. En la cocina hay un recado de Mike junto con un plato de croissants: "Un regalo de lunes, disfruten la excursión, chicas".

Cómo nos pluraliza a Phoebe y a mí. Un equipo. No me importaría que fuera cierto, haríamos un buen equipo. Entra Saskia, pregunta si estoy emocionada por la excursión.

—Más o menos.

—¿No es mejor que tener clases?

No, la verdad no.

—Toma, llévate un croissant.

—Gracias, ¿ya se fue Phoebe?

—Creo que hace como cinco minutos.

—Bueno, nos vemos al rato.

Camino a la escuela tiro el croissant a la basura, tengo el estómago revuelto. Espero ver a MK hoy en la tarde cuando regresemos para enseñarle más dibujos. Cuando me ve en la escuela asiente y sonríe. El viernes pasado se detuvo en mi mesa a la hora del almuerzo, me deseó buen fin de semana. Me descubrí imaginando cómo hubiera sido mi vida de haberme criado con ella y no contigo. Después me sentí culpable, casi de inmediato.

Cuando llego el autobús está afuera de la escuela, se pasará lista a bordo. Apúrense todos, vamos, dice el señor Collier, uno de los maestros de estudios clásicos. Elijo un asiento al frente, es menos probable que alguien se siente a mi lado. Me pongo los audífonos, aunque no estoy escuchando música. El autobús se llena rápido, la energía, en su punto. Las chicas, resplandecientes, se pusieron una capa extra de rubor, se echaron perfume generosamente. Los niños, como simios, hacen dominadas en el portaequipajes superior. Un zoológico. Agobiante. Se hace un conteo, alguien grita desde atrás, falta Joe, está cagando, bromean. El señor Dugan los tranquiliza, es el maestro de los chicos.

—Ahí viene, profesor.

—Apúrate, Joe. No, no puedes, ya te esperamos demasiado. Siéntate en el primer lugar que encuentres, por favor.

Mira al fondo, se encoge de hombros, se deja caer en el asiento a mi lado. La reacción son piropos y silbidos, levanta el dedo del medio en el aire.

—Contrólense todos —dice el profesor Dugan por el micrófono—. Llegaremos en unos cuarenta minutos, depende del tránsito. Cuando estemos ahí no se alejen, ¿entendido? Desciendan del autobús, entren y esperen en la taquilla como grupo. Por favor recuerden, todos ustedes, incluso sin uniforme representan a ambas escuelas. ¿Alguna pregunta?

—¿Podemos pasar a McDonald's?

—¿Alguna pregunta razonable? No. Excelente. Tomen asiento y disfruten la vista y por amor de dios, Oscar Feltham, baja los pies de los asientos; vaya modales de cerdo.

Me doy cuenta de que Joe me está viendo, miradas de reojo, está comprobando si tengo o no dos cabezas. Volteó más hacia la ventana, lejos de él, aunque su aroma me sigue. Tiene una intensidad acre, una especie de desodorante en espray, aunque no desagradable, la idea me avergüenza. Me pregunta algo. Mi instinto es ignorarlo, pero lo dice de nuevo, se inclina en su asiento así que está en mi ángulo de visión. Levanto uno de los audífonos, lo miro. Pelo, rojo. Ojos, azules.

—Perdón, ¿qué decías?

—¿Quieres chicle?

—No, gracias.

—Pruébalo, es de mentol, superfuerte.

Me ofrece el paquete. No, gracias, repito, desearía poder relajarme, actuar más normal y honesta. Necesito practicar más. Retira la mano, se encoge de hombros, se mete un trozo en la boca, segundos después exhala exageradamente cuando el mentol surte su efecto. Sonríe y dice, a lo mejor tendría que haber dicho que no también, abre la boca, jadea un poco. No quiero verle la lengua así que me volteo.

—¿Ya has ido al London Dungeon? —pregunta.

A un lugar muy parecido.

—No.

Habla en voz baja, no quiere que los de atrás sepan que estamos hablando.

—Ni yo, seguro es muy divertido.

No respondo, no estoy de acuerdo.

—No te ves muy emocionada.

—La verdad no.

—¿Por?

—No me siento muy bien.

—¿No vas a vomitar o sí? —sonríe cuando lo dice.

—No creo.

—Fiu, no eres de aquí, ¿verdad? Ya sé que te estás quedando con Phoebe y sus papás una temporada.

Asiento.

—¿De dónde eres?

—Me he mudado mucho.

—Qué padre, yo sólo he vivido aquí. Por cierto, soy Joe.

—Milly.

—¿Qué tal la vida en la residencia Newmont?

—Bien.

—¿Entonces Phoebe no se está portando como una idiota?

Mi expresión de sorpresa dura lo suficiente como para que se dé cuenta. Me guiñe el ojo. Ay, dios.

—Por favor, la conozco desde hace años, puede ser una perra. Está muy guapa, pero aun así es una perra.

—No es tan mala.

—¿En serio? Me sorprende, no le gusta la competencia.

—No estoy compitiendo con ella.

—Ella lo ve de otra forma, créeme, y como eres diferente, no estará muy contenta.

No me atrevo a preguntarle a qué se refiere con diferente. Empiezo a sospechar que él y Phoebe se pusieron de acuerdo:

129

una llamada tarde por la noche en la que ella le pidió que fingiera que yo le caía bien y después hacerme quedar en ridículo.

—Por cierto, ser diferente es bueno. Confía en mí, soy pelirrojo.

Sonríe de nuevo y pregunta:

—¿Vas a ir a la fiesta de Marty de fin de semestre?

Otro tema candente. Casa libre, masacre. Es el mecanismo de defensa de los adolescentes. Fiesta. No creo tener ese gen.

—No me han invitado.

—Te estoy invitando.

—No me gustan mucho las fiestas.

—Todo el mundo va a ir, será muy divertida. Phoebs y tú deberían ir juntas, Marty vive a unas calles de ustedes.

—No estoy segura, tal vez. Si no te importa, voy a escuchar música.

—Seguro, yo me voy a echar una pestañita.

Me alegra que haya terminado. La conversación. Y cuando el autobús se orilla afuera del Dungeon, nos bajamos y Joe vuelve con su grupo. Las chicas se quedan cerca de los chicos o del chico que escogieron hace semanas. Lo que pasa menos de veinte minutos después es culpa mía. Bajé la guardia después de hablar con Joe. La amabilidad es letal.

Planeé quedarme al frente del grupo, cerca de los maestros y el guía, con su disfraz manchado de sangre y dientes cafés, pero terminé más cerca de la parte de atrás. Phoebe y su grupito están ahí y Claudia, la alumna alemana de intercambio que está más interesada en besar al chico con el que está que en las vitrinas. Phoebe le dice zorra y la empuja al pasar. La iluminación del túnel es tenue, proyecta sombras pequeñas y grandes en las paredes. De vez en cuando salen gritos de las bocinas ocultas por ahí y risas. Risas crueles, un torturador que disfruta su trabajo. Una cabeza decapitada. La sensación de que me siguen. Vigilan. Ojos ocultos en la oscuridad, la piel de mi cuero cabelludo se tensa. Destellos de disparos de un lugar en el que he estado que se parece a éste, un lugar al que no quiero volver nunca.

Intento concentrarme en los sonidos que me rodean, intento no escuchar tu voz. Provocándome. TAMBIÉN ESTUVISTE AHÍ, ANNIE. Los chicos se deleitan fingiendo hacer tropezar a las chicas. Las agarran. Las toquetean. Las chicas se ríen y los empujan, pero vuelven a su lado minutos después. Se escuchan más gritos, pasan ratas corriendo arriba. Una mujer sin dientes suplica, el cuerpo de un bebé a su lado, un cuervo le picotea el ojo. Lo vuelves a decir. TAMBIÉN ESTUVISTE AHÍ, ANNIE.

Ojos como charcos. Amenazan con desbordarse. Lágrimas. Tibias. Avanzo entre el grupo a empujones, intento llegar al frente, encontrar aire. Luz. Ni siquiera me doy cuenta de que ya dejé de empujar. Ahora es Phoebe y también otras manos. Me empujan a una de las celdas, cierran la puerta y la obstruyen, y sé que no tiene caso gritar.

Ayuda.

Las multitudes me hacen sentir segura, pero no cuando sé que cerca de sesenta alumnos me separan de los maestros y la salida. Intento recordar los ejercicios de respiración, los ataques de pánico que experimenté las primeras semanas después de nuestra separación. Inhalo por la boca, exhalo, no, es al revés, inhalo por la nariz, exhalo por la boca.

Oscuridad total.

Intento abrir la puerta de la celda otra vez, pero alguien la está empujando. Percibo un movimiento a mis espaldas. Se encienden tres lucecitas empotradas en el piso, iluminan una sombra. Una pantalla, no es real.

Está bien, puedo con esto.

Una silueta en la pared, una mujer. Me tapo la boca con la mano, no quiero gritar. Ya no puedo contener las lágrimas. Los recuerdos me pinchan y me agarran como peces que se alimentan de pan en un estanque. HOLA, ANNIE. No, vete, no eres real. VOLTEA, ANNIE. No. Me recargo en la puerta, cierro los ojos, golpeo el metal con los puños.

—Déjenme salir, por favor, déjenme salir.

Golpeo la puerta. Me mareo. Imágenes mías, cargando algo en los brazos, abriendo una puerta. Oscuro, muy oscuro. El olor. A podrido, pero dulce. Un bullicio de actividad, moscas saliendo del cascarón. Ratas arañando.

No quería. No quería.

Tú. Me. Obligaste.

No es verdad.

Veo sus caras, las caras que me empeño tanto en no ver, pequeñas y asustadas. No puedo ayudarlas. Llorando. Cierro los ojos. Grito.

—Déjenme salir, por favor. Alguien sáqueme de aquí.

Por favor.

Siento manos sobre mí.

—Estás bien, tranquila, estás bien. Abre los ojos.

Cuando lo hago se producen risas. Estoy acurrucada en una esquina de la celda, tapándome la cabeza con los brazos y cubriéndome los ojos.

—Apúrate, nos llama el profesor Collier —dice la voz de una chica.

Es Joe, me tiende la mano. Me niego, no estoy segura de si participó.

—¿Estás bien? Pareces muy asustada.

—Porque es una anormal —dice Phoebe.

—Cállate la puta boca, ¿no te das cuenta de que está aterrada?

—Uuuuuy, alguien está enamorado de cara de perro.

—¿Cara de perro? ¿Te has visto en el espejo últimamente?

—Muy buena, Joe, todos sabemos que no decías eso en la fiesta de Lucille.

—Sí, pero ahora no estoy pedo, ¿o sí?

—Eso parece, ya que intentas ayudarla.

—Si me preguntas suenas un poco celosa.

—¿Celosa? ¿De ella? —mientras me paro, ella me señala.

—Sí, eso parece.

—Vete a la mierda, Joe.

Lo empuja contra mí, se va por el pasillo hacia la próxima vitrina. Escucho que el profesor Dugan nos apura, hay otro grupo detrás. Mi fosa izquierda se siente tibia y congestionada. Estrés, ansiedad, cualquier emoción intensa lo detona. Le digo a Joe que me deje sola, volteo la cara.

—Caminemos juntos —sugiere.

—No, por favor, vete.

Titubea, pero se va, justo antes de que me empiece a sangrar la nariz.

Regresamos a la escuela a la hora del almuerzo y dedicamos lo que queda del día a preparar el Gran Salón para la Noche de Padres, una oportunidad para que vengan los padres y hablen de las opciones profesionales de sus hijas. Retroalimentación general sobre nuestro desempeño en las primeras semanas del semestre. Asisten Mike y Saskia y cuando llegan a casa nos piden hablar con nosotras. A Phoebe le toca primero, espero en el cuarto de estar. Luego de un rato sale de la cocina, azota la puerta y me mira con desprecio al pasar.

Mike abre la puerta, le pregunto si Phoebe se encuentra bien. Me explica que la castigaron por perder su tarea de química. Qué pena, pienso, pude haberle dicho en dónde estaba, el cajón debajo de mi cama. El precio, pequeño, por el "accidente" de Georgie.

Mike es el que habla más. Cuenta que estoy entre los cinco mejores promedios de primero, algo insegura en el aspecto social, pero mejorando. Saskia me aprieta el hombro, no me hace sentir bien, me hace pensar en ti. La clase abierta el verano pasado, fui a ayudar. Tú llevabas un vestido con flores rojas y azules. Una de las maestras mencionó lo educada y obediente que era, quería saber cuál era tu secreto. Me apretaste el hombro, respondiste con una sonrisa, no sé, supongo que tengo suerte.

—La maestra Kemo nos contó que te animó a participar en el concurso de arte.

—Yo no quería pero cree que tengo posibilidad de ganar. Ya estoy trabajando en unos dibujos.

—Parece que ella y tú se llevan muy bien —dice Mike.

—Me cae muy bien.

Y cuando lo digo en voz alta, me doy cuenta de que es cierto.

Cuando reviso mi teléfono más tarde, Morgan contestó:

Perdón por no haberte buscado / el imbécil de mi hermano escondió mi teléfono / esta semana no puedo verte / pero hagamos algo el fin de semana. Algo divertido

Los viernes en la tarde, cuando regresábamos de la escuela en coche, decías lo mismo. Algo divertido. Una vez consideré saltar del coche en movimiento, pero de algún modo lo supiste. Pusiste el seguro para niños. Grave error, Annie, dijiste. Cuando te delaté pensé que ya no serías tan dueña de mí, pero a veces siento que lo eres más. Algo tan inocente como una excursión escolar me hace recordarte. Cadenas invisibles. Tintinean cuando camino.

Sube ocho. Después otros cuatro.
La puerta a la derecha.

Esta vez, una niña.
No eran tu primera opción, sólo te las llevabas
si no te quedaba de otra.
Dos de nueve.
Me preguntaste si yo estaba viendo.
Sí. La más valiente, y la más triste que vi.
Se seguía parando, después de cada golpe.
Lloré en el agujero en la pared, me aseguré de
dejar de llorar antes
de que abrieras la puerta.
La envolví, en un costal de carbón, a su lado puse
una muñeca que había sido mía.
Su cuerpo, muy quieto.
Shh, pequeña, ya se acabó.

Hace un par de días Mike y yo nos reunimos para nuestra sesión de todos los miércoles. Le dije la verdad, que tengo miedo, que te escucho durante el día, tengo tu voz en mi cabeza. También quería contarle de las noches, tú, una rasta de colores acostada a mi lado en la cama, pero me dio vergüenza. Me preguntó qué me dices. Le conté que dices que soy inútil, que no podré vivir sin ti, que no sobreviviré al juicio. Me recordó que yo no tenía que sobrevivir al juicio. Le conté que me atormentas. Él no dejaba de hacer preguntas, quería saber por qué me atormentabas. Sólo le dije que desearía haber acudido a la policía antes, que las cosas serían diferentes.

Hoy tenemos un ensayo semanal de la obra en el Gran Salón. He leído *El señor de las moscas* como unas doce veces. Es tranquilizador. Leer sobre otros niños en circunstancias que los asustan, actuar como nunca se imaginaron que serían capaces.

Cargo mi mochila con cuidado, dentro llevo una veladora de cristal. Saskia tiene un mueble lleno, le pedí una para mi cuarto. Agarré dos, una para MK como agradecimiento. Quedamos de vernos hoy en el almuerzo, se la daré entonces.

Cuando la mayoría estamos en el salón, la maestra Mehmet aplaude tres veces, espera a que cese el parloteo de unas treinta niñas en el mismo salón.

—Espero que todas hayan estado muy ocupadas aprendiéndose sus diálogos, vamos a seguir en donde nos quedamos la última vez, que fue, déjenme ver, ah, sí, la muerte de Piggy.

—Aaay.

—Muy bien, Lucy, pero reserva el drama para cuando estés en escena.

—¿Maestra?

—¿Sí, Phoebe?

—¿Podemos consultar nuestros guiones?

Suspira, descansa las manos en las caderas, sus senos enormes tiemblan un segundo o dos y luego se sosiegan.

—No, a estas alturas todas deberían haberse memorizado sus diálogos y si no lo han hecho, entonces aquí está Milly.

No. Phoebe detesta esa palabra. Ésa y Milly.

—Apúrense todas, al escenario y guarden sus teléfonos. Ay, niñas.

Aumenta el ruido cuando empiezan a arrastrar sillas, el último puñado de chicas sube las escaleras del escenario. Me acerco a la maestra Mehmet, le pregunto en dónde debo sentarme. Me explica que durante las representaciones estaré en el escenario, oculta detrás de las cortinas, pero que ahora no es necesario.

—Siéntate en la primera fila y sigue el guion, línea por línea, ¿de acuerdo?

Cuando miro al escenario me doy cuenta por la expresión de Phoebe que está aterrada, no se ha aprendido sus diálogos. Está sentada en una silla a la izquierda del escenario, repasando cada página desesperadamente. Demasiado tarde. Comienza la función.

—Ssshh, silencio todas, estamos a punto de empezar. Y acción.

Ésta es la entrada para Phoebe, la apertura de la escena. Tiene los pies cruzados, acomodados debajo de la silla, pero no se está quieta, el derecho le tiembla, un tic nervioso. El guion, en el piso a su lado. Tentador. La veo mirar abajo, después a mí. La miro fijamente un segundo, disfruto que me necesite, después digo la primera línea.

—Sin los lentes de Piggy, Ralph…

—No puede prender la fogata.

Interrumpe, termina la oración, continúa.

—Ralph convoca a junta soplando el caracol.

—Saafi, eres Ralph, finge soplar el caracol.

Les toca a las chicas que se saben sus diálogos, la mayoría. Todo va bien hasta que otra vez es turno de Phoebe. Se traba y balbucea, queda como tonta. Se siente peor, imagino.

—No, no, no —grita la maestra Mehmet—. Phoebe, esto es inaceptable, ¿te crees tan ocupada e importante que no te puedes aprender tus diálogos? He estado viendo a Milly, casi no está consultando el guion, se sabe todo de memoria.

Chin.

—Sí me sé mis diálogos, maestra, pero se me olvidan.

—Da lo mismo, si sigues así, me veré obligada a darle tu papel a Milly, ¿entendido?

Asiente, se queda callada, no se atrevería a decirle lo que piensa a un maestro. Cuando terminamos y salimos del salón, camina detrás de mí y me susurra al oído.

—Y luego Piggy se muere.

Hoy almuerzo con MK en su salón y me doy cuenta de que las dos elegimos el mismo sándwich, jamón y queso. Cuando terminamos, ella se para, le pone papel a uno de los caballetes y dice:

—Empieza cuando quieras.

Saco la vela de mi mochila.

—Esto es para usted.

—¿Para mí? ¿Por qué?

—Para agradecerle por ayudarme con las chicas.

—Milly, qué dulce, pero no nos permiten aceptar regalos de los alumnos a menos que sea Navidad.

—Ya se va a terminar el semestre y dentro de poco es Navidad.

Le sonrío, camino hacia su escritorio, y pongo la vela encima.

—Es de vainilla. Intenté encontrar una de lavanda, sé que le hubiera gustado.

—La recoge, la huele y la regresa al escritorio.

—Está divina, pero en serio no puedo.

—Está bien, fue una bobada. Tírela si quiere.

Camino al caballete, me siento.

—Milly, no te sientas mal, fue una idea muy dulce, pero las reglas tienen razón de ser.

Suena el teléfono de su escritorio, el ruido, estridente, contrasta con la atmósfera sombría del salón, un intruso bienvenido. Contesta.

—Hola —hace una pausa y continúa—. Sí, está aquí conmigo. ¿Ahora? De acuerdo, va para allá —y cuelga.

—La señora Newmont está en la recepción.

—¿Qué? ¿Por qué?

—No estoy segura, llamaron de la oficina de la señora McDowell, deberías ir a averiguar.

Malas noticias. Lo suficientemente malas como para que Saskia venga a la escuela.

—Milly, en cuanto a la vela…

—Está bien, entiendo.

Yo tampoco aceptaría un regalo mío.

Saskia sonríe cuando me acerco a la recepción. No sonreiría si fuera algo muy malo, ¿o sí? ¿Algo que tiene que ver conmigo?

—Ahí estás.

—¿Qué haces aquí?

—Mike llamó, me pidió que viniera por ti, va camino a la casa. June regresó de sus vacaciones y creo que necesita hablar contigo. ¿Tienes todas tus cosas?

Asiento.

—Ya firmé tu salida, vámonos.

Sigo las mallas pegadas y las caderas huesudas al coche. La otra noche que le estaba haciendo un té a Saskia, Mike entró a la cocina por sus gotas para los ojos. Lo vi ladear la cabeza. Apretar. Soltar. Parpadear. La secuencia me recordó a ti. Te encantaba enseñarme química, reacciones que hacían daños. Las horas que dedicabas a tus búsquedas de internet, aprendiendo. Las gotas para los ojos en el té se vuelven veneno. También me enseñabas. No sólo querías un ayudante, querías a alguien que conservara tu legado.

Cuando llegamos a casa, Saskia me dice:

—Supongo que están en el estudio, ¿quieres que te acompañe?

—No, está bien, creo que será mejor si sólo somos Mike y yo.

—Entiendo, aquí voy a estar si me necesitas.

Ignoro a Rosie que me brinca en las piernas, emocionada y empalagosa por tener compañía en el día. Mis zapatos resuenan en el mármol, solitaria mientras camino, el corazón me late con fuerza. ¿A qué vino June? La puerta del estudio está abierta, entro. Mike se para, un error, demasiado formal, se le tensa la cara. Se pasa la mano por el pelo.

—Hola, Milly —dice June.

—¿Qué está pasando? —pregunto.

—Toma asiento, te lo explicaré a detalle.

—No me quiero sentar.

Mike se acerca.

—Siéntate junto a mí en el sillón.

No me queda de otra, June está en mi sillón, el cojín de terciopelo a su lado. Mío.

—¿Empiezo, Mike, o prefieres hacerlo tú?

—Adelante.

—Bien, recibí una llamada esta mañana de Simon Watts, uno de los abogados.

Flaco.

—Quiero contarte un par de cosas, preferí hacerlo en persona y lo más pronto posible en caso de que los periódicos se enteren de algo. Lo primero es que ya está confirmado que te interrogarán durante el juicio. Como habíamos anticipado, la defensa se quiere enfocar en los sucesos más recientes, es decir, los últimos días que estuviste en casa con tu madre, así como la muerte de Daniel. Quieren aclarar un par de cosas.

—¿Qué cosas? —pregunto.

—Me temo que no sabemos. Simon sí mencionó que lo más probable es que sea una cortina de humo, sea un despliegue exagerado de la defensa. Por desgracia, estas tácticas se ven frecuentemente en vísperas de un juicio.

Mi ojo izquierdo empieza a parpadear, un titiritero oculto está manipulando mis cuerdas. Me recuerda que sigues a cargo.

—Seguramente nos enteraremos antes del juicio, ¿no, June? —pregunta Mike.

—A menos que se tenga que presentar nueva evidencia, no, es poco probable que sepamos a qué se refiere la defensa hasta el día del juicio. Podría ser tan sencillo como que Milly aclare algo que vio o escuchó. Nuestros abogados confían en que no surgirá nada nuevo durante el juicio.

Pero no están seguros, ¿o sí? No saben cómo funciona tu mente. Lo mucho que disfrutas jugar con la gente.

—¿Entonces qué es exactamente lo que Milly tendrá que hacer?

—Deberá presentarse dos veces. La primera para que la interrogue la fiscalía y la segunda, la defensa. Milly, es importante recordar que en cualquier momento se pueden adoptar medidas especiales, no es preciso que te interroguen en el tribunal.

—Puede que no sea mala idea, si tenemos en cuenta que no sabemos qué preguntará la defensa. ¿Qué te parece, Milly? —Mike voltea todo su cuerpo en mi dirección.

—No sé. Aún quiero hacerlo, necesito hacerlo, pero tengo miedo.

—¿De qué?

—De que quiera que la gente me culpe.

—Milly, nadie va a culparte.

—No lo sabes, no eres parte del jurado.

—No, no somos el jurado —responde June—, pero la corte te reconocerá como menor de edad, en casa con ella bajo coerción y para facilitar las cosas, nuestros abogados han preparado algunos ejemplos de preguntas para que Mike y tú las revisen.

Lo hace parecer tan sencillo. Como aprenderse el abecedario. Pero lo que tendré que hacer en la corte no tiene nada de sencillo.

—¿Tendrá oportunidad de repasar su testimonio?

—Sí, por supuesto. En la semana previa al juicio, te pediré que lleves a Milly a la corte para que pueda ver el lugar y también repasar su testimonio. Con una vez basta, puede ser muy traumatizante revisarlo una y otra vez, también infundirle dudas y confusión al testigo. Se pueden sentir presionados por "aprenderse" su testimonio, en realidad los alentamos a que se preocupen por las preguntas que les formularán.

—Supongo que tiene sentido. Milly, podemos hablar de todo esto más tarde, ¿pero de momento tienes alguna duda?

—No.

Como Phoebe con la maestra Mehmet, nada que pueda decir en voz alta.

—¿June, podré acompañarla al tribunal?

—No, lo dudo, en un caso tan notorio como éste, el juez querrá recurrir a lo que se denomina orden de anonimato para restringir el acceso. En el pasado ha habido incidentes de información que se filtra del tribunal a la prensa. Yo estaré durante todo el juicio, a un lado de Milly. Saskia, si quiere, y tú pueden esperar en las salas cercanas para los familiares al tribunal.

—Dijiste que querías contarme un par de cosas, ¿qué más?

—Que se ha cambiado la fecha del juicio. El caso que iba a presentarse antes que el nuestro se canceló, así que el juez está libre. Se ha adelantado, es decir, dentro de tres semanas a partir del lunes.

En vez de cuarenta y cinco, veinticuatro. Soy buena en matemáticas, sobre todo cuando tienen que ver contigo.

—La semana después de que termine el semestre —me escucho decir—. No estaré lista.

—Nos aseguraremos de que lo estés. June, ¿hay algo que podamos hacer mientras tanto para que Milly se sienta lista?

—Por extraño que parezca nada distinto de lo que ya están haciendo. Sigan reuniéndose una vez a la semana o más si lo creen necesario, en cuanto llegue a la oficina te enviaré las preguntas de los abogados.

—¿Entonces, además de las preguntas seguimos como hasta ahora?

—Así es, de hecho, ¿van a estar cuando termine el semestre? Porque es probable que Milly tenga que revisar su testimonio por esas fechas.

—Sí, Phoebe estará fuera con la escuela y quizá nosotros salgamos un par de días, para cambiar de aires, pero no iremos muy lejos así que estaremos disponibles cuando nos necesites.

—Buena idea, descansen unos días, lejos de los reflectores. Mañana se le informará a la prensa que el juicio se ha adelantado, y como ya lo hemos discutido, es necesario que pensemos cómo controlar tu exposición a la prensa, Milly. ¿Las chicas de la escuela han hablado sobre el caso?

Podría decir la verdad, que a la queridísima hija de Mike le gusta leerte en voz alta, que cree que deberían quemarte en la hoguera, y que tiene a sus pies un público que la adora y asiente a cada palabra. Pero no quiero que sepa que las cosas entre nosotras están tan mal. Ya sé a quién correrían.

Entonces digo que no, que nadie lo hace.

—Estupendo. Sé que es difícil, pero la forma adecuada para enfrentarlo en caso de que lo hagan es retirarte. Estoy consciente de que tienes que procesar demasiado, pero con Mike estás en excelentes manos, si cuando me vaya te surgen dudas, Mike puede llamarme o escribirme un correo. ¿Ok?

Se me acerca, está a punto de tocarme el hombro pero retira la mano en el último minuto cuando lo recuerda. Se arrodilla frente a mí, su aliento huele a café rancio.

—No será tan malo como crees —dice.

La miro. Comprometida, sí. Aunque no tiene ni idea. *No será tan malo como crees; no, June, será mucho peor.*

Después de que Mike la acompaña, le digo que quiero estar sola. Necesito tiempo para asimilarlo todo.

—Sí, por supuesto, estoy aquí cuando estés lista para hablar.

Me paro frente al lavabo de mi baño. El rastrillo en mi piel. Presiono más fuerte que de costumbre. Un cuchillo a través de mantequilla. Un rayo a lo largo de mi costilla. Gotas tibias y rojas.

Pero ningún consuelo.

16

Casi no dormí. Cada que cerraba los ojos te veía en tu celda. Sonreías, contenta por cómo va todo. Tu plan va tomando forma. Anoto la cuenta regresiva, en carboncillo, dentro del botiquín del baño montado en la pared. Los días que faltan para el juicio. Creí que me ayudaría, pero cuando anoto el número me empieza a temblar la mano. Abogados y miembros del jurado. El juez.

Y tú. Detrás de una pantalla.

Esperando.

Mike me mandó un mensaje por la mañana para avisarme que trabajaría desde temprano, tenía clientes todo el día, pero le gustaría ponerse al corriente mañana o el lunes. No hay nada que pueda decir o hacer. Ya lo ha dicho: "Para superarlo hay que enfrentarlo".

Cuando entro a la cocina Phoebe me da la espalda, le unta mantequilla a dos rebanadas de pan tostado. Saskia está por el fregadero. Una pieza de repuesto.

—Buenos días —dice.

—Hola, quería avisarte que voy a salir en la tarde, voy a tomar fotos para la clase de arte.

—De acuerdo —responde—. Yo también voy a salir, pero a lo mejor podemos ver una película juntas más tarde. Algo para chicas.

—Después de desayunar voy a casa de Clondine así que no cuentes conmigo, no es que te importe —responde Phoebe, avienta el cuchillo en el fregadero y se va, con el pan tostado en la mano.

—¿Y tú, Milly? ¿Se te antoja?

—Tal vez, pero no sé cuánto voy a tardar.

Desayuno sola, por suerte veré a Morgan más tarde. En sus mensajes me cuenta que sueña con vivir en otra parte, lejos de los multifamiliares. Le he escrito un mensaje como cien veces, lo borro antes de enviarlo. Creo que de contarle de ti tendría que ser en persona.

Nos vemos en la tarde como habíamos quedado, en una de las calles secundarias, lejos de la calle principal. Cuando me acerco asiente, un movimiento rápido de la cabeza, una sonrisa enorme en la cara.

—Qué bien, ¿me extrañaste?

Sonrío y lo toma como respuesta.

—¿A dónde vamos?

—A ver a unos amigos.

—¿Qué amigos?

—Unos chicos que conozco.

—¿En serio?

—¿Por qué no?

—Por nada, no importa.

Tomamos un atajo y pasamos por calles que no conozco. Silenciosas, desde aquí no se percibe el tumulto de los mercados de fin de semana. Las casas se vuelven menos blancas, menos lujosas y pronto nos acercamos a otros multifamiliares. Cuando damos la vuelta en la esquina y vamos a cruzar la calle, veo una línea de coches negros antes de ver la iglesia. Un grupo pequeño sale del edificio, un pastor al frente, con la cabeza agachada. Una mujer a la que ayudan dos hombres, uno de cada lado.

—Espera, deja que se suban a los coches, Morgan.

—No, no pasa nada, ven.

Cuando nos acercamos veo el féretro, la madera barnizada reluce a través de la ventana del coche fúnebre, el sol de octubre perfora el cristal. Un tributo floral. PAPÁ. Los conductores de los coches abren las puertas, elegantes en sus uniformes, sombreros en los costados. Me detengo antes de acercarnos más. No está bien interrumpir su procesión, su pena. Morgan se sigue, distraída, pasa en medio de los dolientes. Cuando los coches se llenan y arrancan, el pastor se vuelve a meter, me paro frente a la iglesia uno o dos minutos, pienso en mi papá. Se fue antes de que pasara lo peor, pero debe haber visto las noticias, debe saber. Huyó. Se esconde. Niega con quién se casó, niega a quién preferiste en vez de a él.

Morgan chifla y me llama, parece impaciente. Cuando la alcanzo me pregunta por qué me detuve.

—Por respeto, supongo.

Escupe en el piso, pone una cara que sugiere que no entiende o le vale madre. Siento calor en mi interior. Lecciones, necesita aprender algunas, y yo soy buena maestra.

Damos vuelta en una esquina y entramos a una calle residencial, hay torres de edificios en ambos lados, una tienda a la derecha con barrotes de metal en la ventana. Entramos a los multifamiliares a la izquierda, los atravesamos hasta que llegamos a una zona de juegos pequeña, el piso está repleto de vidrio y envolturas de comida rápida. No hay niños jugando, sólo dos chicos sentados en el juego giratorio, con latas de cerveza en las manos.

—Qué hay, imbéciles —dice Morgan.

—Cállate, pendeja —responde uno de los chicos, tiene una gorra en la cabeza y un arete de oro en la oreja derecha.

Morgan se sube al juego, agarra la lata de su mano, la engulle y eructa después, lo cual los hace reír. El otro chico, el de granos inflamados en el cuello, algunos amarillos, dice:

—¿Quién es?

—Es Milly, vive enfrente de mi casa.

—Nada mal. Ven, siéntate junto a mí, haz amigos.

—Estoy bien así —respondo, me siento en una banca a un lado.

—¿Demasiado buena para nosotros, eh?

Sonrío, intento no parecer molesta.

—¿Me vas a dar una cerveza o qué? —pregunta Morgan.

—¿Qué me das a cambio? —responde el chico de la gorra.

—El placer de mi compañía deslumbrante, desde luego —Morgan se para y hace una reverencia dramática.

El niño de la gorra se llama Dean, su amigo le llama así cuando le dice:

—Ya sé qué te gustaría pedirle.

—Exacto —responde.

Prenden cigarros, me ofrecen uno.

—No, gracias.

—Qué sangrona.

Dean jala a Morgan para acercarla, le empieza a hacer cosquillas. Al principio, ella se resiste, después él le dice algo al oído y ella contesta, te apuesto que sí, y se van. Desaparecen en una cabañita de madera pintada en colores primarios, el techo está pintado con nombres y rayado con grafiti. Intento controlar el temor que se acumula en mi estómago. Sucias y malas, las cosas que le están pasando a ella. Quiero ir a la cabaña, ayudarla, pero a veces cuando quieres ayudar haciendo algo bueno, puedes acabar haciendo algo malo.

El amigo de Dean se sienta a mi lado, tiene las uñas irregulares. Mordidas. Me pone su brazo en los hombros, a lo largo del respaldo de la banca, me toca el hombro con la mano.

Me toca.

Procuro ignorar el movimiento que proviene de la cabaña, cuerpos que cambian de postura. Morgan, mi amiga, de rodillas o de espaldas. El chico recarga la cara en mi cuello, se silencian los sonidos de la cabaña y se escucha el sonido de su saliva masticando un chicle. Me estremezco, debería pararme, no siento las piernas. Paralizada.

—¿Tienes frío? Te caliento.

El olor a alcohol, el cigarro en su mano, la cercanía de su cara con la mía me transportan.

A ti.

Una sombra, un dosel fabricado con amor y lujuria, me sofocaba en mi cama todas las noches. Tú.

Apaga su cigarro en la madera de la banca entre nosotros. Lo tira en el piso, un cementerio de colillas. Doblados en posiciones extrañas, cuellos rotos, cuerpos doblados.

Apoya su mano en mi muslo, la mueve ligeramente, va subiendo poco a poco. Tengo la palabra "no" atorada en la garganta, no sale. No puedo decirla, no funciona así. No significaba sí, significaba que siempre te salías con la tuya. Hacías lo que querías de todas formas. Cuando sus labios tocan mi cuello no parece que le pertenezcan, se sienten como los de alguien más. Nunca quise que me tocaran así. Nunca quise que tú me tocaras así.

—Quítate, no me toques idiota —digo y me levanto de un salto.

—Dios, ¿qué diablos te pasa?

Camino hacia la cabaña, golpeo el techo, imágenes de estar en nuestra casa, en tu cuarto, interrumpen cada paso que doy.

—Morgan. Morgan. Vámonos, me quiero ir ya.

El chico de la cabaña me llama anormal. Aguafiestas. Puta. Se escucha el sonido de un cierre que sube.

—Relájate, ya voy —responde Morgan.

Me adelanto y subo la cuesta, hacia los coches estacionados, hay un gato negro debajo. Los ojos cerrados, tranquilo.

Es de buena suerte si camina frente a mí. No lo hace. Estoy enojada, enojada con Morgan. Nadie la obligó, entró a la cabaña sonriendo, aún lo hace mientras viene caminando. Una lata de cerveza en una mano, da un trago, hace gárgaras y luego escupe. Sucio.

—¿Por qué te estás sacando de onda?

—Quiero irme a mi casa.

—Puta madre, como si nunca hubieras hecho nada así. No respondo, no sé cómo explicarle.

—¿Puedo ir a tu casa? Me podrías meter a escondidas por el balcón.

Sí, es lo que debería decir. Necesita que la cuiden, que la alejen del peligro. Necesita comportarse mejor. Podría ayudarla.

—¿Puedo?

—Sí.

Me asesoras mientras volvemos caminando a la casa, ideas sobre cómo enseñarle a Morgan, como "ayudarle" a ser limpia, pero lo que dices me asusta, no me gusta escucharlo. No quiero hacerle eso, es todo lo que tengo, es mi única amiga. La necesito. Y por eso lo hago, cuando se agacha cerca de una hilera de coches estacionados para amarrarse la agujeta, me asomo. Casi nunca lo hago, no me gusta recordarlo, pero esta vez veo en la ventanilla del coche. Tu cara, la fiel imagen de la mía, me mira. ANNIE, ACEPTA QUIÉN ERES. "No quiero", contesto.

—¿A quién le hablas? —Morgan pregunta mientras se para.

Sacudo la cabeza, ella sonríe y me dice loca, no te preocupes por lo que pasó en el parque, son unos idiotas de todas formas. Y me doy cuenta de que puedes decirle lo que quieras a los abogados sobre mí, ya lo has hecho, de eso estoy segura, pero Morgan es mía. Yo decido. Le digo que cambié de opinión, que es muy arriesgado meterla si está Saskia en casa. Se enoja, dice que ahora tendrá que ir a su casa a aguantar a sus hermanitos. Muchas gracias, Mil, dice, después se va caminando.

Quiero decirle, de nada. Pero no entendería.

17

Cuando Mike me plantea las preguntas, son directas. Es psicólogo, su objetivo es apoyarme, animarme, a diferencia de los abogados de la defensa.

Las lee. ¿Exactamente qué viste por el agujero en la pared la noche que murió Daniel Carrington? ¿Cuánto tiempo estuviste parada frente al agujero? ¿Estás segura de que eso viste hacer a tu madre? ¿Estás completamente segura? ¿Qué pasó después?

Por favor díselo a la corte otra vez. Y otra vez.

Cuando terminamos, me dice que lo hice muy bien. Baja las hojas con las preguntas y dice que lamenta que tenga que pasar por esto. Que debo sentirme muy expuesta, la idea de responder preguntas frente a un jurado y un juez. Sí, así es, le digo, me da miedo no saber qué pueda pasar ese día. Lo que pueda decirse. Pero estaré bien, creo que ir a la corte, enfrentarte, es mi manera de ayudar a los niños que lastimaste. Mi manera de asumir la responsabilidad. Mike habla de la culpa del superviviente y de que puede hacer sentir más culpable a una persona de lo que es. A veces creo que te sientes así, como si las muertes de los niños fueran tu culpa. ¿Me equivoco?, pregunta. No estoy segura, respondo, a veces sí. No hiciste nada malo, asegura, y si tu madre dice lo contrario, es su intento por seguir abusando de ti.

Una explicación clara, un moño hecho con listón

Hablamos de cuando tú y yo fuimos a Manchester en carretera durante las vacaciones escolares. Te esmeraste mucho en repartir lo que hacías por todo el país. La red clandestina de mujeres desesperadas a quienes tranquilizaste lo suficiente como para que te entregaran a sus hijos. Las preparaste durante años desde la distancia. De nuevo la pantalla fui yo, tu hija. Podríamos haber seguido así durante años pero te llevaste a Daniel, alguien a quien conocía. Muy cerca de casa.

—¿Qué le dirías ahora a tu yo más joven que te podría haber tranquilizado entonces?

—No sé.

—Tienes que intentarlo. ¿Qué te hubiera gustado escuchar?

Que tú y yo no éramos iguales.

—Que un día se acabaría.

—Gracias a ti se acabó, fuiste muy valiente al ir a la policía.

—Esperé demasiado, ya habían pasado demasiadas cosas horribles.

—Si te hubieran escuchado antes, ¿qué hubieras dicho?

—Ayúdenme, déjenme en paz.

—¿Cómo hubieras recibido ayuda si querías que te dejaran en paz?

—No sé, así me siento.

—Asustada, en mi opinión. ¿Qué tal si hubieras dicho: "Ayúdenme, llévenme a un lugar seguro"?

Cuento los libros en las repisas. Los números ayudan. Después lloro, escondo la cara en el cojín. Mike guarda silencio, me deja llorar, después dice:

—Lo mereces, Milly, mereces estar segura y tener una vida nueva.

Me quito el cojín. Su rostro es tan franco, me mira. Quiere que me sienta mejor, lo noto, pero no entiende.

—Mike, no entiendes. Crees conocerme pero no es así.

—Creo que te estoy conociendo. Creo que te conozco mejor que la mayoría. ¿No estarías de acuerdo?

Si fuera cierto, sabría qué decir. Sabría que me ayudaría si me dijera que puedo quedarme. Que él me cuidará. Pero me da miedo preguntarle. Sé que cuando termine el juicio me tendré que ir. Empezar de nuevo. Y no puedo hacer nada al respecto.

—¿Mike, podemos terminar? Llevamos más de una hora. Estoy cansada y quiero irme a dormir.

Siente el bloqueo, sabe cómo quitar el pie del acelerador por hoy.

—Claro, permíteme tomar tus pastillas nocturnas.

Guardo las pastillas con las otras, abro mi laptop para ver si hay algo nuevo en las noticias. Te han puesto en una celda de aislamiento, no dan detalles salvo que después del anuncio de que habían adelantado tu juicio, una presa intentó atacarte. Imagino que es importante protegerte, la presión pública de mantenerte con vida.

Hacerte pagar.

18

Mugre en mis manos, una toalla en el lavabo. Mike debió haberme dejado en donde me encontró anoche después de nuestra sesión. En la oscuridad del sótano.

Cuando salgo de mi habitación Phoebe está en el descansillo, se equilibra en el borde del barandal, la cabeza en el teléfono, un pie en la alfombra. Uñas de los pies pintadas perfectamente de rosa. Cuando paso levanta la cara, dice, por qué hiciste tanto ruido anoche, me despertaste. Respondo lo primero que se me ocurre.

—Me dolía el estómago. Mike me trajo unas pastillas.

—Sí, bueno, a la próxima no hagas tanto ruido.

Sigo caminando, bajo un piso, volteo y le pregunto.

—¿Cómo vas con tus diálogos para la obra?

Me enseña el dedo del medio, susurra un vete a la mierda. Sabe que Mike y Saskia están por ahí, la podrían escuchar.

—Dime si te puedo ayudar —respondo sonriendo.

Se baja del barandal y se mete a su cuarto, cierra la puerta con una patada.

Saskia está en la mesa de la cocina, aprieta una taza grande, la rodea con dedos delgados, le sobresalen las venas, le recorren de los nudillos a las muñecas. Me saluda con un buenos días, la mirada vacía, más un comentario amable que un intento de hablar.

—¿Huevos? —ofrece Mike, con una cuchara de madera en una mano.

Lleva puesto un delantal de James Bond que dice "licencia para asar". Me ve mirándolo, se ríe un poco, intenta ocultar su preocupación. La incompetencia que debe sentir. Incluso después de nuestra sesión, estoy jodida.

—Saskia me lo regaló de cumpleaños el verano pasado, ¿verdad, Sas?

—¿Cómo?

—El delantal.

—Sí, cariño, creo que sí.

Miro a Mike mientras voltea a la estufa. Alto. Su cuerpo, fuerte y en forma, su pelo arenoso, con algunos mechones de canas. El peso de todos nosotros en sus hombros amplios, aunque nunca lo he escuchado quejarse ni una vez.

—Aquí tienes, huevos revueltos —dice.

Le agradezco y me siento junto a Saskia.

—¿Tú no vas a comer? —pregunto.

—No, no, me gusta comer más tarde.

O nunca. Mike va al recibidor, se para en el primer escalón y le grita a Phoebe. Tiene que gritarle dos veces para que salga de su cuarto y conteste.

—Ya voy.

Él se sienta con nosotras en la mesa, empieza, me dice. Me pregunta si he pensado qué me gustaría hacer cuando termine el semestre.

—No me importaría quedarme aquí. Sé que los dos están ocupados.

—Creo que el otro día June tenía razón, deberíamos tomarnos unos días. Conocemos un lugar muy agradable en el campo, en esta época del año los árboles estarán hermosos.

—Vaya, qué acogedor —dice Phoebe al entrar.

—Buenos días, sírvete huevo, siéntate con nosotros.

—¿Qué pasó anoche? Me despertaron.

—Ya le conté a Phoebe que me dolía el estómago y que tuviste que llevarme unas pastillas.

Mike titubea, mentir no está en su naturaleza pero lo racionalizará. Protector. Una necesidad.

—No escuché nada —dice Saskia.

A nadie le sorprende.

—Sí, bueno, tardé años en volverme a dormir.

—Lo siento Phoebs —Mike la tranquiliza—. En fin, estamos hablando de las vacaciones del semestre, es una pena que no puedas acompañarnos.

—Caminar en un bosque en medio de la nada, no gracias. Prefiero ir a Cornwall con mis amigos, muchas gracias.

Devon está cerca de Cornwall. Antes era mi casa.

—Pues ahí también hay mucho bosque —dice Saskia.

El intento no está mal, es casi gracioso, pero a Phoebe no le parece, le da la espalda, se sirve un vaso de agua de la llave. Veo que Mike quita la mano de la mesa y la pone en el muslo de Saskia. Capitán de un barco inestable, eso es. Es posible un motín. Muy probable.

—Tienes que comer algo, Phoebs.

—Na, no tengo hambre, estoy a dieta.

—No a primera hora de la mañana, necesitas desayunar.

—¿Por qué? No veo que mamita querida esté comiendo.

—Ella no pasará todo el día en la escuela ni liderando al equipo de hockey, ¿o sí?

Phoebe balbucea en el borde del vaso, no, no hará nada, como siempre.

—Por lo menos agarra una barra de cereal de la alacena, cómetela al rato.

—Sí, equis —responde.

Phoebe y yo nos vamos juntas, no nos queda de otra, Mike y Saskia nos despiden. En la siguiente casa nos separamos. Veo su cuerpo delgado cuando atraviesa la calle, camina segura, a todo un mundo de distancia de lo que alberga en su interior. Hace unas semanas entré al cuarto de lavado por una toalla limpia, escuché voces. Sevita estaba planchando, Phoebe estaba sentada en el piso con las piernas cruzadas haciendo tarea. Sevita levantó la vista cuando entré, sonrió, hola, señorita Milly. La cara de Phoebe lo dijo todo, enojada. Celosa. No me quería ahí, no quería compartir. Lo que Saskia no le da lo encuentra en otra parte, lo necesita.

Cuando paso por los multifamiliares recuerdo que olvidé avisar a Mike y Saskia que hoy llego tarde después de la escuela. Les mando un mensaje a los dos y les cuento que voy a ayudar con la utilería para la obra, regreso como a las seis o siete. Una mentira, pequeña, color blanco. Tengo ganas de volver a ver a Morgan. La cuidé el fin de semana, la mandé a su casa. No he descartado la idea de contarle de ti, no todo, pero lo suficiente como para hablar del tema si me hace falta. June no estaría de acuerdo. Me dieron una nueva identidad para sentirme protegida. Invisible. Nadie sabría quién soy. Londres es una ciudad inmensa, ella dijo, serás otra cara en la multitud. Lo más importante, continuó, es que nunca le reveles a nadie quién eres ni nada sobre tu mamá. ¿Entiendes por qué es tan importante? Sí, respondí sí, sigo creyéndolo, pero nunca me di cuenta de lo solitaria que me sentiría.

El día transcurre despacio. Alemán, luego Música. Matemáticas y Arte. MK no es mi maestra. La imagino conviviendo con las otras chicas, platicando. Riendo con ellas. Ayer le mandé otro correo para preguntarle si puedo ir a verla, pero no me ha contestado.

Biología, la última clase del día. Disección. El corazón de un cerdo. El humano, casi igual. Ventrículos. Aurícula, la majestuosa vena cava. Conozco bien las entrañas de una persona.

Gloriosos en su rojez, cuando llegamos hay quince corazones dispuestos en las bancas, uno para cada quien. El profesor West está un poco ciego y un poco anciano, nos pide que sigamos las instrucciones en el pizarrón blanco al frente del salón.

Cuchillos preparados.

Rebanamos, eso hacemos, una incisión aquí, un tijeretazo allá. Para algunas es difícil, para mí, más sencillo. Soy la primera que termina. Miro el corazón, ahora despedazado, dispersado en la bandeja de plata. Los culpables: dos escalpelos sangrientos y un par de pinzas. Escucho los comentarios a mi alrededor. Qué asco. Guácala, me choca Biología, qué ganas de ya no tomarla el próximo año. Ayúdame con el mío. Ni creas, con trabajos puedo con el mío. Agh.

Levanto la mano. Al profesor West le toma uno o dos minutos levantar la calva y examinar el salón.

—Profesor, ya terminé.

—Lávate las manos y anota tus observaciones.

Cuando termino de limpiarme en el lavabo, camino a mi banca, abro mi cuaderno de ejercicios en una página nueva y empiezo a escribir, pero las escucho. Las risitas de Clondine e Izzy, la fila frente a mí se asoma encima del hombro para verme. Voltean cuando levanto la vista. Sigo escribiendo. Después sucede.

Un corazón en mi cara.

Rebota en mi mejilla izquierda, aterriza en mi pecho, cae al piso. Ya me había quitado la bata del laboratorio. Me toco la cara. Pegajosa. Sangre en los dedos. Izzy me filma, Clondine vigila, aunque el profe no es ninguna amenaza. Les doy la espalda. Tengo la camisa manchada, la sangre del corazón es del cerdo, bien podría ser mía.

—Es hora de limpiar —dice el profesor West.

—Profesor, no he terminado —dice una voz al frente.

—Elsie, el tiempo no espera, debiste haber trabajado más rápido.

Me movería si pudiera, pero no siento las piernas. No. Siento. Para ellas siempre seré una anormal. Sé que el profesor viene para acá, escucho sus zapatos. Zapatos de cuero café, apuesto a que los bolea todos los días. Se detiene frente a mí.

—Dios santo, criatura, ¿qué has estado haciendo? Dijiste que habías terminado y ahora tienes la camisa y la cara cubiertas de sangre. Límpiate y por amor de dios recoge el corazón del piso.

Escucho resoplidos de risa reprimida mientras el profesor West sigue avanzando.

Zoe, la chica con quien comparto banca, es testigo, pero silencioso, se agacha, recoge el corazón con una toalla de papel, me da otra para limpiarme la cara. Se tomó el tiempo de humedecerla. Señala en dónde tengo que limpiarme.

Asiento, le agradezco, desearía ser más pequeña como para que alguien más tuviera que limpiarme. Clondine e Izzy me sonríen sarcásticas cuando salimos del laboratorio. Los pasillos están llenos, pero cuando me acerco me abren el paso. ¿Tiene sangre en la camisa? Eso creo, puaj. Me cambio en los baños del edificio de Ciencias, me pongo los jeans y la sudadera que escondí en mi mochila en la mañana. No hay uniformes en los multifamiliares, mucho menos de esta escuela. Suena mi teléfono. Me arrodillo para sacarlo de mi mochila. Es Morgan, quiere saber si voy a ir, y cuando descubro una bolsa de maquillaje que me resulta familiar abandonada en el piso del otro vestidor, le digo que llegaré como en veinte minutos, tengo algo que hacer antes.

Cuando llego al techo de la torre, Morgan está fumándose un cigarro, dice:

—Allá hay un pájaro, creo que tiene las alas jodidas.

—¿En dónde?

—Allá.

Señala una caja y dice:

—Lo cubrí con eso, estaba volando por todas partes, me asustó.

Me acerco, me acuclillo y me asomo por los agujeros del plástico. Agujeros en forma de panal. Una paloma, un ala lánguida. Rota. La cabeza se le mueve rápido, la sacude incesantemente. No sé por qué lo hago, pero agito la caja; dentro, ajetreo, pánico; empieza a arrullar. SOS para sus amigos, vete Peter, vete Paul. Iría con ellos si pudiera, pero no puede, la han atrapado. Morgan se agacha a mi lado, me pregunta qué hago. Levanto la caja por un lado, meto la mano y agarro al ave. Fuerte. La empujo contra el piso, a través de mis dedos resuena un diminuto golpe seco. Ala rota, no corazón. Aún no. Arrulla otra vez, llama a los demás. En los techos, ojos pequeños y brillantes, cabezas que se sacuden, las crías también ven, los adultos los obligan.

Lo hago rápido, es lo que debe hacerse, lo noble.

—Mierda, qué asco, ¿por qué lo hiciste? Dios.

Se voltea.

—Hubiera sido peor si no lo hubiera hecho. Hubiera muerto despacio, sola.

—La pudimos haber llevado al veterinario o algo.

—Estaba sufriendo, pero ya no. La ayudé.

—Mejor tú que yo.

Sí.

La vuelvo a cubrir con la caja y regresamos al conducto de ventilación, nos acostamos como estatuas en el suelo frío, el cielo inundado con el rugido de los aviones que vuelan camino a Heathrow. Llévenme, me da igual a dónde. Morgan prende otro cigarro, columnas de humo se mueven en espiral, acarician el aire sobre nosotras. El aliento de brujas.

—¿Por qué estás tan callada, hoy no me vas a contar un cuento?

Tengo uno, pero no estoy segura de que deba contarlo.

—No.

—Qué buena compañía. No me puedo quedar mucho tiempo, mi tío está en la casa es superestricto.

Unos minutos más, por favor, déjame pensarlo bien antes de decirlo en voz alta. Mi mamá es. No. ¿Has visto en las noticias a esa mujer que...? No. Mierda. ¿Qué estoy haciendo? No debo contarle a nadie.

—¿Qué tienes? —pregunta.

—Nada, ¿por qué?

—Te está sangrando el dedo, mira.

—Lo siento.

—No tienes que disculparte, pero si tienes algo que decir, dilo.

Es como patinar en un lago congelado. Parece seguro, se siente seguro, pero alguien debe animarse primero, probarlo para ver si el hielo aguantará. Le caigo bien, somos amigas. Le puedo contar, no todo, pero una parte. ¿No?

—Si no vas a hablar, ya me voy. Prefiero ver la tele que sentarme callada.

—Espera.

—Puta madre, ¿qué te pasa?

Está oscureciendo en la azotea, sólo ella y yo. No hay nadie, nadie más tiene que saber. Le caigo bien. No me parezco nada a ti. Ella entenderá. ¿No?

—Si te contara algo, ¿seguirías siendo mi amiga?

—Sí, creo que nos podemos contar cualquier cosa, ¿no?

Asiento porque es verdad, me manda mensajes casi todas las noches, me pregunta si Phoebe me ha estado molestando y me dice que no me preocupe, que ella me va a defender.

—¿Qué me quieres contar?

—No sé si deba.

—No puedes empezar y luego no terminar.

—No debí haber dicho nada.

—Pues ya lo dijiste y no me voy a ir hasta que me cuentes. *Las reglas se hicieron para… ¿No?*

—Mil, me estás encabronando, me tengo que ir.

—Prométeme que seguirás siendo mi amiga.

—Sí, equis, te lo prometo. Cuéntame.

Me siento, uso el pie para enganchar una correa de mi mochila, la jalo para acercarla. Ella también se sienta. Le pido su encendedor, está muy oscuro. Del bolsillo de enfrente saco el recorte de periódico, el que rescaté de la sala de estudiantes, lo aliso en mis jeans. Es arriesgado llevarlo todos los días, lo sé, Phoebe e Izzy sólo tendrían que vaciar mi mochila, con sus uñas impecables desdoblarían las arrugas en tu cara. Mi cara y la tuya, tan parecidas.

—¿Qué es?

Me planteo arrepentirme, quemarlo en vez de enseñárselo, pero no estoy segura de que podría incendiarte la cara. La primera vez que prendo el encendedor, se apaga.

—No lo vi, otra vez.

La segunda vez ilumina tu rostro, tu boca y tus labios. En la foto no se aprecia, pero tienes una peca de lado derecho de tu barbilla.

Esta vez ve de quién se trata.

—¡No jodas! Es la mujer que ha salido en las noticias, la que mató a los niños.

—Sí.

—¿Por qué me la enseñas?

El encendedor se apaga. ¿Por qué? Estira y afloja. Las cosas enfermas que hace la gente enferma. Cuando salí de los baños de la escuela estaba segura de que estaba bien contarle a Morgan. Que su opinión de mí sería diferente de la de las chicas en la escuela. Sé qué dirían ellas, cómo se sentirían. Pero ellas no son mis amigas, ella sí, y ansío que me diga: no te pareces a tu madre.

Le pregunto qué piensa del caso, de ti.

—¿A qué te refieres? ¿Qué hay que pensar? Es una psicópata obviamente. ¿Por qué te importa?

—¿Qué tal si fuera alguien que conocieras?

—Sí, claro. No me malinterpretes, en los multifamiliares pasan muchas cosas jodidas, pero nada así.

Prometió que seguiría siendo mi amiga, le puedo contar.

—¿Qué tal si fuera alguien que yo conozco?

—Ja, qué graciosa, es octubre no Día de los Inocentes.

La sensación codiciosa de alivio me pisa los talones, me tienta. Poder liberar, en parte, la carga que supones.

—Mira —le digo.

Sostengo el recorte junto a mi cara y vuelvo a prender la llama.

—¿Qué?

—Mira su cara y luego la mía.

Se acerca para ver mejor.

—Mierda. Te pareces muchísimo a ella. Agh.

—Eso intento explicarte.

—¿Qué?

—Me parezco a ella porque. Porque.

Por favor no te vayas cuando te diga.

—¿Qué? ¿Porque es una tía lejana a la que no has visto en años o algo?

—No, no es mi tía, es mi mamá.

Apago la llama, guardo el recorte y te regreso a mi mochila. Siento que Morgan me mira, espera que acabe de contar el chiste, pero no es tal. Ella habla primero.

—Dime que es broma.

Por mi silencio sabe que no lo es.

—Puta madre —responde.

Es inevitable, se me llenan los ojos de lágrimas. Ella se para, retrocede.

—No te vayas todavía, por favor.

—Me tengo que ir, se va a enojar mi tío.

Está mintiendo, se va porque tiene miedo.

—Dijiste que seguirías siendo mi amiga, lo prometiste.

—No es por eso, es mucho que asimilar, ¿sabes?

Sí, lo sé. También para mí lo fue.

—¿Por eso estás en una familia adoptiva?

Asiento.

—¿Ellos lo saben?

—Mike y Saskia, pero no Phoebe, y la directora de la escuela también.

—¿Nadie más?

—No.

—No es por sacarme de onda, pero ¿por qué me contaste?

—Quería contarte desde hacía tiempo, me sentía culpable por no compartírtelo.

—¿En serio es tu mamá?

—Sí.

—Dios, tienen que encerrarla, los niños que secuestró son de la edad de mis hermanitos.

Asiento otra vez. Lo que dice es cierto, necesitan encerrarte, sin embargo me duele pensar en ello.

—Dime, por favor, que no estabas viviendo con ella.

—No, viví con mi papá hasta que murió. No la he visto en años.

Digo la mentira con facilidad y ella no la cuestiona. Si lee que vivías con una niña, le diré que no sé quién era, que debió haber sido alguien a quien te llevaste.

—Puta, gracias a dios que no la has visto en años. ¿Cómo la atraparon?

—No sé, alguien del trabajo, eso creo.

No es cierto. Alguien más cerca de casa. La mayor traición de todas cuando la sangre delata a la sangre. Se supone que las familias deben mantenerse unidas, dios los cría, pero quiero juntarme con otros, en otro lugar.

—Supongo que lo está pagando.

—Sí, eso creo.

—Me tengo que ir —dice.

—Está bien.

Camina a la puerta, la llamo.

—Morgan.

—¿Sí?

Regresa caminando, me paro y le pregunto:

—¿Ha cambiado tu opinión de mí?

—No, la verdad no. No es tu culpa, Mil. Nadie debería culparte por lo que hizo tu mamá. De todas formas no te pareces nada a ella.

—¿Lo dices en serio?

—Sí.

Gracias.

19

La semana pasada, sentada en el nicho, Mike hablaba con June por teléfono. Antes de colgar dijo, es la calma previa a la tormenta. Supe qué había querido decir, tenía razón, esta semana ha sido muy tranquila. Externamente. Después de que reportaran que la fecha del juicio se había adelantado, la prensa no te ha mencionado tanto. Los periodistas están descansando, se preparan para el juicio, sólo faltan diez días. Tú también descansas, guardas tu energía. Sólo me has visitado dos veces. Las dos veces no dijiste nada, sólo recargaste tu cuerpo escamoso a lo largo de mi cuello. No podía respirar ni mover el peso de concreto. El peso de tus secretos.

Cuando vi a Morgan el fin de semana no estaba segura de cómo actuaría. Si ya había cambiado de opinión y había decidido que ya no le caía bien, pero fue la misma de siempre. Aunque le gusta hablar de ti, sobre lo que hiciste, lo cual es mucho más difícil de lo que creí porque no nada más es tu historia, también es la mía.

June vino el miércoles en la tarde mientras Saskia llevaba a Phoebe y a Izzy a cenar. Ella y Mike repasaron las preguntas de los abogados de nuevo. No dejaba de decir que yo lo estaba haciendo estupendo y que debió haber sido muy difícil seguir adelante después de lo que pasó, que sería más fácil cuando terminara el juicio. Mike no dijo mucho. Normalmente lo haría, estaría de acuerdo, pero no esta vez. Se quedó sentado observándome de cerca, asentía de vez en cuando. No me gustó cómo me sentí. Una semilla diminuta de pánico. Dentro. Vulnerable. Terminamos la sesión con una partida de cartas. Blackjack. Es mi favorito, dijo Mike. No tuve el corazón para decirle que aunque tu versión era distinta, también era tu favorita.

Hoy termina el semestre. Tenemos ensayo de la obra toda la mañana, según la profesora Mehmet es importante porque la profesora James, la directora, estará presente. Cuando terminamos de desayunar, Mike insiste en llevarnos en coche a la escuela porque va a pasar por ahí.

—Dame el gusto —dice y le guiñe el ojo a Phoebe.

—Está bien, papá. Le voy a mandar un mensaje a Iz para avisarle que no me espere.

Saskia sonríe, dice que le recuerda a cuando hace años la llevaban a la escuela. Phoebe la ignora, sale de la casa y se mete al coche, se sienta en el asiento del copiloto. Mike pregunta sobre la obra, qué tal va todo.

—Bien, sí, el ensayo de hoy estará muy divertido —responde.

Cuando llegamos a la escuela, pasamos lista en la oficina y vamos directo al Gran Salón. En cuanto llega la maestra Mehmet empieza a protestar, quiere que salga perfecto. Le da órdenes al equipo técnico, dos tipos externos, para que operen la iluminación y los efectos en el escenario. Es la primera vez que los usamos y todas se ríen cuando una nube de humo llena el escenario para la escena de la cacería del cerdo. Faltan unas chicas, el viaje de Historia del arte a París que salió esta mañana, así que la maestra Mehmet me pide que sea el cerdo. No me gusta la idea de que me cacen pero no me puedo negar frente a todas.

—Y Phoebe, ya sé que eres la narradora, pero necesito más personas en el escenario para esta escena así que de momento vas a ser uno de los chicos.

—Con gusto —responde mirándome.

—Debería haber una lanza para todas, a la izquierda del escenario, por el mueble de utilería. Ya que la tengan entren a escena por favor. Milly, también debe estar por ahí la cabeza de cerdo de papel maché, tómala por favor.

Conozco esta escena de memoria. Es una obra, no es real, pero cuando me pongo la cabeza de cerdo se empieza a sentir real. Aunque es ligera, la cabeza está grande y una vez que me la pongo, es difícil ver al exterior. La única manera de no tropezarme es mirarme los pies. Mi respiración sale en bocanadas entrecortadas y superficiales, se crea un calor intenso que rebota en mi cara y vuelve a salir. Escucho a la maestra Mehmet a través de las capas de pegamento y papel.

—Milly, vas a entrar al escenario con Jack y su grupo pisándote los talones, recuerden todas, ésta es una escena crucial en donde se comienza a ver el salvajismo de los chicos. Piensen en sangre, su derramamiento, y el uso del canto de la cacería para expresarlo. Cuando pida luces y humo, es tu turno Milly.

A las chicas no les cuesta trabajo entrar en sus personajes. Alguien golpea su lanza en el piso, un martilleo constante que provoca que se me contraiga la parte inferior del estómago. Una voz a mi izquierda susurra, corre, cerdito, corre. Tú nunca me llamaste cerdito, pero sí me perseguías con frecuencia. CUÁNTO NOS DIVERTÍAMOS, ANNIE, ¿VERDAD?

—Vas, te toca —alguien dice a mis espaldas.

No escuché mi señal por escucharte a ti.

En cuanto entro a escena, doblo las rodillas, me dejo caer, intentando parecer un cerdo en la medida de lo posible. Mi respiración es pesada, tú me asfixias. Estás aquí. Se fusiona el sonido de las lanzas. *Pum, pum. PUM.* Percibo el olor a hielo seco de la máquina de humo, se arremolina en torno a mis pies al tiempo que el escenario se ilumina de rojo, acentuado con la luz estroboscópica. Comienza el canto.

—Maten al cerdo, córtenle la garganta, derramen su sangre.

Palabras distintas a las tuyas, misma intención.

Alguien toca un tambor, las lanzas se acercan, Jack y sus chicos. Me muevo en el escenario, se supone que es una cacería.

—Maten al cerdo, córtenle la garganta, derramen su sangre.

Pum, pum. PUM.

Intenté encontrar nuevos escondites, pero tú siempre sabías en dónde buscar.

—Ahí está —grita una voz.

Un aullido agudo como el sonido que hace un niño cuando juega a los vaqueros y los indios se cierne sobre el aire, es su señal. Hora de atacar. A mí. Me dirijo al centro del escenario, por error me tropiezo y me caigo, en el piso no estoy segura. No se supone que deba estarlo, el cerdo no se libra con vida, ¿recuerdas? Las luces del estroboscopio se intensifican, la máquina de humo libera otra ráfaga.

—Maten al cerdo, córtenle la garganta, derramen su sangre.

Los pies que me rodean marchan en sincronía con sus lanzas. El primer golpe es rápido, proviene de atrás, adivino quién es. Me dejo caer de espaldas. Una lanza tras otra me empuja y me pica. El tambor se sosiega y toca un ritmo hipnótico, el canto es más tenue, más amenazante.

—Maten al cerdo, córtenle la garganta —otro aullido de una persona a mi izquierda. Un sólo toque fuerte en el tambor los acalla. El sonido de la cabeza de papel maché cuando se me pega a la cara y luego se suelta es el único ruido que percibo, estoy respirando muy fuerte. Los pies a mi alrededor se empiezan a mover en movimientos circulares, me desorientan más. Odiaba la máscara que me obligabas a ponerme, ahora, la misma sensación. No puedo. Respirar.

—Esta vez, sin piedad —dice Jack, interpretado por Marie.

Clava su lanza a mi izquierda, golpea el piso con fuerza. Entre el humo y los estrobos, al público le parecerá que me han atravesado el corazón. Me sacan cargando del escenario de las piernas y brazos, pero aquí en mi nueva vida, sin que tú estés a cargo, me colocan de pie y no pasa nada malo. Me encantaría echar porras y unirme a las risas y chistes tras bambalinas, pero voy al baño en el vestidor para quitarme la cabeza de cerdo, me mojo la cara con agua fría y cuento de cincuenta para atrás. Poco a poco los números surten su magia, los recuerdos se desvanecen y luego de un rato me siento segura como para irme.

Al bajar las escaleras del escenario y entrar al salón, me doy cuenta de que la profesora James me está esperando. Me invita a sentarnos al frente, lejos de las chicas, le gustaría hablar conmigo.

—¿Estás disfrutando tu primera obra en Wetherbridge?

—Mucho, gracias, profesora James.

—Milly, tu actuación fue muy realista pero me preocupa que vayas a interpretar al cerdo.

—No, suplí a Annie, fue al viaje a París.

—Ya veo, también entiendo que pudo haber sido complicado negarte, pero de todas formas debes ser consciente de las situaciones que puedan desencadenar algo desagradable, dado… tú sabes.

Me quiero volver a poner la cabeza de cerdo y llorar. No pasa un sólo minuto en la escuela en el que no sienta que me lo recuerdan.

Dado… tú sabes.

—También quería comentarte un par de cosas, Milly. El señor Newmont me escribió para contarme que te presentarás en la corte, en dos semanas si no me equivoco.

Asiento.

—¿Has logrado concentrarte en la escuela?

—En general sí.

—Milly, es evidente que eres muy inteligente, así que si necesitas tomarte unos días, podemos enviarte la tarea a casa, no hay ningún problema.

—Preferiría mantenerme ocupada si no le importa.

—Por supuesto. Pero si cambias de opinión, envíale un correo a mi asistente para que te agende una reunión.

—Gracias.

—También te quiero hablar de la maestra Kemp. Entiendo que has estado pasando tiempo con ella. Lo complicado, Milly, es que la señorita Kemp no sabe de…

Asiente en vez de decirlo, espera que yo haga lo mismo, que indique que he entendido, después continúa.

—Entonces debemos ser cuidadosas, por decirlo de alguna manera. Sé que intentaste darle un regalo, lo cual es un gesto muy dulce, pero que no fomentamos, de hecho, va contra las reglas de la escuela. Sin embargo, en tu caso particular entiendo cómo se suscitó la confusión.

Por eso no ha respondido mis correos.

—La señorita Kemp es una maestra maravillosa, muy comprometida, dicho esto, una debe poner límites muy claros.

—Profesora James, no estoy segura de entender.

—Me refiero a que, si te parece mejor, podemos asignarte otro asesor académico.

—¿Por qué?

—Le he pedido al señor Newmont que hable de esto contigo en las vacaciones, estoy segura de que lo hará. ¿De acuerdo?

—Sí, profesora James.

—No hace falta que te preocupes, todos estamos de tu lado y estoy convencida de que podemos encontrar una solución. ¿Qué te parece?

Condescendiente.

—Muy bien, gracias.

—Me alegro, sigue haciendo un trabajo excelente en la obra, sin duda será una actuación gloriosa llegado el día.

Me pongo de pie cuando ella lo hace, como se espera que lo hagamos.

Despierto llorando en la madrugada. Soñé que estaba en la corte.

Cuando el abogado defensor volteó para mirarme frente a frente, se encogió y adquirió la estatura de un niño, me preguntó por qué te permití que lo lastimaras. Lloraba.

Lo siento, dije.

No te creemos, contestó el jurado.

20

Ayer después de la escuela, Mike me contó que reservó dos noches en un hotel, un lugar llamado Tetbury. Nos vamos el lunes. Mencionó que le gustaría ponerse al corriente conmigo sobre la profesora Kemp, pero que podíamos esperar al fin de semana.

Phoebe y yo nos estamos alistando para la fiesta de Marty, la que Joe mencionó en el autobús. Mike le dio permiso a Phoebe con la condición de que me llevara, además, agregó, si van juntas, las dejaré regresar caminando solas. No querrás que me plante en la puerta de tu amigo, ¿o sí? Antes de irnos nos recuerda que nuestro toque de queda es a la medianoche en punto, y nada de alcohol, ¿de acuerdo?

—Sí, papá, está bien.

En cuanto salimos de la casa Phoebe llama a Izzy, dice que le choca que no pueda venir, cuánto tiempo más estará castigada. La respuesta de Izzy la hace reír y antes de que cuelgue dice, no te preocupes, perra, te cuento todo mañana. Pobre Izzy, debió haber estado feliz cuando el profesor West le regresó su bolsa de maquillaje, pero no tanto cuando se dio cuenta de que él había visto los cigarros que guardaba dentro. Ni cómo salirse de ésa, su nombre estaba escrito con corrector en la parte inferior de la bolsa, la cual había aparecido medio abierta en el escritorio del profesor West cuando su salón estaba vacío, ya habían limpiado todos los corazones.

Llegamos a otra gran casa blanca y Phoebe toca el timbre. Abre un chico, alto, un metro ochenta, tal vez más. Sonríe cuando ve quién es y dice: "Que empiece la fiesta".

Me da la mano.

—Matty.

Se la doy y digo, hola, soy Milly. Cuando abre la puerta para que entremos me siento enferma, la música se filtra de la sala y cuando entramos me doy cuenta de que hay una mesa a la izquierda. Botellas de alcohol, una ponchera de cristal enorme, con algún ponche.

—Marty, para nada parece Halloween.

—Vete a la mierda Phoebs, mis papás apenas se fueron, nos prohibieron a Thom y a mí hacer fiestas. Además eres lo suficientemente asquerosa como para diez Halloweens, no hace falta decorar.

Termina su frase con una risa macabra, "bajajaja".

—Cállate y tráeme algo de tomar. ¿Entonces Thom regresó de la uni?

—Sí, se supone que se tenía que quedar a cargo pero se largó con sus amigos en cuanto mis papás se fueron.

—¿Va a volver?

—Veo que alguien sigue enamorada de mi hermano.

—Para nada, estoy siendo amable, es todo. Además me gusta alguien más.

—¿Quién?

—Un tipo que conocí en el verano, sólo que no vive en Londres.

—O sea, no existe. Toma, te preparé un vodka.

Ella toma el vaso de plástico de sus manos y se sienta en un sillón en medio de dos chicas que nunca había visto, empieza a platicar con ellas.

—¿Quieres tomar algo?

Digo sí, por favor, porque todo el mundo tiene un vaso. Aunque no me lo voy a tomar, sentido común. Me siento en la esquina cuando me lo da. Llega cada vez más gente. Todos conocen a alguien que conoce a alguien, la red de escuelas privadas adineradas teje una telaraña que llega muy lejos. Phoebe habla por teléfono casi todo el tiempo, distintas llamadas. Patea a uno de los chicos a sus pies, quien intenta distraerla haciendo un paso de *break-dance*, el gusano. Basta, grita ella, y cuando cuelga el chico lombriz le pregunta: "¿Cuándo va a llegar?"

—Cuando llegue idiota.

Ella lo vuelve a patear, aunque esta vez él le agarra la pierna, la tira al piso. Se sienta sobre ella y le rodea la garganta con las manos. Todos se ríen, pero a mí no me parece gracioso ni divertido. Clondine llega con dos chicos mayores. Phoebe se acerca a saludarlos y uno de ellos la abraza de la cintura, la pega a su cuerpo, ella lo empuja riéndose.

—Al rato me vas a estar rogando, ya verás —él le dice.

Ella está a punto de responder cuando suena su teléfono, la llamada es rápida, termina en segundos. Cuando cuelga, grita.

—Listo gente, saquen el dinero.

Se recolectan billetes, se pasan por la sala hasta que le llegan a ella, nadie pregunta para qué.

—Tú también, no creas que no te veo.

Me volteo, me pongo el vaso en la boca, finjo darle un trago.

—A lo mejor te pido que me ayudes, así si nos descubren, nos cagan a las dos.

—Sí —dice una de las chicas del sillón.

Insignificante. Cara de hiena, se ríe igual.

Phoebe me mira y dice, vamos, qué esperas, no digas que nunca te incluyo en nada. Cuando llegamos a la puerta principal, se detiene antes de abrirla, me mira y dice: "Si le cuentas a papá, te mato, ¿entendido?"

Entendido.

En la puerta hay un hombre en traje acolchado negro, un casco de motocicleta en la mano. No le da un beso, pero lo saluda por su nombre, Tyson.

—Mierda, espera, ahí viene alguien. Si alguien pregunta di que pedimos pizzas. Puta madre, es Joe, no pasa nada.

Cuando Joe llega a la puerta, saluda. Phoebe lo ignora, se sigue al porche y me sonríe.

—Hola, Milly.

Se acuerda de mi nombre.

—Hola.

—¿Cuántas quieres? —pregunta Tyson.

—Treinta si tienes.

—¿Treinta? Va para largo entonces.

—Acaba de terminar el semestre, ya sabes.

Asiente, se quita uno de los guantes de piel, extiende la mano. Phoebe le pone el dinero enrollado como un puro. Confía en ella y no lo cuenta, tal vez sea algo habitual, va a la entrada para coches, en donde dejó su moto en la banqueta. Echa un vistazo antes de abrir el asiento, le toma uno o dos minutos, y regresa cargando una bolsa de papel color café.

—Son treinta —dice mientras se acerca a la puerta— y éstas las invito yo —le entrega una bolsita de pastillas—. Son nuevas, te van a hacer volar.

Ella sonríe, le lanza un beso, eres el mejor, Tyson, el mejor. Él se nota satisfecho, escucho su moto antes de que se cierre la puerta, acelera, un ruido largo y sostenido. Entramos a la sala, nos recibe una nube de humo, tiran la ceniza en vasos de plástico vacío y botellas. Cuerpos aletargados y ebrios se desparraman en sillas. El anuncio de Phoebe los despierta de la apatía.

—Ya llegaron las bolsas de fiesta.

Me sorprende descubrir que es literal. Voltea un montón de bolsas de fiesta en la mesa, las bolsas son de payaso.

—Van, perras.

Como dulces gratis, nadie se queda en su lugar mucho tiempo, arrasan con la mesa de payasos. En un abrir y cerrar de ojos. Phoebe, como siempre la reina del drama, se aclara la garganta, espera a que todos le estén poniendo atención, sacude en el aire la bolsa de pastillas que le dio Tyson. Sonajas para bebés dientones, algunos con frenos de metal de colores llamativos. Yeee, y otra vez Yeee, alguien dice, es hora de ponerse hasta la m-a-a-a-a-dre.

—¿Qué son? —pregunta Clondine.

Phoebe saca una pastilla de la bolsa, la mueve entre sus dedos, la examina.

—Tiene un logo de Superman, Tyson dijo que vamos a volar.

Se mete una a la boca, se pasea por la sala entregándolas en las manos extendidas, como si fuera diosa o reina de los adolescentes. Bendíceme por favor.

Ya cerró el círculo, aún quedan un par en la bolsa.

—Abre bien, cara de perro.

—No —respondo—; no, gracias —corrijo.

—No sé si entiendo esa palabra —asegura.

—Déjala en paz, Phoebe, así quedan más para nosotros.

Joe se acerca tranquilo, intenta verse casual. No conozco a los chicos, cómo funcionan, pero su expresión casual parece más bien de preocupación, necesita practicarla más. Phoebe se da la vuelta, aburrida.

—Sí, tienes razón, sería un desperdicio, ya está hecha mierda de todas formas.

Sus uñas son como garras en forma de almendra, se mete otra pastilla a la boca. Hace puchero con los labios, cierra la cueva húmeda. Oscura. No ve que Joe me guiña el ojo, un motín secreto contra su majestad. Córtenle la cabeza.

No tarda mucho. El grupo privilegiado perfectamente ataviado y hermoso se transforma en una muchedumbre. Animales. Mentalidad de manada. Afuera en el jardín le aúllan a la luna. Platos en vez de ojos, bocas temblorosas. Fumando. Un día estos chicos y chicas van a dirigir el mundo, mientras tanto, lo echan a perder.

Encuentro un lugar tranquilo en la cima de las escaleras en el primer piso, descubro una bolsa de fiesta abandonada. Los contenidos, ingeniosos, la forma seductora con la que la armaron, envueltos en aluminio, tubos de plástico. Finjo que es Navidad, como en las películas, desenvuelvo uno a uno. Polvo blanco en la primera, origami, al estilo de Saskia. Siguiente, una pastilla blanca con logotipo de paloma, continúa la obsesión con volar. En tercer lugar, una cápsula con una M grabada, un condón para después y un churro listo para fumarse.

Me siento en las sombras oscuras cerca de la pared, escucho voces que provienen de abajo. Reconozco la de Clondine. Veo que ella y un chico mayor, el mismo que agarró a Phoebe hace rato, desaparecen en un cuarto al fondo del pasillo. La puerta del cuarto se queda abierta, se difunde el sonido. Un chillido, risas. Después, silencio. Más o menos cinco minutos después, un reclamo. Basta, no, la escucho decir, basta, Toby, no quiero. Me pego a las sombras, me acerco a la puerta. Cállate la puta boca, le dice él, deja de llorar. Ella no se detendrá, no puede, he estado en la misma situación. Su llanto lo distrae, le desespera, frustración.

—Quédate quieta con una chingada.

—Por favor Toby, no quiero.

Abro la puerta de par en par, una lámpara en el pasillo ilumina la cama. Toby arriba, Clondine inmovilizada debajo. Las rodillas de él le abren las piernas, con una mano le sujeta a ella los brazos por encima de la cabeza, ella tiene los jeans bajados a la altura de los muslos. Cierra la puta puerta, dice él, una almohada que sale volando hacia mí aterriza en mis pies. El bebé de Clondine lloriquea. Prendo la luz, él voltea a verme, el espectador inoportuno, el aguafiestas. Nos estábamos divirtiendo, él diría si lo interrogaran, ella también quería.

—Apaga la puta luz y lárgate de aquí.

—La escuché decir no.

—¿Y a ti qué te importa?

Apago la luz, un alivio temporal para él, y para mí. La postura de Clondine en la cama me trae recuerdos. Y el sonido que hace ella dice no me dejes sola con él. Conozco el sonido, es similar al que yo hacía, aunque mi atacante era mujer. Vuelvo a prender la luz, la mano de él en su entrepierna. Ella está quieta, una muñeca inflable. Prendo la luz, una especie de disco.

La apago.

La prendo.

La apago.

La prendo.

Laapagolaprendo.

Laapagolaprendo.

Una distracción, incluso para el violador más comprometido.

Funciona.

Él hace a un lado su cuerpo rígido, frígido. Ella se mueve, una muñeca de trapo, cuelga la cabeza de su lado de la cama. Vomita. Llora. Vomita otra vez. De la barbilla le cuelgan saliva y vómito de yonqui. Tiene cinco años, tirada y usada, quiere a su mamá. Cuidado con lo que deseas.

Ahora él está frente a mí, mi espalda contra la puerta, mi pie evita que se cierre.

Su mano en mi cuello, su cuerpo contra el mío.

—¿Estás celosa? ¿Quieres?

Una mano torpe entre mis piernas frota toscamente hacia adelante y atrás, fricción a través de la mezclilla. Me aprieta los senos, me lame la cara, lo siento rígido a través de la pretina de mis jeans. Pone los ojos en blanco, las drogas lo hacen volar, ¿no sabía? Los superhéroes no roban, tampoco violan. Clondine lloriquea otra vez. Dos contra uno, pero ella está inservible, no está capacitada. ¿Te muerdo la nariz, Toby? La cara de ensueño arruinada, oculto para siempre.

Como yo.

Bajo la mano, le agarro el pito con todas mis fuerzas. El roce repentino lo llena de placer, pero no dura mucho pues lo aprieto más fuerte, se activan los receptores del dolor. Neuronas diminutas y potentes gritan en su mente. La ciencia detrás del dolor, un tema en el que me especializo. Es importante saber cómo funciona el proceso, me decías con frecuencia, mientras activabas las mías. Espero un ojo morado, un puñetazo o una bofetada, pero le comió la lengua el ratón, o el pito. Se deja caer de rodillas al piso. Demasiado tarde para rezar, Toby.

Clondine se para de la cama, su pelo y su mirada, salvajes y desquiciados, se sube los jeans. Toby está tirado, gime de espaldas. Se filtra una voz al fondo de las escaleras.

—Toby, carnal, ¿estás arriba? Baja, están pasando un bong de cerveza. Stevo ya escupió todo, cagadísimo. ¿Estás arriba?

Toby. Un pez en la orilla del río, jadea de vez en cuando. Su mano no deja de taparse el pito. Sudoroso y puesto, y madreado por una chica. Pasos en las escaleras, Toby se mueve para pararse, el orgullo hace eso, motiva. En las comisuras de la boca tiene residuos blancos y viscosos, una línea de sudor en el labio superior. El aire a mi alrededor está cargado con el olor de su sexo, desde lo más recóndito de sus glándulas.

—Perra —me dice.

Hugo, Hugín para sus amigos, se para en la puerta. Me acerco a Clondine.

—¿Dónde mierda habías estado? Llevo años buscándote. En la cocina están pasando cosas jodidamente locas.

Se podría decir que aquí también.

Toby se limpia la boca deshidratada con el dorsal de la mano, nos señala.

—Me estaba divirtiendo con la fauna local, ya sabes.

—Excelente, carnal —responde Hugín—, pero a la próxima invita, sé un buen amigo.

Se van, abrazados. Engreídos. Campantes. Uno con un pito al que le hace falta hielo, no compasión. Escucho cantos, un juego, el bong de cerveza a todo lo que da. Clondine se sienta en el borde de la cama. Las piernas, como gelatina, débiles, la cabeza en las manos. Llora, murmura que se siente estúpida.

—No te preocupes, no le voy a contar a Phoebe.

Levanta la cabeza y me mira. Maquillaje, negro. Ojos de panda. Vómito en el pelo. Confundida.

—¿Por qué le contarías a Phoebe?

—Creí que él le gustaba, lo vi abrazándola cuando llegó.

—Antes le gustaba pero ya no, no desde que conoció a Sam. Mierda, soy una idiota. Me gusta desde hace años, pensé que yo también le gustaba.

—Le ofrezco la liga que llevo en la muñeca.

—Deberías lavarte la cara, puedes recogerte el pelo con esto si quieres.

Se para inestable, así que la ayudo a llegar al baño, le paso una toalla que encuentro en el mueble debajo del lavabo. Usa agua tibia, le digo. Ayuda.

Le pregunto si necesita otra cosa, responde:

—¿Te quedarías conmigo por si acaso?

Asiento. No articula bien las palabras, el torrente sanguíneo lleno de quién sabe qué cosas.

—Apuesto a que le dice a todos que soy una calienta-huevos.

—Allá hay una toalla, sécate la cara.

—Dios qué desastre. Espero que no regrese, ¿crees que regrese?

—No.

—¿Carajo, cómo puedes estar tan tranquila?

Práctica. He tenido de sobra.

Me encojo de hombros.

—No sabía que Phoebe tenía novio.

—Mierda, ¿yo te dije eso? No le digas que te conté, no quiere que Mike se entere.

—¿Lo conoces?

—Es un tipo al que conoció en el verano, vive en Italia, creo, se escriben correos. Las manos no me dejan de temblar.

—Es la impresión, no durará mucho.

—¿Cómo sabes tanto? También supiste qué hacer cuando Georgie se cayó.

—Leo mucho.

Se acerca al espejo, usa la esquina de una toalla facial para limpiarse el rímel corrido en torno a los ojos.

—Guácala, la boca me sabe asquerosa.

—Haz gárgaras con enjuague bucal.

—¿Por qué te estás portando así conmigo? ¿Por qué me ayudaste? Nosotras no hemos sido nada amables contigo.

—Sonabas asustada.

—Sí. Qué estúpida. Dios, espero que no le cuente a nadie, no me la acabaría en la escuela.

—Te entiendo perfectamente.

Voltea a verme, un minuto tiene las pupilas dilatadas y al otro son unos agujeritos, le cuesta enfocarse.

—Mira, Milly, supongo que te debo dar las gracias por lo que acaba de pasar.

—Por lo menos recuerdas que no me llamo cara de perro.

Tiene la decencia de sonrojarse, un poco, incluso cuando está puesta.

—Creo que también te debo una disculpa. Lo siento, hemos sido superperras contigo, se suponía que era para divertirnos un poco, pero se nos salió de las manos.

—¿Por qué yo?

—No digo que sea culpa de Phoebe, pero casi todo fue idea suya.

—No le caigo muy bien.

—No le cae bien nadie a quien Mike adopta. Él prometió no alojar a nadie en un buen rato y de pronto llegas tú, como que no iba a recibirte con los brazos abiertos, ¿o sí? Mierda, creo que voy a vomitar.

Se arrodilla en el piso, abraza la taza, arcadas secas como Clara cuando Georgie se cayó. Cuando termina le pregunto si necesita algo.

—Otra vida —responde y se ríe, gira el cuerpo para verme.

Si fuera tan sencillo como eso.

—No le cuentes a Phoebe que te dije esto, pero ¿sí sabes que te tiene celos, verdad?

—¿Celos? ¿De qué?

—Por todo el tiempo que pasas con Mike.

—No es lo que piensa, es que están pasando cosas.

Cosas muy graves.

—Sí, bueno, no es que tenga a su mamá.

No, pero deja que tus labios ebrios, puestos y desleales me digan por qué. Por favor.

—Ya me había dado cuenta de que no se llevan tan bien.

—¿Cómo te puedes llevar bien con alguien a quien apenas conoces? Dios, creo que voy a vomitar otra vez.

Apoya la cabeza en el asiento del excusado. Saco los cepillos de dientes del vaso que está en el lavabo, lo lleno de agua y se lo paso.

Asiente y me da las gracias.

—¿A qué te refieres con que Phoebe apenas conoce a Saskia?

—Ni creas, me mata si sospecha que te conté algo.

Le digo *bluf*. Te vi hacerlo tan bien con las mujeres a quienes cuidabas, les hacías creer que sabías más de lo que sabías. Siempre funcionaba y también funciona con Clondine.

—¿Te refieres a cuando Saskia estaba indispuesta?

Clondine levanta la cabeza, me mira con los ojos entrecerrados.

—¿Cómo diablos supiste? ¿Mike te contó?

—Más o menos.

—Mierda. Supongo que si vives con ellos te das cuenta de que algo no está bien. Hace años que no está internada en el psiquiátrico, pero tal vez debería, se le fue la onda por completo cuando nació Phoebe.

Asiento, como si supiera de qué habla, y digo que para Phoebe debió haber sido muy difícil.

—Sí, se me hace que ella cree que fue su culpa.

—¿Por?

—No sé, en fin…

—¿Cuánto tiempo estuvo en el psiquiátrico?

—Creí que sabías.

La distraigo y le digo que ya le dejaron de temblar las manos. Ella las mira, dice, gracias a dios, hubiera sido lo primero en lo que se hubiera fijado su mamá, después dice que necesita hacer pipí. Se acomoda en la taza, se baja los jeans. Un chorro de orina, un pedo a la mitad. Intimidad a la que estoy acostumbrada nada más contigo. Salgo del baño, estiro la cama, regreso la almohada a su lugar, cubro el vómito con revistas del buró. Habla encima del chorro.

—Voy a intentar hablar con Phoebe, convencerla de que no eres tan anormal después de todo.

Sale del baño, un poco inestable, pero en general, entera. La habilidad de los humanos, recuperan la compostura por fuera, por dentro, otra historia. Un desastre mayor.

—¿Ves mi otro zapato?

—Está allá junto a la cajonera.

—Gracias, ¿cómo me veo?

—Bien.

—Como si nada, ¿eh?

—Sí.

—De hecho, ¿te importaría no mencionarle a Phoebe que estuve con Toby? Puede ser muy posesiva con los chicos y qué flojera.

—Claro, pero…

—¿Podría dejarte en paz en la escuela? Sí, lo voy a intentar.

Sale por la puerta. Reviso mi teléfono, once y media, nos queda media hora para el toque de queda. Bajo poco después que ella. Busco a Joe pero no lo veo, aunque sí encuentro a Phoebe. La rodea una multitud en la cocina, tiene una vasija en la mano. Un embudo, un tubo. Bong, gritan mientras ella bebe. Bong. Bong. Me acerco al fregadero, me sirvo un vaso de agua, contenta de que por una vez sus porras y burlas no sean para mí.

Me equivoqué.

—A dónde vas —dice Phoebe—, te toca.

La habitación se silencia, la ignoro. A mi izquierda un bloque con cuchillos. Fácil. Pintar la colonia de rojo, o la cocina.

—¿Qué no me oíste? Dije que te toca.

Volteo. Se ve hermosa y puesta, las pupilas enormes e intensas. Fuma un Marlboro Light, forma una O con los labios, exhala un aro de humo, gris y perfecto. Sus mejillas rubicundas, desenfrenadas, en estado de excitación. Ella hubiera sido mejor candidata para acostarse con Toby.

—No, gracias —contesto.

Hostilidad de la multitud, murmullos, parece que no, pero seguimos en la Edad Media, la gente pagaría gustosa por ver un río de sangre. Exhala otro aro de humo, tan perfecto que quiero meter la lengua. El aire en la habitación es pesado, no sólo por el humo, también es embriagador; sus admiradores fervientes, impacientes. Ay, ya, déjala en paz, no vale la pena. Anormal. Rara. Lo de siempre. Entonces Clondine, hasta ahora callada, dice, déjala en paz, no está tan mal. Phoebe le da una fumada a su cigarro y lo apaga en el dorsal de la mano de Clondine.

—Mierda —ella la quita, se la lleva al pecho—. ¿Qué haces?

—Perdón, Clonny, fue un accidente, pensé que eras el cenicero.

—Estás enferma, lo sabes, estás jodida en serio. Me dolió mucho.

—Ay, deja de quejarte, toma, ponte un hielo.

Saca uno de un vaso de plástico en la mesa, se lo avienta a Clondine, le da en la cara. Se ríe.

Clondine agarra su bolsa, dice, ya basta, estoy harta. Me voy a mi casa. La atmósfera en la cocina cambia, la primera partida arruina la magia, el umbral a este secreto, el aquelarre de estos niños ricos y mimados es interrumpido por una ráfaga de aire frío cuando Clondine sale por las puertas del patio. Se han puesto límites, lo veo en la habitación. Demasiado lejos, Phoebe, fuiste demasiado lejos. Si fuera más hábil para mostrar su lado más noble. La niña a quien le gusta pasar la tarde sentada en el piso a los pies del ama de llaves que la crió. La niña que llora en la noche.

Me mira con odio puro. Rabia. La he visto ver igual a Saskia.

—Siempre estás aquí, ¿verdad? —dice.

Me señala, ojos rasgados y borrosos, las rodillas se le doblan un poco. Le doy la espalda y volteo al fregadero de nuevo. Empiezan a dar pretextos, se habla vagamente de limpiar.

—No pasa nada, mis papás regresan el lunes. Le pagaré extra a Ludy, mañana limpia —escucho decir a Marty.

—La buena de Ludy —alguien bromea.

En el reflejo de la ventana veo a Toby pegársele a Phoebe. Debería preguntarle qué tal el pito, violador. Ella lo empuja, cruza la sala. Él la sigue:

—Te llevo a tu casa.

—Equis.

Debería advertirle que no es el mejor de los chaperones. Seguro saca una llave para uno de los jardines privados de camino, eso o la ayuda a subir el muro para saltarse. Los pocos que quedan en la cocina se van. Veo la bolsa de Phoebe en la mesa, la escucho reírse con la chica hiena de hace rato. De salida, le digo que ya casi es medianoche, pero me ignora así que me voy sola.

Mike me abre cuando llego, debió haber estado esperando ansioso en la ventana.

—¿Y Phoebe? —pregunta.

—Creo que ahí viene, viene caminando con uno de los chicos.

—Ay, dios, ¿ya está en esa fase? —dice y sonríe. Me pregunta si me divertí.

—No estuvo mal, sólo que estoy muerta. ¿Me das mi pastilla? Me quiero ir a la cama.

—Claro.

Pasan dos horas, el toque de queda se cumplió y expiró. Me pregunto cuánto tardó en darse cuenta de que le faltaban las llaves de la casa, las metí en mi bolsillo cuando pasé junto a su bolsa. Ella y sus pupilas dilatadas tendrán que afrontar las consecuencias.

Finalmente escucho pasos subiendo las escaleras, voces contenidas, algo sobre hablar de esto en la mañana. La puerta junto a la mía se cierra con un azotón. Me quedo dormida inmediatamente, satisfecha.

Este *round* fue mío.

21

La sensación de caer me despierta de un sobresalto. Pensé que estaba en la corte y que no recordaba cómo responder las preguntas. Todos me miraban, esperaban. Tú, detrás de la pantalla. Me levanto, voy al baño, actualizo el número en carboncillo, la cuenta regresiva que he llevado cambia a ocho, apoyo la cabeza en la puerta del botiquín e intento respirar.

Los pies descalzos son silenciosos, Mike no se da cuenta de que estoy de pie en la puerta de la cocina. Está leyendo algo, sostiene una página en el aire mientras lee la que está debajo. No estoy segura pero creo que veo mi nombre hasta arriba. Subraya, anota mientras lee, se talla los ojos, estresado, cansado. No puedo pero quiero acercarme y abrazarlo. Darle las gracias por recibirme. Por preocuparse por mí.

Levanta la vista, voltea el papel cuando me acerco a la mesa, desliza las hojas debajo de su diario. Hago una nota mental para buscarlas después o tal vez el jueves cuando Saskia esté en yoga y Mike trabaje hasta tarde.

—No me di cuenta de que estabas ahí parada. ¿Quieres desayunar?

—A lo mejor en un ratito. Me voy a hacer té. ¿Quieres? Te ves cansado.

—Me quedé esperando a Phoebe. No sólo llegó dos horas tarde, se las arregló para perder las llaves.

Ah.

—Lo siento, traté de que regresara conmigo.

—No te disculpes, no es tu culpa, por lo menos una de ustedes regresó temprano.

—¿Le preparo una taza a Saskia?

—Qué dulce, pero ya se despertó y salió, se fue desde temprano con las chicas a una especie de *outlet*, creo que a una venta de diseñador.

Mientras la tetera hierve, me pregunta si estoy emocionada de salir mañana. Asiento, le cuento que cuando me dijo que iríamos a Tetbury, lo busqué en internet.

—¿Encontraste el arboreto? Está muy cerca, se llama Westonbirt. Creo que te gustará, tiene senderos muy agradables. Llevábamos a Phoebe cuando era pequeña.

Querrá decir llevaba. Tal vez Saskia estaba, pero no del todo. No tengo que preguntarle cómo le gusta el té, disfruto que esto me hace sentir en casa.

—Milly, cuando acabes, ven a sentarte, quiero hablar contigo de algo.

Las bolsas de té ya han reposado lo suficiente, el agua que las rodea ha adquirido un tono intenso de café, pero las empujo hacia abajo, las ahogo, retraso acompañarlo en la mesa. Le pongo leche a los dos, una cucharadita de azúcar para mí, sin azúcar para él, las revuelvo, llevo las tazas y me siento frente a él. Subo las piernas y me pego las rodillas al pecho, pies colgando, los monstruos que acechan, te agarran. No te sueltan.

—Gracias —dice, acerca su silla a la mesa—. No quiero que malinterpretes esto, tienes mucho de qué preocuparte en este momento pero creo que es importante que hablemos del correo que me envió la directora James.

Sobre MK.

El té está muy caliente, de todas formas le doy un buen trago. Lengua. Quemada.

—La profesora James mencionó que le diste un regalo a la maestra Kemp, una vela, y que la has estado viendo con regularidad.

—No, no tanto.

—¿Tal vez un poco más de lo que otros alumnos ven a sus asesores?

—Es para que me ayude con mis dibujos.

—Lo sé, pero creo que también le has estado enviando muchos correos.

—Sólo algunos. No había contestado, quería asegurarme de que los hubiera recibido.

—Un par a la semana es bastante Milly, estoy seguro de que la maestra Kemp te aprecia mucho, pero se siente un poco agobiada. Creo que tal vez estás pasando más tiempo con ella de lo que ella puede dedicarte.

Me siento humillada y estúpida, me supera el deseo de estar contigo. No pasaba a menudo, casi nunca estabas de buenas, pero a veces te ponías a mis espaldas para cepillarme el pelo. Me decías que era bonita y yo lo sentía. Siempre me sentía más bonita cuando hacías cosas así.

—Entiendo cómo se pudo haber suscitado la confusión. Me he reunido con la profesora Kemp muchas veces, es una mujer encantadora, muy generosa. Pero creo que es importante ayudarte a identificar y entender qué puede estar pasando. ¿Tienes idea de a qué me refiero?

—No.

—¿Has escuchado hablar del término transferencia?

Otra vez digo que no, pero no es cierto, he leído al respecto en uno de sus libros. Aunque se equivoca, no me está pasando eso con MK. Disfruto su compañía, es todo.

¿O sí?

—La transferencia es un proceso mediante el cual alguien transfiere de forma inconsciente sus sentimientos por una persona de su pasado a una persona o situación en el presente.

—Sólo intentaba agradecerle.

No pedirle que fuera mi mamá.

—Y fue un gesto muy considerado pero hubiera estado bien, hubiera sido mejor, si simplemente se lo hubieras dicho.

Me muerdo la lengua, el dolor, tener que reprimir una reacción, manda una punzada aguda por mi espalda, la forma en que los nervios están conectados dentro del cuerpo.

—Milly, nadie te culpa, en tu caso es un sentimiento muy normal.

Ahí está, la diferencia, señalada otra vez.

En "tu" caso es un sentimiento muy normal.

La cara de Mike da vueltas frente a mí, lágrimas, traicioneras, canallas, me caen en las rodillas. Me dice que está bien, que no me castigue por tener estos sentimientos.

—¿Entonces ya no puedo verla?

—Hemos concluido que puedes trabajar con ella en tu portafolio para el concurso de arte hasta que termine el semestre. Después ya veremos, de todas formas no sabemos qué pasará después.

Conmigo, quiere decir.

En el santuario de mi habitación saco mis dibujos. Retratos tuyos. Una galería de las partes más oscuras de mi mente, en donde habitas. Te digo que lamento lo de MK, no volverá a pasar. Escucho que me llega un mensaje al teléfono, me acerco a la cama, lo leo. Es Morgan para confirmar que nos vemos al fondo del jardín a las seis. Sí, respondo, escucho a Phoebe gritar en el pasillo.

—¡No me importa!

—Pues debería —dice Mike.

Escucho por la puerta.

—¿Para qué quieres que me quede en la casa? De todas formas nunca estás.

—Ése no es el punto —contesta Mike.

—ME VALE MADRES, DÉJAME EN PAZ.

Me recargo en la madera. Padre e hijo, no existe una relación más compleja. Azota la puerta de su cuarto, me aparto de la mía, meto los dibujos al cajón debajo de mi cama y me siento frente al escritorio, intento hacer la tarea, pero estoy muy enojada y avergonzada por lo mucho que me equivoqué con MK. Tú nunca te equivocabas, siempre sabías cómo portarte con todos. Cuando llegabas al trabajo, las expresiones de las mujeres se iluminaban, las de los niños también. Te observaba, esperaba un día convertirme en esa versión de ti.

Cuando es hora de ver a Morgan, dudo de ir, no hubiera ido si ella no me hubiera llamado para avisarme que ya había llegado. Esperaba. Apúrate, dijo, está helando. Me pongo un suéter y salgo de mi cuarto por las escaleras contra incendios pegadas a mi balcón, me pego a la pared perimetral del jardín, la luz de seguridad se activa sólo si cruzas la grava o el pasto. Lo sé, lo he comprobado. Ella está en la esquina inferior, cerca de la puerta que desemboca en la calle cerrada. Ahora oscurece cerca de las seis y mientras mis ojos se ajustan, veo los detalles de su cara, se está comiendo un sándwich.

—Tiene papas. ¿Recuerdas que me diste una bolsa cuando nos conocimos?

Asiento.

—¿Qué has hecho?

—Nada, cosas de la escuela.

—¿Qué tipo de cosas?

—Algo con uno de los maestros.

—Pff, ¿con un maestro asqueroso?

Resulta que yo soy la asquerosa.

—No, un malentendido.

—¿Él trató de tocarte o algo?

—Es mujer.

—Peor.

Sí, el público también piensa lo mismo de ti. Una mujer que mata niños. Los periódicos abiertos a la hora del desayuno, la leche servida en jarras rayadas se cortó en todo el mundo cuando se reportó por primera vez. El cereal salió disparado de las bocas. Pateo la pared con el pie. En mi interior corre lava fundida.

—¿Qué te pasa? Era una broma.

Le digo que no pasa nada, pero lo que debería decirle es: mejor vete, no me siento normal. O tal vez sí, así soy, alguien que está parada frente a una amiga y reprime las ganas de hacer algo, de infligir dolor para compartirlo, para no ser sólo yo.

Come haciendo ruido. El crujir de las papas, el sonido contamina el silencio que necesito. Normalmente su compañía me relaja, pero hoy no. Sigo pensando en los abogados, en sus preguntas. ¿Qué viste la noche que murió Daniel? ¿Qué pasó? Vi a mi madre. ¿La viste haciendo qué?

—¿Es sobre tu mamá, por eso estás estresada? Por cierto, vi algo en las noticias, dijeron que era enfermera. Pinche loca, imagínate que te cuide ella.

—No quiero hablar de eso Morgan, basta.

—A lo mejor hablar de eso te ayuda. También dijeron que vivía con un niño, si no eras tú, ¿entonces quién? No sabía que tenías hermanos o hermanas.

—No tengo.

Más bien, no quiero hablar de él.

—¿Quién crees que vivía con ella?

Me encojo de hombros.

—Morgan, ya te lo pedí, por favor basta.

El silencio es mejor, no digas nada. Por favor. Demasiadas preguntas. Tengo demasiadas voces en la mente. ANNIE, ESO NO ES CIERTO, SÓLO LA MÍA. La lava que albergo en mi interior arrasa con todo lo bueno y amable a su paso. Veo que Morgan mueve la boca, se lame los labios. Cómetelos, cómete todo. Quiero que deje de hablar de ti.

—En mi casa creen que le van a dar cadena perpetua, nunca la vas a volver a ver, y creo que es mejor.

—Morgan, cállate, es en serio. Es la última vez que te lo pido.

—Dios, qué sensible, es un puto monstruo, debería darte gusto que la odie.

Come como animal, tiene la cara sucia. Los dientes y la lengua. Aún habla de ti. sí, así es, ¿qué vas a hacer? Lobo bueno. Lobo malo. Cronch. Papas. Lengua. Labios. Me muevo para dispersar el mal, le digo que tengo frío, que me voy a meter.

—¿Por qué estás tan enojada? ¿No la quieres o sí?

Pudieron a Humpty Dumpty volver a componer.

El primero en pagarlo es el sándwich, se lo quito de un golpe, después sigue su brazo. La empujo contra la pared, el lugar en donde quedamos de vernos ya no se siente seguro. Uso mi estatura, le aplasto el brazo con los dedos, imagino qué forma y color tendrá el moretón.

—Quítate, basta.

Antes era yo quien lo decía, ahora se han invertido los papeles. Se siente bien ser mala. Lo siento, no lo puedo evitar, pero ya dejó de hablar de ti así que tal vez a veces funciona ser mala. Pude haber hecho algo peor, cuando dice a lo mejor te pareces más a tu madre de lo que crees, la lava caliente disminuye, se vuelve morada. Se enfría. Asqueada. Estoy enferma por dentro. Le suelto el brazo, doy un paso atrás, me inclino. Mis manos en mis muslos. No puedo ser. Como tú. No quiero.

Ninguna de las dos dice nada, cada una lo asimila a su manera. La miro, ella se frota la mano y el brazo.

—Morgan, lo siento. No sé qué pasó.

—Pues no volverá a pasar.

—¿Cómo?

—Vete a la mierda.

Intento abrazarla, pero utiliza sus brazos para bloquearme, me empuja y se va. Me quedo sentada en el piso un rato, mirando el cielo invernal, sólo hay una estrella. Me volteo y cuando vuelvo a mirar, ya no está.

No quiere que la vea.

Canto mientras las busco.

Ocho botellas verdes, colgadas en la pared. No. No son botellas, son otra cosa y no están en la pared. Repito la canción, ahora con tu letra.

Hay ocho cositas escondidas en el sótano, pensé que eran nueve, pero la novena no llegó hasta acá. ¿Recuerdas?

Sí.

Si pudiera abrir la puerta, podría comprobar si las cositas están bien.

No puedo. Abrir. La puerta.

—Milly, soy Saskia. La puerta está cerrada con llave. Mike la cerró, ¿qué estás cantando?

Y si una cosita se cayera por accidente. No puedo. Abrir. La puerta.

—Voy por Mike.

¿Me escuchan, cositas? Vine a sacarlas. Pero no contestan, es demasiado tarde. Llegué demasiado tarde.

Ya se cayeron.

Entonces se tienen que quedar.

22

Phoebe me despierta cuando se va a Cornwall a la gira de hockey, voces en el pasillo, una puerta se abre y cierra. Lunes. Debería levantarme, hoy nos vamos, pero mi cuerpo se siente pesado, agobiado por la vergüenza de lo que le hice a Morgan.

Por el volumen de tu voz.

Cuando Saskia toca a mi puerta, pregunta si puede pasar, le digo que sí y me enderezo.

Jeans blancos, skinny, ajustados. Una camisa con rayas azul pastel y blancas fajada, peinada con un chongo de media cola recogido con una peineta café, el resto le cuelga en los hombros.

—Espero no haberte despertado, queríamos que durmieras.

Después de lo de anoche.

—Nos vamos a ir pronto. Es como una hora y media de camino, no más, llegaremos para almorzar.

No dice nada más sobre anoche. Mike le habrá dicho que no, le habrá explicado que era de esperarse en la víspera del juicio.

—Milly.

—Lo siento, estaba…

—¿Perdida en el espacio?

Más lejos.

—Algo así, sí.

Juega con su collar, lo sube, presiona las puntas de las letras con los labios. La piel que aprieta se pone blanca, luego rosa. Me pregunta si necesito ayuda para empacar.

—No, gracias, bajo enseguida.

Cuando cierra la puerta, alcanzo mi teléfono para ver si Morgan contestó. No. Mientras me lavo la cara, me visto y empaco para una noche, me acomete la ansiedad. Lo que le hice a Morgan estuvo mal y no quiero perderla como amiga, pero también me preocupa que le cuente a la gente de mí. Quién soy.

Cuando bajo, Rosie está en el vestíbulo junto a las maletas de Mike y Saskia. Mueve la cola cuando me ve, bajo la maleta y le acaricio entre las orejas.

—No creo que vayas a venir —le digo—. Te vas a quedar con Sevita, a lo mejor a la otra.

Ladea la cabeza, me lame la mano y trota hacia la cocina a mi lado.

—Hay jugo de naranja recién exprimido, ¿quieres? —me ofrece Saskia.

—No, gracias, me voy a hacer pan tostado.

Mike está hablando por celular, nos da la espalda, se apoya en el lavabo.

—Por supuesto, la llevo el miércoles cuando regresemos, ¿te parece? De acuerdo. Gracias, June, nos vemos.

Cuelga y da la vuelta.

—Era June, quedamos este miércoles a las tres de la tarde para que veas el video de tu testimonio, yo te llevo.

Asiento, ya no tengo hambre.

*

Hay tráfico para salir de Londres, pero sigue un tramo extenso de autopista, el paisaje se torna más verde al alejarnos de la ciudad. Mike me pregunta qué tal van mis dibujos para el concurso de arte. Bien, le digo. Saskia voltea y dice que le encantaría verlos. Ella y Mike intercambian una sonrisa y ella le pone la mano en la nuca. Es la primera vez que la veo tocarlo.

Al cabo de una hora, más o menos, damos vuelta en una entrada de grava, cuando nos acercamos al final del camino, hay una fuente en el centro. Un empleado le explica a Mike que el estacionamiento está lleno porque hoy empiezan las vacaciones de fin de semestre.

—Deje la llave puesta y lo llevaremos al estacionamiento supletorio en el campo de allá. Conserve este boleto y cuando necesite el coche muéstrelo en recepción y se lo traemos a la entrada.

Mike nos registra y nos enseñan nuestras habitaciones, una suite familiar con habitaciones separadas y una puerta adyacente. Cuando bajamos a almorzar me sorprende la cantidad de niños. Gateando, corriendo, llorando, derramando cosas. En todas partes. Pero no sólo niños, tú también estás aquí. Tu cara, en la primera plana de un periódico, el encabezado: "A una semana". Un hombre en una mesa cerca de la ventana, él te sostiene. Te lee. Te dobla. Te guarda en el interior del bolsillo de su abrigo que uno de los meseros le entrega. Se pone de pie y se lo pone. Qué cerca descansa tu cara de su corazón. Pero a decir verdad, tu forma de amar es diferente. Tu amor no es tan dulce ni cálido, no es un beso en el corazón. Para nada.

Mike pregunta si me encuentro bien. Sí, estoy bien, le respondo. No quiero arruinar el viaje así que no le cuento que también viniste.

Después de almorzar pasamos la tarde caminando en los alrededores, nos detenemos, conversamos con otras familias. Mike se encuentra a alguien del trabajo. El hombre besa a Saskia y cuando me presentan dice: "Así que ella es Milly."

Mike asiente y sonríe, sí. Es ella. El hombre explica que también vino Cassie, su esposa, pero que está cambiando al bebé.

—Y estos dos mocosos también son míos.

Dos niños pequeños, de no más de cinco o seis años, juegan a atraparse y le pasan entre las piernas. Parece divertido, no me importaría jugar. Un juego sencillo. Sin peligros. Más tarde organizan actividades para los niños en el pasto de la entrada, como un día de deportes. Saskia y yo nos sentamos en mecedoras, cerca de la ventana, para verlos. Las estatuas de marfil, carrera de huevos, incluso para papás, aunque no para mamás, si hubiera para mamás y si estuvieras aquí en carne propia, seguro habrías participado y hubieras ganado. Llega Mike, bosteza, sugiere que nos durmamos temprano. Durante la caminata de la tarde me explicó que cerró la puerta del sótano con seguro porque no quiere que me lastime. Le agradecí, me hubiera gustado decirle que no saber qué hay allá abajo me lastima más.

Después de cenar cada quien se va a su cuarto. Morgan respondió, con pocas palabras.

Vete a la mierda.

A la mañana siguiente en el desayuno decidimos ir al arboreto en coche. El cielo está nublado, amenaza con llover. Mike dice, no te preocupes, las botas de lluvia y el impermeable de Phoebe están en el coche, te los trajimos.

—¿No le importa? —pregunto.

—Nosotros no diremos nada —responde Saskia con una mirada juguetona, rara en ella. Los tres sonreímos.

Subimos a los cuartos a cepillarnos los dientes, quedamos de vernos en la recepción en diez minutos. En la recepción nos encontramos al hombre con el que hablamos ayer,

John, acompañado de una mujer que asumo es Cassie, su esposa, los dos niños y una bebé que lleva cargando. Cassie y Saskia no se conocen, comentan muy corteses el frío que hace, un día perfecto para una fogata.

—Creo que hay una chimenea en la estancia de enfrente —dice Saskia.

Cassie sugiere que nos tomemos un café antes de irnos. Ya sentados, Mike y John hablan sobre la remodelación de su oficina. John se queja de que la sala de espera no tiene privacidad, se puede ver desde la calle.

—Sí, no es ideal, quizá podemos contemplar unas persianas o una pantalla.

La palabra: pantalla. Como la que nos separará en la corte a ti y a mí la semana entrante.

Los dos niños mayores se sientan en el piso cerca de los ventanales, a la derecha de la chimenea. Tienen una canasta de juguetes que voltean, producen sonidos de *run-run* mientras juegan con cochecitos e intentan imitar disparos cuando uno encuentra una pistola de agua. Se filtra una rebanadita del sol invernal, perfora el cielo encapotado y alumbra a los niños perfectamente el pelo dorado, el azul de sus ojos. Angelitos. De nuevo me dan ganas de jugar con ellos o llorar, son hermosos. Al final no hago nada, me quedo en donde estoy, no creo que llorar o jugar con ellos sea bien visto o se considere normal. Cuando volteo, Mike me está mirando con una expresión peculiar, intenta sonreír cuando me doy cuenta. Cassie empieza a hablar de Wetherbridge con Saskia.

—Obviamente faltan años —dice mirando a la bebé en sus brazos—, pero siempre es bueno tener la opinión de alguien que conoce la escuela.

Saskia está fascinada con la bebé, desvía la mirada pero termina viéndola otra vez. Cassie se da cuenta y pregunta si le gustaría cargarla.

—No, gracias, no soy muy buena con los bebés.

—¿Y a ti, te gustaría? —me pregunta.

—Sí, por favor.

Las palabras salen disparadas de mi boca, ella se para, me pasa a la bebé. Piel sonrojada, ojos cerrados, una cortina muy dulce de pestañas, tan largas que casi tocan la parte superior de las mejillas. No tiene nada en la boca, ni un chupón ni mamila, pero sorbe continuamente con sus labios perfectos color durazno, dentro y fuera. Un capullo.

Hermosa, las cosas puras me hacen sentir fea. Manchada. Recuerdo preguntarte, cuando tenía tres o cuatro años, de dónde venía. Esperé a que me cargaras, a que rozáramos las narices, nos diéramos un beso de esquimal y respondieras, de mí, vienes de mí, eres mía, te amo. Eso había visto hacer a la mami de otra niña cuando ella le preguntó lo mismo en la escuela, pero no respondiste, saliste de la cocina, me dejaste parada sola.

Cassi le dice a Mike, qué natural se ve tu hija, y por un momento, un segundo, sé cómo se siente que me confundan con su hija.

—Milly es nuestra hija adoptiva. Phoebe está en un viaje de hockey —responde Mike.

—Te conté anoche, Cassie —agrega John.

—Lo siento, sólo pienso en la bebé. Qué maravilla, los admiro mucho por acoger a…

Alguien como yo.

No termina la frase, la bebé llora fuerte y enojada. Los ojos abiertos me miran. Asustada. Lo sintió. Lo que albergo en mi interior. Sintió que la estaba apretando muy fuerte. Incluso más cuando Mike dijo que yo no era su hija. Se la entrego a su madre, está a salvo. Eso espero.

Vamos al arboreto manejando y cuando llegamos está lleno. Parejas, familias, una que otra persona sola. Arbustos exóticos y avenidas flanqueadas por árboles meticulosamente podados, los colores otoñales, naranjas y amarillos incandescentes, las hojas rojas en los árboles prominentes rezuman un carmesí intenso. Caminamos sobre todo en silencio. Creo que significa que estamos cómodos, me gusta. Me alegra. Mike comenta que no hay muchos chicos de mi edad.

—Me temo que ya no estás en edad de viajar con los padres.

—No importa —respondo—, me temo que ya no está padre viajar con los padres.

Mike sonríe, relajado. Y aunque nunca lo reconocería en voz alta, sé que está de acuerdo, se siente aliviado por no tener que mediar entre Saskia y Phoebe. Todo es más agradable.

Después de la cena le compro a Morgan un globo de nieve en la tienda de regalos del hotel. Abetos, dos niños dándose las manos y un hombre de nieve a su lado. Le vuelvo a escribir, le digo que le compré un regalo. No hay respuesta.

Al principio creo estármelo imaginando o que la tele se filtra por la pared, pero al acercarme a la puerta adyacente y recargar la oreja, los escucho. Discutir. Saskia se emborrachó en la cena, estuvo casi muda salvo por el hipo que le dio después del postre, el cual, por supuesto, estaba muy llena como para comérselo. Mike dice algo de que se calme, sobre todo porque el caso se presenta en la corte la próxima semana. Lo intento, responde. Intenta más, él dice. Lanzan algo, un vaso quizás, se estrella en la pared. Bajan la voz, ella empieza a llorar. Imagino a Mike abrazándola, consolándola. Luego de un rato ya no se escuchan sus voces, más bien otros ruidos. El gemido de Saskia me hace sentir rara. Involucrada. Cuando los sonidos cesan, me quito la ropa, acaricio las cicatrices blancas en ambos lados de mis costillas, después me meto a la regadera.

Me tallo hasta dejarme la piel roja.

23

Faltan cinco días.

Camino a la puerta del balcón, abro las cortinas, hay un petirrojo en el barandal. Cuando me ve, sale volando. Ya no se siente seguro. No lo culpo.

Cuando regresamos de los Cotswolds el miércoles fui a la corte con Mike para revisar el video de mi testimonio. No fue fácil verlo. La chica en la pantalla que habla de su madre. Esa chica era yo.

Me gustaría retractarme de mi testimonio, poder decir:

Eso no pasó.

Pero sí pasó.

Los abogados me interrogaron para practicar.

¿Conociste a Daniel Carrington?

Sí.

¿Cómo lo conociste?

Era uno de los niños del trabajo de mi madre.

¿Estabas en casa cuando ella lo llevó?

Sí.

Los abogados me advirtieron que la defensa haría cualquier cosa por confundirme, por hacerme parecer una testigo poco confiable. Qué te parece, preguntó Gordo. Respondí que bien.

Mentí.

June me mostró la sala del tribunal, el estrado y el lugar en donde la pantalla me separaría de ti. La realidad de estar cerca de ti otra vez me produjo una respuesta pavloviana, exceso de salivación, tanto que creí que vomitaría. El juicio empieza el lunes pero me han dicho que yo acudiré el jueves y el viernes. Tuve que cambiar el número en el botiquín del baño, la cuenta regresiva nunca fue para el juicio sino para el día que me reuniría contigo.

Esta noche es Noche de Hogueras. Mike me dijo que si veía desde mi balcón vería los fuegos artificiales que una familia lanza todos los años desde su jardín. Casi siempre empiezan a las siete, agregó. Morgan todavía no me responde, así que le mando otro mensaje, le cuento, la invito. Te puedo meter a escondidas, escribo.

Ayer me reuní con Mike para enfocarnos en la respiración. Qué hacer si entro en pánico en el estrado. Me preguntó si me sentía insegura sobre algo, lo que fuera, y si quería repasarlo antes de que enfrentara a la defensa la próxima semana. No, no creo, le contesté, tengo claro lo que pasó. Me pidió que pensara en una palabra que me hiciera sentir bien. Me tardé pero al final elegí libertad. Le conté que te envidiaba, vivías al descubierto y yo en la oscuridad, oculta de todos. Me quitaron todo, hasta mi nombre. Me dijo que considerara la oscuridad un lugar para descansar, en el futuro se iluminará. ¿Qué tal si soy como ella?, le pregunté, ¿Qué pasa si lo heredo? *Monoamino oxidasa A.* La enzima de la violencia. Si ella la tiene, entonces es probable que yo también, pero me dijo que no me parezco a ti, lo sabe. No estoy segura de creerle ni de que él mismo lo crea.

No olvidé la mañana en la cocina cuando lo vi ocultándome sus notas, así que el jueves cuando él y Saskia estaban fuera, entré a su estudio. No me tomó mucho tiempo encontrarlas, el cajón inferior de la izquierda, debajo de un libro de texto.

El encabezado de la primera página: **MILLY (ideas para un libro).**

Sólo pude fotocopiar la mitad, Sevita abría y cerraba la puerta delantera para entrar. Sonrió cuando me vio en el recibidor, ya había dejado los originales en donde los encontré, las copias bien guardadas en la pretina de mis jeans. Resulta que Mike está escribiendo un libro sobre mí, sobre cómo estoy sobreviviendo, con él a mi lado. Menciona el sueño que tuve y que le conté. Tú, atrapada en una habitación en llamas. Cuando me preguntó qué pasó en el sueño le conté la verdad. Te rescataba. Siempre te rescataba. Escrito en rojo: "aún le tiene mucha lealtad a la mamá, discutir la culpa".

Algunas de sus notas al pie detallan cómo me culpo, cómo la víctima de abuso pierde la perspectiva de la neutralidad, todos con ella o en su contra. Una flecha roja, después la frase "BUENA vs MALA", subrayada y en un círculo.

He intentado decidir qué me parece que Mike escriba un libro sobre mí. No me ha pedido permiso, nunca he firmado nada. ¿Soy su proyecto? Un boleto a la fama en su profesión. Una historia de éxito. Eso cree. Eso espera. Si esto quiere decir que me puedo quedar aquí más tiempo, no me importa. Estoy dispuesta a pagar el precio.

Veo a Saskia en el almuerzo, le pregunto si extraña a Phoebe, quien sigue de gira. Sonríe, dice, por supuesto, los extraño a Mike y a ella cuando no están, es agradable que estés tú. Su lenguaje corporal, cómo cambia su peso de un pie al otro, cómo juega con su pelo, me dice otra cosa. Me revela que cuando estamos ella y yo solas, se siente incómoda. Al borde.

Dedico el resto del día a leer sobre ti. En las páginas de noticias eres protagonista. Un reportero fuera del tribunal explica qué pasará cuando comience el juicio. Recita tus crímenes, menciona el número nueve tres veces. Nueve niños. Nueve cuerpos. Nueve cargos de homicidio.

Para cuando termino de leer todo lo que encuentro, afuera oscurece, falta poco para los fuegos artificiales. Voy al baño y cuando salgo veo el movimiento en el balcón. El petirrojo no ha vuelto, pero Morgan sí.

Cierro mi laptop, abro la puerta, el corazón me late con fuerza. Tiene puesta la capucha de su sudadera, le cubre casi toda la cara.

—Lo siento, Morgan, de verdad lo siento muchísimo.

Se encoge de hombros, se mira los pies. La tomo de la mano y la meto, le enseño el globo de nieve.

—Agítalo.

Y cuando lo hace, sé que nos vamos a reconciliar.

Indulgente, así es, y solitaria. Una persona puede perdonar muchas cosas si necesita estar acompañada.

Cuando empiezan los fuegos artificiales salimos al balcón. Cohetes y explosiones coloridas pintan el cielo.

—Nunca vuelvas a hacer algo así —dice cuando termina la exhibición—, me lastimaste.

—Lo sé y no lo volveré a hacer. ¿Le contaste a alguien?

Sacude la cabeza, se ve decepcionada de que haya preguntado eso, después se va y se lleva el globo.

Te escucho acercarte, te arrastras por la alfombra gruesa de mi cuarto.

Tienes un mensaje para mí, algo que te gustaría decirme.

NOS VEMOS EN LA CORTE, ANNIE.

Sube ocho. Después otros cuatro.
La puerta a la derecha.

Querías cortarme el pelo, me llegaba hasta la cintura,
cortármelo como niño.
Pero no lo hiciste, llamaría la atención en la escuela.
De todas formas te divertías.
Me disfrazabas, me ponías calcetines en los calzones.
Pero no era suficiente.
El cuarto en nuestra casa llevaba meses vacío.
El cuarto frente al mío.
Una noche anunciaste en la cena.
El patio de juegos, así lo llamaré, dijiste.
Insaciable.
Sabía que nunca terminarías, así que aproveché la oportunidad
para abandonarte también.

24

Primer día de tu juicio. Digo que no cuando Mike sugiere que falte a la escuela esta semana. Quiere protegerme. La prensa. Estalló. Atiborras todas las noticias y encabezados que leo en internet antes de desayunar. La página de la BBC muestra a la multitud que se reúne afuera del tribunal. Una muchedumbre. Enojada. Si pudieran atacarían la camioneta en la que vas a bordo. Le escupirían. Le lanzarían bombas de pintura, color rojo. Asesina. Asesina.

El silencio en la casa es ensordecedor, el radio en la cocina está desconectado. Mike bromea, creo que deberíamos descansar de la tele una o dos semanas. Phoebe dice que le da igual, que vería Netflix en su computadora. Hoy en la mañana antes de salir de la casa Mike me llama, me dice que me regrese si la escuela se pone demasiado difícil. Quería preguntarle, ¿y si todo se pone demasiado difícil?

Si lo hubiera pensado bien, si hubiera sido lista, me hubiera quedado en la casa y así hubiera evitado la clase de natación de esta mañana. Estúpida. La cabeza, aturdida. Me cambio en el vestidor, agradezco que el traje de baño oculte las cicatrices y cortes en las costillas. Les contaría si pudiera, que me abro la piel para sangrar y sacar lo malo, para que entre lo bueno. Pero no lo entenderían, preguntarían, ¿de qué hablas, qué es lo malo?

Nos encontramos con una hilera de kayaks, el entrenamiento de rescate es esencial para el Programa del Duque de Edimburgo. Nos separan en grupos de cuatro, según junto a quién estemos paradas. Debí haber puesto más atención.

—Vamos, chicas —dice la profesora Havel, apresurándonos—. ¿Todas tiene equipo? Muy bien. Fórmense en la orilla de la alberca.

Clondine intenta ser amable.

—Ay, Phoebe, no es tan mala.

Desafiada en público, por una de las suyas. Le dice a Clondine:

—Cállate, ni siquiera la conoces.

Tiene razón.

—No, pero te conozco a ti —responde Clondine y le enseña la quemadura del cigarro en el dorso de la mano que apenas le está cicatrizando.

Estamos en una punta de la alberca y el instructor en otra. Se escuchan murmullos lo suficientemente altos como para que yo los escuche. Phoebe e Izzy comentan cómo me queda el traje de baño, lo negro del vello en mis brazos. Les interesa una cicatriz vieja, morada y grande, en mi antebrazo derecho.

—Seguro se la hizo ella.

—Ajá, seguro le gusta el sado.

Se ríen.

—Silencio al final de la fila.

El cráter morado en mi brazo. No. No me lo hice yo, así no fue. Cuando lo estabas haciendo, Mami, dijiste, es para que nunca se te olvide. Una marca. Me pusiste el brazo en el radiador del baño. Siempre serás mía, dijiste. Un tatuaje de nuestro amor quemado en mi brazo.

El instructor entra a la alberca, demuestra cómo girar dentro de un kayak. La diferencia entre la vida y la muerte, asegura cuando emerge del agua. Relájense. Confíen en el agua y en su compañero. Lo más importante, no entren en pánico.

Lo miro, se le mueve la boca, pero el sonido está distorsionado. Cámara lenta. Me tardo en darme cuenta de que estoy cayendo. De que me empujaron a la alberca. Primero son susurros, hazlo, empújala, vas. Aterrizo en el agua con fuerza, los mosaicos del fondo me lastiman las piernas. Los uso para impulsarme y salir a tomar aire. Cuando salgo, una fila de cabezas me mira. Niñas soldado en lycra negra, los brazos no a los lados sino doblados sobre los senos en desarrollo. Risas, una ronda de aplausos.

Nado a la orilla, el instructor hace una broma sobre mi entusiasmo. Phoebe me da la mano cuando me acerco a la orilla. Sé qué planea, puedo ver el interior de su mente y no es muy distinta de la mía. Tomo su mano, recargo un pie en la pared de la alberca, pero a medio camino me suelta. Esta vez caigo de espaldas, el golpe del agua me quema la piel. Más hurras y risas.

—Dios santo, Phoebe, madura, eso fue estúpido y peligroso, por no decir que todos estamos perdiendo el tiempo gracias a ti. Sugiero que Milly y tú trabajen juntas para el ejercicio del kayak, a ver si juntas pueden ser sensatas y por amor de dios, Milly, apúrate, o ¿tengo que ir por una barra para sacarte?

—No, profesora Havel.

Nado a los escalones, satisfecha por la expresión de Phoebe. Toma eso, compañera de kayak.

—De hecho, señora Harvel, necesito una voluntaria y como ya estás en el agua —el instructor me señala.

—Excelente idea, por favor nada para allá, Milly.

Cuando llego me pide que me suba al kayak mientras él lo sostiene. Se trata de comunicación y confianza, dice.

—¿Lista?

Asiento, me agarro fuerte de los lados.

—¿Voy a dar la vuelta en tres, sí? Uno, dos, tres y abajo. Una nube azul, salimos enseguida.

—¿Qué tal?

—Muy bien.

—Vieron, chicas, pan comido. Por favor pónganse en pareja, las que no alcancen kayak pueden practicar nado asistido. Simplemente una de ustedes flote de espaldas en el agua como si estuviera inconsciente. La labor de la otra es sacarla nadando sin que el agua se le meta a la nariz ni la boca.

—Maestra Havel, ¿no puedo trabajar con Izzy o Clondine?

—No, Milly y tú son equipo. Si no hubieras estado haciendo tonterías hace rato, hubieras tenido el lujo de elegir, pero ya no. Te toca girar en el kayak.

El ruido en la alberca, chapuceo y gritos, se siente el nerviosismo en el aire, a nadie le gusta la idea de girar dentro del agua. Marie se queja del cloro, le va a maltratar el pelo. Nado hacia donde está Phoebe, detengo el kayak. Yo voy a dar la vuelta. Tal vez ella también ve parte de mi mente, los pensamientos que albergo, porque dice:

—No intentes nada raro.

Mi silencio la saca de quicio, siempre funciona.

—Es en serio, o lo pagas.

Asiento, con los dedos cruzados detrás de la espalda.

Mientras se sube, estoy tentada a preguntarle por Sam. Su laptop se quedó abierta en su habitación en las vacaciones. Me sorprendió y agradó descubrir que se podía entrar sin contraseña. Cuando me dieron la mía lo primero que hice fue ponerle contraseña. No hace falta, eso cree ella. Mike es el tipo de padre que jamás buscaría sin preguntar primero. Cree fervientemente en respetar la privacidad, en dejarnos ser adolescentes.

Volteo para asegurarme. El instructor está ocupado. La maestra Havel está del otro lado de la alberca. Las chicas son chicas, preocupadas sólo por ellas. Le digo a Phoebe que voy a contar hasta tres y luego a girar.

—Apúrate carajo.

Y me apuro. Uno, dos, tres, giro y salgo.

Todavía.

No.

Me detengo a la mitad. Uno. Uno y medio.

Dos.

Ella se da cuenta en dos. Desdobla las manos del pecho, golpea el kayak. Siento cómo se mueve su cuerpo, golpea, se sacude de lado a lado.

Seis.

Seis y medio.

El ruido de la alberca rebota en los mosaicos, risas y toses cuando escupen agua. Nadie mira, nadie se da cuenta. ¿Cuánto puede aguantar sin respirar una persona promedio? ¿Treinta segundos? ¿Sesenta?

Nueve. Nueve y medio.

Y cuarto para las.

Me entierra las uñas en la mano, un fugaz remolino rosa en el agua. Heridas en forma de media luna infligidas por uñas perfectamente limadas, su orgullo y alegría. El instructor se acerca, la maestra Havel también. Giro el kayak, su cabeza está fuera del agua. Emociones. Un arcoíris colorido le pinta el rostro. Pánico. Después miedo. Alivio de encontrarse viva y rabia, la última en hacer acto de presencia. Cada tono me deleita. Respira con dificultad, su pecho jadea.

—Perra —me dice—. Maestra Havel, maestra.

El instructor pita su silbato, grita que cambiemos, que las que hicimos el giro del kayak practiquemos nado asistido y viceversa.

—Maestra Havel.

—Por amor de dios, Phoebe, ¿qué quieres?

Clondine e Izzy nadan para acá, se concentran en la cara de Phoebe. Pálida. Pánico. Paralizada. Siente que le van a estallar los pulmones. Inmóvil.

—¿Qué pasa? —pregunta Izzy.

—Casi me ahogo, eso pasa —responde mirándome, tiene los ojos rojos, el cloro.

—Reina del drama —Izzy la molesta.

—Vete a la mierda Iz, todas váyanse a la mierda.

Se baja del kayak, nada a las escaleras más cercanas a la maestra Havel y sale del agua con trabajo. Se le ve la piel de gallina. Eso pasa cuando tienes frío o por otras razones. Se toca la garganta con la mano, para asegurarse de que puede respirar. No sé qué le dice a la maestra Havel pero ella le permite retirarse y ya no regresa para la última parte de la clase.

En sus correos a Sam me mencionó: hay algo que no me gusta de ella, escribió. Por qué, él preguntó. No sé, es un poco rara o algo.

O algo, Phoebe.

Al final de la clase cuando llevo el kayak a la parte poco profunda de la alberca, mi mano derecha me pica. Cuatro marcas, la forma de su miedo. En la privacidad del vestidor, fotografío mi mano con mi teléfono. Un recuerdo.

25

Al día siguiente en la escuela me mantengo alerta, sé que Phoebe no tardará en desquitarse. Ojo por ojo. El juego del gato y el ratón. Es cuestión de tiempo.

Se supone que no debo, pero también fui a ver a MK y mientras caminaba hacia su salón, me percaté de mis ojos. Secos. Hacen ruido al parpadear, no he dormido bien, algo que me inquieta porque en dos días estaré en el estrado. No sé qué está pasando en la corte, Mike me contó que él y June estaban en contacto todos los días pero que yo debería concentrarme en mí, en dormir todo lo posible antes del jueves. Me gustaría pero cada que cierro los ojos, veo nueve cositas, llorando, señalándome, pidiéndome ayuda.

Le conté a MK lo que Mike y yo quedamos, que faltaría el jueves y el viernes porque me sometería a una operación menor. "Espero que nada serio", respondió.

No, sólo me van a quitar el cordón umbilical.

Hace años debieron haberlo hecho. Es tóxico.

Mientras me desvisto para bañarme antes de dormir, sigo escuchando tu voz, imaginándote de pie, esperándome fuera del tribunal y lanzando una moneda. Cara o cruz. La ovalada que tenías cuando fuimos a un pueblo costero de Gales el año pasado, no de vacaciones; en tus palabras, era un territorio nuevo que querías explorar. Te referías a nuevo territorio para cazar. Cuando fui al baño le preguntaste al hombre en el puesto que estampara los dos lados de la moneda igual. Cara jugamos, cruz no, dijiste cuando llegamos a casa. Me tardé meses en darme cuenta de que las dos tenían una cara. Ganaste, siempre. Pero ya no eres el juez, un hombre con peluca lo es. Y otras doce personas. Esta vez no decides. Ellos lo hacen.

Ni siquiera la escuché abrir la puerta del baño, demasiado ocupada poniéndome champú en el pelo, intentando acallar tu voz. Jala la cortina a un lado. Sólo me da tiempo de cubrirme las costillas con los brazos, ocultar las cicatrices, pero no los senos ni la entrepierna. El flash de su teléfono toma lo que necesita.

—A ver si así aprendes a no intentar ahogarme, perra.

Me cubro con la cortina del baño, temerosa de que la arranque, pero no lo hace. Me pregunta si he estado en algún sitio interesante últimamente. Cuando no respondo, dice: "No creas que no me he enterado de tu amiguita de los multifamiliares".

Escóndete. No salgas. Es difícil respirar por el vapor. Caliente.

—Es verdad, ¿eh? Izzy me contó que te vio con esa zorra que se sienta afuera de la casa. A lo mejor le cuento a papá para que te pregunte en sus sesiones "privadas". Me pregunto qué pensará cuando se entere de que has estado saliendo con una rata de los multifamiliares, sobre todo una mucho más chica.

Tiene doce, casi trece. Pequeña para su edad. Sé qué pensaría tu papá. Se preocuparía.

—Patética. Eso eres. Seguro te encantó ir a los Cotswolds sin mí, estuviste feliz jugando a la familia con mis papás.

Sí, la verdad, sí.

—No es que me importe, de todas formas falta poco para que te vayas, seguro no te quedas ni para Navidad.

Veo su expresión furiosa. Debería estirar el brazo, ofrecerle la mano y decirle, hagamos las paces. Una tregua. Hagamos esto juntas, piensa en lo mucho que podríamos divertirnos. Piensa en las travesuras. Pero la tentación de retroceder, pelear, se impone. Es su culpa, continúa alimentando al lobo equivocado, dándole permiso para estar a cargo. Así que en vez de hacer las paces, le digo: "A veces te escucho en las noches".

—¿Qué? ¿De qué hablas?

—Te escucho.

Tiene un blanco en el cuerpo, un cuadrado en el pecho, se para en seco. Sabe a qué me refiero, que la escucho llorar. Puedo estar desnuda, pero ella acaba de quedar expuesta.

Cuando se va sólo pasan un par de minutos y vibra mi teléfono, habrá anotado el nuevo número del pizarrón por la puerta principal. Mike insiste en anotar todos los teléfonos ahí. Me quito la cortina del baño, me envuelvo con una toalla, camino a mi escritorio y levanto mi teléfono. Un mensaje con una imagen. La cabeza espumosa con champú, piel brillosa, brazos doblados alrededor de las costillas. Pezones parados, un arbusto oscuro debajo.

Veo que la envió a muchas personas. Chicas y chicos, quizá también a Joe. Regreso al baño, tiro la toalla. Me corto. Una vez. Dos veces. Rojo. Una foto mucho más interesante, si tan sólo la hubiera pedido.

26

Hoy en la mañana, antes de irme a la escuela, Saskia me dio una bolsita de terciopelo. Es un regalo, me dijo, de la tienda de cristales en Portobello Road. Cuando lo abrí y lo saqué, lo pasé por la palma de mi mano, los bordes ásperos y en bruto, la parte superior e inferior suave y negra, me explicó que era una turmalina negra. Un talismán protector. Se me ocurrió que podías llevarlo en el bolsillo cuando estés en la corte, a lo mejor te ayuda, dijo. Agradecí el gesto, aunque amable, me hizo sentir peor, me recordó que necesitaba protección.

No estoy lista para mañana, un moretón oscuro. Berenjena. Índigo. Muy al fondo. Palpita. De camino a la escuela repaso las preguntas de los abogados en mi mente —dile a la corte lo que hizo tu mamá, dile a la corte lo que viste—, pero no recuerdo las respuestas.

Sólo di la verdad, dice Mike.

Es más fácil decirlo.

Nos reunimos en el salón para ensayar la obra. Las palabras, su significado, qué familiares me resultan. Relucientes cráneos blancos, el final de la inocencia, chicas vestidas de chicos. La vez pasada Phoebe tuvo suerte, cuando vino la directora James ella no fue narradora, pero hoy se traba con sus diálogos, cada minuto o dos necesita que le apunte. La maestra Mehmet se desespera, dice, se acabó Phoebe, estás fuera, Milly será narradora. Su expresión; aunque el marcador no está empatado —después de la foto de anoche me lleva mucha ventaja—, le estoy pisando los talones.

El castigo por robarle su papel llega rápido, publica mi foto en el foro de las de primero, hace un par de alteraciones por aquí y por allá, pelo en mis senos y muslos. La novia de Frankenstein. Cambia la contraseña del foro a "anormal", una táctica que emplea para mantener a raya a los profesores entrometidos. Nos manda un correo para avisarnos del cambio. Estas escuelas tan selectivas, una estirpe de adolescentes listos aunque mañosos. Engaños y hostigamiento.

Un comentario de LadyLucie2000 sugiere, abramos una página de Facebook que se llame Milly la Anormal. Phoebe comenta debajo, "¡¡¡Buena idea!!! Le mandé la foto por Snap-Chat a Tommy de Bentleys, y él la va a enviar a todas las escuelas de chicos fuera de Londres".

En el almuerzo siento las miradas al caminar hacia el mostrador de comida. Cuando regreso con mi charola, la mayoría baja la mirada, Clondine también, pero no Phoebe ni Izzy. Sacan sus teléfonos y sonríen con malicia. Dentro de poco ya podré tener mi propio Facebook. Cuando termine el juicio, dijo June. Hay que ponerse al corriente con muchas cosas normales. Estoy lista. Me siento en la mesa más alejada de ellas y cuando se van del comedor una chica llamada Harriet se me acerca. Me pregunta si estoy bien, dice, no todas somos como Phoebe, intenta ignorarla, tarde o temprano te dejará en paz. Compasión. Una herramienta importante en mi armadura. Un camuflaje propio.

Duele, no me malinterpretes, no soy de acero, pero el encabezado de mi foto —**Milly la ANORMAL, podrá correr, pero no puede esconderse**— me hace sentir mejor. Phoebe todavía no entiende nada.

Mi intención de correr es nula.

Esconderme.

Sí.

Correr.

No.

—Quiero que imagines que estás en el estrado, estás segura, la pantalla te protege de cualquier cosa. La intención de las personas que te pueden ver, el jurado y los abogados, no es lastimarte sino escucharte. Identifica un objeto en el tribunal y concéntrate en él, algo que te brinde consuelo. Quiero que lo veas si alguna de las preguntas resulta muy angustiante.

—¿Y si no sé cómo responder?

—Le dices a los abogados que no entiendes, entonces la replantearán, preguntarán de otra forma hasta que entiendes.

Mike termina la sesión dándome instrucciones para mañana, me dice que me quede en mi cuarto hasta que Phoebe se vaya a la escuela. Ayer le contó de mi "operación" menor, que no estaría lo que quedaba de la semana. Le agradecí, y lo dije en serio.

El aire en mi habitación se siente más sofocante que de costumbre, la calefacción está muy alta. Me cuesta respirar. Un dolor de cabeza fuerte se ha asentado en el centro de mi frente, es difícil ver. Me concentro en escoger la ropa que me pondré mañana. Hasta que las prendas están colgadas en el respaldo de la silla me doy cuenta de mi elección. Ropa para impresionarte. Pantalones, no falda, una camisa blanca, lisa, que me fajaré como chico. No podrás verme pero sé que estarías de acuerdo. No debería hacerlo. Intentar complacerte.

No podré con lo de mañana si te veo en la noche, si entras a mi cuarto, entonces me siento con las luces prendidas, leo *Peter Pan* mientras las horas pasan. Es mi libro favorito, lo ha sido desde pequeña. La idea de luces nocturnas como si fueran ojos maternales que cuidan a sus hijos. Antes rezaba por tener una luz nocturna, entonces creía en dios, pero en vez de la luz, me tocaste tú.

Un fin de semana en el refugio vi la película con los niños. Cuando Peter le dice a Wendy: "Ven conmigo a donde nunca, nunca jamás te tendrás que preocupar por cosas de adultos", recuerdo haber pensado, me gustaría ir ahí.

Por favor.

27

Me quedo despierta toda la noche y cuando amanece, abro la puerta del botiquín en el baño y borró el número. El uno es ahora. Es hora.

Cuando me visto me paro frente al espejo de cuerpo completo con los ojos cerrados. Los abro sólo para ver mi atuendo, no veo mi cara. Por fuera me veo bien, preparada, Sevita me planchó los pantalones y la camisa, mis zapatos negros, bajos, con tacón estilo bailarina. Pero por dentro. Una venta de segunda mano de órganos. Al revés, invertidos, demasiado corazón en mi pecho. Poco.

Saco de su bolsita el cristal que me regaló Saskia, lo sostengo en la mano. Me tranquilizan las sensaciones opuestas de sus bordes, ásperas y suaves. No estoy segura de creer en ella, pero de todas formas la guardo en el bolsillo de mis pantalones.

Y espero.

Mike toca unos veinte minutos después, me dice que estamos listos, que Phoebe ya se fue.

—Deberías comer algo —dice.

—No puedo.

—Tienes que, será una mañana larga, aunque sea una fruta o una barra de cereal.

—Tal vez después.

—Voy a llevarme unas cosas de la alacena, estarán en el coche por si cambias de opinión.

Saskia está esperando en el vestíbulo y cuando me acerco, empieza a jugar con el cierre de su abrigo, adelante y atrás. Arriba y abajo. Un ruido frenético, desenfrenado. Se detiene cuando me le quedo viendo, intenta sonreír. Mike sale de la cocina con una bolsa de plástico con comida que no podré comer. Nos vamos en su Range Rover, ventanas polarizadas, apuesto a que cuando la compró, la modificó, nunca se imaginó que servirían para esto. Para protegerme de ojos que podrían husmear, saber que voy en camino.

El camino para llegar a ti es un infierno, uno personal. Nadie habla, todos miran al frente, al tráfico, los semáforos, los autobuses, un camión de basura. El universo está diciendo, no vayas, aléjate. Mike pone un disco, el radio es muy arriesgado. Una cirugía, a eso me someterán. Un pez koi de la buena suerte, rojo y resbaladizo, se acomoda en la boca de mi estómago. Se mueve a ritmo de la música, me provoca náuseas en los cincuenta minutos de camino. No quiero escuchar las palabras de Mike cuando dice, "ya llegamos".

Saskia voltea, me ofrece una menta. Me volteo, miro a través del vidrio polarizado. Entramos según las instrucciones de June. Cierro los ojos cuando pasamos la entrada del edificio, los vuelvo a abrir cuando llegamos al sótano. Sé cómo es la multitud, la he visto en las noticias. A Mike nunca se le ocurrió quitarme mi laptop o mi teléfono. Las mujeres a quien les robaste, antes ocultas, ahora están reunidas en plena luz del día, llenas de odio. Confiaron en ti. Hay una pancarta entre la multitud, ojo por ojo. También está la prensa y los fotógrafos, no les permiten entrar, la corte designó a un reportero oficial, qué privilegio. O carga.

June nos espera frente al elevador en el estacionamiento, me asegura que no te veré, que estás en una celda en la parte opuesta del edificio. Mientras subimos por el elevador, la cicatriz morada en mi brazo palpita, un saludo secreto, tu forma de decirme que estás cerca. Entramos a una habitación, parece recién pintada. Color crema. Qué le harán a nuestra casa Mami, una mano de pintura no será suficiente. Saskia pregunta en dónde está el baño, Mike y yo nos sentamos. Cuatro sillas en la habitación, de tela suave, verde oscuro. Me siento en el borde de la mía, no quiero sentir nada. Ni detrás de mí. Por dentro me recorre una especie de llamarada, como si al entrar al edificio el voltaje hubiera incrementado. El mío.

June me ofrece un vaso con agua, me sugiere ir al baño ahora que puedo, pero no estoy segura de que mis piernas vayan a poder. Respira, sólo respira. Se asoma una mujer que nunca había visto.

—Cinco minutos, estamos esperando al juez.

Me seco las palmas de las manos en los pantalones, siento el bulto duro del cristal de Saskia en el muslo. Desearía estar sola, podría contar mis cicatrices. Mike dice que estaré bien, que todo saldrá bien. Me gustaría creerle pero el pez de la fortuna que tengo en el estómago da otra vuelta, sugiere lo contrario. Intento viajar a mi lugar seguro dentro del hueco del árbol, pero cuando llego, ya no está. Lo han talado, era evidencia. Saskia regresa, también la mujer de hace rato.

—June, el juez está listo.

—Estupendo. Ok, Milly, es hora.

Mike se para, yo también, aunque no estoy lista. Uno creería que lo estaría, he estado contando los días, pero algo, tal vez tú, debió haber entrado a la habitación para amarrarme bolsas de arena en los tobillos. ¿ANNIE, CREÍSTE QUE TE LO FACILITARÍA? No te estoy escuchando, no puedo. Todo lo que tengo que hacer es responder las preguntas. Responderlas. Sigo a June a la puerta. Saskia y Mike me aprietan los brazos cuando paso a su lado, uno en cada lado. Me detengo, saco el cristal de mi bolsillo, se los enseño. Saskia se voltea, al borde de las lágrimas. Mike habla.

—Aquí estaremos cuando termine, Milly.

La distancia entre la sala de espera para familiares y la sala del tribunal es corta. Mi fosa nasal derecha silba, está por sangrar. Debería pedir pañuelos, hay tiempo, pero no encuentro mi voz. La estoy reservando para la corte. Nos detenemos afuera de una puerta grande de madera.

—La abrirán cuando estén listos —dice June.

Guardo el cristal en mi bolsillo, June intenta hablar de cualquier cosa.

—¿La próxima semana es tu cumpleaños, no?

Dulces dieciséis. Pero no quiero pensar en eso así que ignoro a June, cierro los ojos, los vuelvo a abrir y escucho que la puerta se mueve. Sale un ujier, asiente.

—Milly, lo harás estupendo, respira profundo. ¿Lista? Vamos —dice June.

El murmullo en la corte no amortigua nuestros pasos. Son evidentes. Nos exponen. June me conduce a un asiento volteado a la derecha de una pantalla grande y blanca. La silla está dispuesta frente al juez y al jurado, no veo a ningún verdugo. Cuando estoy sentada June se va, se sienta cerca de la puerta por la que entramos. El silbido en mi nariz cesa, el latido de mi corazón empieza a hacer de las suyas. Despierta un desastre frenético y estremecedor en mi pecho. Veo al juez, lleva una peluca color crema, está sentado a mi derecha en un podio, habla con un hombre en toga, quizás uno de los abogados defensores. El hombre susurra, el juez escucha y asiente. El jurado se sienta directamente frente a mí, cuento siete hombres y cinco mujeres. Doce pares de ojos me miran, el murmullo se debilita. No pasa nada si los miras, me dijo Flaco, pero no sonrías, te podrían acusar de intentar influirlos. ¿Influirlos? Sólo vine a responder las preguntas de los abogados, nada más.

Cada miembro de jurado tiene una libreta y una pluma en los estantes de madera frente a ellos. Uno de ellos, la mujer al centro de la fila de atrás, anota algo, tal vez también esté escribiendo un libro sobre mí o jugando ahorcado. ¿De quién es la cabeza en la soga?

Miro a la izquierda, veo a los abogados fiscales, cuerpos frente a frente, conversando. A su izquierda, en la siguiente banca se sienta otro hombre en toga, la silla a su lado está vacía, tiene la mirada puesta en el hombre que habla con el juez. Esperaba ver a un taquígrafo, capturando cada palabra con dedos veloces, pero June me dijo que hace un par de años los sustituyeron por sistemas de grabación de audio que opera el reportero de la corte.

La única persona que queda eres tú.

Por los diagramas que me enseñaron de la disposición de la corte sé más o menos en dónde estás, alejada de la defensa, a la izquierda. No cierro los ojos, se vería raro, pero sí escucho, pongo atención por si capto algún sonido que provenga de ti. Tu respiración. La conozco bien. Los cigarros que fumas, de mentol, un carraspeo de tu garganta. Pero no, no te escucho. El movimiento constante de papeles y de los pies de la gente te apaga. Tan cerca de ti, eso estoy.

El hombre en el podio se aleja y toma asiento al lado del otro abogado defensor. El juez revisa los papeles frente a él, me mira, levanta la mano y dice en voz alta y autoritaria "La corte ha entrado en sesión".

Se deja de escuchar movimiento y aun así no puedo escucharte. Sólo escucho mi respiración. Inestable. Demasiado rápida.

—Que el testigo se ponga de pie.

El video de mi testimonio se reprodujo antes de que entrara. Me pregunto si soy lo que esperan, si soy diferente en carne propia. Se acerca un ujier para tomar mi juramento.

Elijo la afirmación en vez del juramento, no creo en un poder superior.

—Declaro y afirmo solemne, sincera y verdaderamente que la evidencia que daré será la verdad, toda la verdad…

Recuerda respirar.

—… y nada más que la verdad.

HOLA, ANNIE.

No puedo respirar.

Intento ignorar la mano que siento en mi garganta y me concentro en Flaco. Cuando él se pone de pie frente al jurado, sé qué esperar. Me han tutelado y entrenado con las preguntas que me harán. En un abrir y cerrar de ojos, dijo la última vez que lo vi.

—Señoras y señores del jurado, todos hemos visto el video del testimonio que proporcionó la testigo. Ahora me gustaría escucharlo de su propia voz.

Voltea para mirarme.

—En tus propias palabras, describe a la corte cómo era vivir en casa con tu madre.

Una pregunta abierta. Los abogados me explicaron que utilizarían preguntas que requirieran una respuesta de una frase o mejor, una "historia". Cuantos más detalles, mejor, dijo Gordo, sin restricciones. Entonces hice lo que me instruyeron y practiqué una historia para contar en la corte. Ésta es cierta.

—Vivir con mi madre fue aterrador. Un minuto era normal, hacía cosas como preparar la comida, y al siguiente…

Tengo que respirar antes de decirlo en voz alta. Sería la primera vez que tú me escucharías hablar de ti. Me acomete la vergüenza.

—Está bien —dice Flaco—, tómate tu tiempo.

Lo vuelvo a intentar.

—Un minuto era normal y después me atacaba. Me lastimaba, mucho.

231

La primera respuesta será la peor, dijo Gordo. Ya que hayas empezado, estarás bien. Encuentro un objeto, me concentro en él. La placa en la pared arriba del jurado. Flaco me pide que describa la primera vez que te vi lastimando a un niño.

Les cuento que te vi golpearlo, el primer niño que te llevaste. No le digo al jurado lo que respondiste cuando te dije cruel por haberle pegado en su cuerpo diminuto. Me explicaste, no es crueldad, es amor. Qué amor tan distorsionado, respondí. Después me castigaste.

No hay.

Azote.

Tal cosa.

Azote.

Como amor distorsionado.

Azote.

Saliva, tuya, sangre, mía, transmutadas en el aire.

No le cuento al jurado que dijiste que era amor porque mis abogados me lo impidieron, podrías conseguir lo que querías: que te concedieran responsabilidad disminuida. Porque sólo una persona que está loca, demente, creería que lo que hiciste es amor.

Después, Flaco me pregunta si quería ayudar a los niños que tú lastimaste. Hago una pausa, me concentro en la placa otra vez, recuerdos como misiles se desbocan en mi mente.

Jayden. Ben. Olivia. Stuart. Kian. Alex. Sarah. Max. Daniel.

Jayden. Ben. Olivia. Stuart. Kian. Alex. Sarah. Max. Daniel.

No te gustaba llamarlos por sus nombres, le dabas a cada uno un número. La mañana después de la muerte de Daniel mientras me llevabas a la escuela en el coche, me dijiste que tenías muchas ganas del décimo. Pero nunca olvido sus nombres. Ni olvido que yo me paraba en el agujero en la pared, con la mano en la perilla, intentando alcanzarlos, detenerte. Tu risa, más fuerte. El niño que tenías encerrado lloraba aún más fuerte.

—¿La testigo necesita descansar? —pregunta el juez.

QUÉ PRONTO, QUERIDA. CREÍ QUE TE ENSEÑÉ A REACCIONAR MEJOR, ANNIE.

Así es.

Respondo.

—No, gracias.

—Repetiré la pregunta, ¿querías ayudar a los niños que tu madre lastimaba?

Me miran doce pares de ojos. Esperan.

—Sí, mucho.

—Pero no podías, ¿no es así? —continúa Flaco—, porque tú misma eras una víctima y porque la habitación en la que la acusada abusaba de los niños y después los asesinaba estaba cerrada. ¿Es correcto?

—Sí.

—Por favor dile a la corte quién tenía la llave.

—Mi madre.

—Objeción su señoría, tenemos evidencia que demuestra que la testigo también tenía acceso a la habitación.

—¿Qué clase de evidencia? —responde el juez.

Uno de los abogados defensores se pone de pie, habla.

—Le pido al juez que se dirija a la página cinco del reporte que detalla la evidencia que se recuperó en el domicilio que habitaban mi cliente y la testigo. Se enlistan juguetes para niños que se encontraron en esta habitación supuestamente "cerrada con llave". Los juguetes pertenecen a la testigo, un oso de peluche con su nombre cosido en una de las orejas, una muñeca de un juego completo, las demás se encontraron en la habitación de la testigo. Sostenemos que la testigo colocó esos juguetes en la habitación supuestamente "cerrada con llave".

—Su señoría, ¿podría preguntar qué pruebas tiene la defensa para respaldar esta postura? —dice Flaco—. Su madre pudo haber colocado esos objetos sin conocimiento de la testigo.

—¿Podría la defensa responder?

Sostengo la respiración cuando el abogado defensor comienza a responder. Petrificada por lo que pueda decir. Una selección de ases bajo la manga.

—Me parece sumamente inviable que la fiscalía espere que la corte crea que alguien aparte de la testigo haya colocado los juguetes en la habitación. Los abogados fiscales piden que la corte crea que mi cliente, hasta ahora retratada únicamente como malvada e insensible, colocó objetos para consolar a los niños encerrados en esa habitación, ¿por qué? ¿como un acto de nobleza? Lo dudo. Por lo que ofrezco a la testigo como alternativa. Motivada por preocupación, ella misma puso los juguetes, lo cual demuestra que tenía acceso a la habitación.

Exhalo. Respondió tal como esperábamos, tal como mis abogados predijeron. Sé qué me preguntará Flaco.

Y sé cómo responder.

CHICA LISTA, ANNIE. ESPERO QUE TE DURE.

—Entonces permítame satisfacer a la defensa —prosigue Flaco.

Voltea para verme.

—¿Fuiste tú quien colocó los juguetes enlistados en el reporte de la evidencia en la habitación? ¿Tenías acceso a esta habitación?

—Sí puse los juguetes ahí, pero cuando la habitación estaba vacía y abierta, creí que consolarían a quienquiera que mi madre encerrara después. Y no, cuando alguien ocupaba la habitación, yo no tenía acceso, sólo había una llave. Ella la guardaba en el mismo llavero que sus llaves del coche, se las llevaba al trabajo todos los días.

El abogado defensor que aún no ha hablado anota algo en un papel, lo subraya. El otro abogado lo mira y asiente. Levanta el papel, se inclina a su derecha, mi izquierda, hasta que casi sale de su asiento. Su derecha, mi izquierda. Tú. Espera uno o dos segundos, asiente mientras mira en esa dirección, regresa a su asiento, ya no tiene el papel en las manos. Lo que haya escrito, te lo dio. Ya no me siento tan bien, no hubiera querido ver eso, la transacción entre él y tú, no justo antes de pasar a lo siguiente. La parte que me inquieta más.

—¿Conociste a un niño llamado Daniel Carrington? —pregunta Flaco.

—Sí, lo conocí en el refugio en el que trabajaba mi madre.

Veo al jurado, no fue mi intención. Los doce están sosteniendo sus plumas, las equilibran. Las tienen listas.

—Cuéntale a la corte sobre la noche en la que tu madre lo llevó a la casa, un miércoles por la noche.

Lo sé, lo recuerdo.

—Lo llevó cuando yo estaba dormida, normalmente lo hacía así, los llevaba en la noche para que nadie viera. A veces los drogaba para silenciarlos.

—¿Entonces no viste a Daniel esa noche en particular?

—Sí, ella me despertó.

—Por favor explícale a la corte qué sucedió cuando despertaste.

—Me obligó a ponerme en el agujero en la pared para que viera quién era.

—Quería impresionarte porque conocías a Daniel, ¿lo habías conocido en el refugio?

—Sí.

—¿Qué pasó después?

—Ella entró a la habitación, cerró la puerta con llave y me obligó a ver.

—¿A ver qué?

—Mientras le hacía cosas. Cosas malas.

—Entonces, para aclarar, tu madre te despertó para obligarte a verla lastimar al niño pequeño que había llevado a casa, Daniel Carrington fue ese niño.

—Sí.

—¿Qué más pasó esa noche? —pregunta Flaco.

SIGO AQUÍ, ANNIE, ESCUCHANDO, IGUAL QUE TODOS.

El jurado mueve las plumas. No los veas. Sitio seguro.

—Ella se enojó con Daniel y lo empezó a golpear.

—Eso debió haber sido muy duro para ti. Conocías a Daniel, te caía bien.

—No vi, cerré los ojos.

—¿Después qué sucedió?

—Ella salió del cuarto, cerró la puerta con llave y se fue a dormir.

—¿Entonces tu mamá dejó a Daniel en la habitación cerrada?

—Sí.

—Por favor cuéntale a la corte cómo sabías que había llegado un niño a tu casa a ocupar la habitación frente a la tuya.

—La puerta estaría cerrada. Sólo se cerraba con llave si alguien la ocupaba.

—Y presuntamente, ¿fuiste a la escuela al otro día?

—Sí, mi mamá me llevó como siempre.

Uno de los abogados defensores mira a su derecha, asiente ligeramente en esa dirección. Confirma algo, ¿pero qué?

—¿Entonces la próxima vez que viste a Daniel fue…?

—El jueves en la noche.

—¿Lo viste por el agujero en la pared?

—Sí.

—Cuando Daniel estaba encerrado en el cuarto, ¿tuviste contacto físico con él? ¿Pudiste consolarlo o cargarlo?

—No, la puerta siempre estuvo cerrada. Pero lo hubiera hecho de no haber acudido a la policía el viernes, el día después de que mi madre lo mató.

Uno de los abogados defensores se pone de pie y dice:

—Objeción, su señoría, nuestra intención es demostrar que nuestra cliente es inocente de este cargo. La autopsia claramente revela que la causa de la muerte de Daniel Carrington fue asfixia. Se le encontró boca abajo en un colchón y como parte de nuestro interrogatorio a la testigo mañana exploraremos otra posibilidad.

—Denegada, la testigo simplemente se está refiriendo a su testimonio original como la corte esperaría.

Otra posibilidad. ¿Cuál? ¿Has encandilado a tus abogados, cierto? Si estuvieras jugando colgado, mi cabeza estaría en la soga.

—¿Por qué hubieras tenido contacto con Daniel de no haber acudido a la policía cuando lo hiciste? —pregunta Flaco.

—Era mi labor…

Hago una pausa, en nuestra sesión de práctica me dijo que la hiciera. Para dejar al jurado expectante, dijo Flaco.

—Tómate tu tiempo, toma un poco de agua si lo necesitas —sugiere.

Hago lo que me sugiere. Me pide que le explique a la corte cuál era mi labor.

—Mi labor era limpiar después.

—¿Después de qué?

—Después de que ella los mataba.

Nueve de los doce jurados, todas las mujeres y cuatro hombres, se reacomodan en sus asientos. Se frotan la frente, se aclaran la garganta. Damos en el clavo. Los esperan meses de sueños inquietantes cuando termine el juicio. Cambiarán para siempre, gracias a ti. Todos nosotros.

HASTA AHORA VAS BIEN, ANNIE, BUEN MANEJO DEL PÚBLI-CO, ¿PERO QUÉ HAY DE MIS ABOGADOS? ¿PODRÁS CON ELLOS? ¿Y MAÑANA?

Tomo otro trago de agua, intento concentrarme en la placa sobre el jurado, pero se sigue moviendo. Entra y sale de foco. Ya no es tan tranquilizador como hace rato.

—En el video de tu testimonio, afirmaste que tu madre mató a Daniel. ¿Cómo saberlo si no tenías acceso a la habitación? —prosigue Flaco.

—La vi por el agujero en la pared.

—Objeción su señoría.

—Denegada, permita que la testigo continúe.

—¿Qué viste exactamente? —pregunta Flaco.

—El jueves en la noche, un día después de que había llevado a Daniel a casa, subió las escaleras de la habitación.

—¿La habitación que llamaba patio de juegos?

—Sí, no me pidió que la acompañara para ver, siempre lo hacía, así que después de un rato subí.

—¿Por qué?

—Me preocupaba Daniel, quería ayudarlo así que subí por las escaleras y vi por el agujero en la pared.

—Por favor cuéntale a la corte qué viste.

No me salen las palabras.

La habitación empieza a dar vueltas, al igual que los bordes de las caras frente a mí. Las manos que sostienen plumas. Barniz de uñas. Quiero que dejen de escribir. ¿Qué escriben? ¿De mí? No deberían estar escribiendo de mí.

—¿Quieres que repita la pregunta? —pregunta Flaco.

—Sí, por favor —respondo.

—Cuando viste por el agujero en la pared el jueves en la noche, la noche después de que ella llevara a Daniel a tu casa, ¿qué la viste hacer?

—Vi a mi madre cubrirle la cara con una almohada. Intenté entrar pero había cerrado por dentro.

Siento cómo se le llenan los ojos de lágrimas, lo veo. A Daniel. Pide a su mami. Diminuto, en la cama.

—Es claro que la testigo está alterada, tal vez quiera descansar —pregunta el juez.

—Quiero que termine.

—Estoy seguro, ¿pero podrás continuar? —pregunta, agacha la cabeza y me mira por encima de sus lentes.

Respondo que sí, se lo debo a Daniel y a los otros.

—Por favor dile a la corte cuánto tiempo tu mamá le cubrió la cara a Daniel con la almohada.

—Mucho tiempo, lo suficiente para matarlo.

—Objeción su señoría, la testigo no es experta médica por tanto no se le puede permitir juzgar cuánto tiempo le toma morir a un individuo.

—Ha lugar, jurado, descarten el último comentario de la testigo por favor.

—¿Puedes relatarle a la corte la última vez que viste a Daniel el jueves en la noche? ¿En dónde estaba y qué estaba haciendo? —pregunta Flaco.

—Acostado en la cama, no se movía. Mi mamá había bajado a la sala, intenté llamarlo pero no respondía, no se volvió a mover, así supe que estaba muerto.

—Y al otro día fuiste a la policía a reportar a tu madre.

—Sí, lo de Daniel fue demasiado. Quería que parara, que todo terminara.

Escucho que alguien exhala a mi izquierda. Tú. Tal vez intentas desconcentrarme, mueves otra pieza en el ajedrez. Un alfil o un rey.

Flaco prosigue, me pregunta cómo me controlabas y me infundías miedo. La linterna con la que me alumbrabas la cara mientras susurrabas amenazas; la falta de sueño; el tormento psicológico mediante los juegos que jugabas; los ataques físicos. Los episodios nocturnos también. Los miembros del jurado se encogen y parpadean durante todo el relato. Sabía que Flaco haría esto, me explicó que era para ilustrar a la corte, mostrarle que estás cuerda, que fuiste capaz de mantener estos métodos durante años, mientras tenías un trabajo respetable. Cuando le digo a la corte en dónde me obligabas a poner los cuerpos, el sótano, esta vez los doce se mueven. Inquietante. Inquietos.

Sé que voy bien porque ya estamos en las últimas preguntas y no me he equivocado. Tu voz ha cesado. Estoy aguantando.

Flaco mira al jurado y dice:

—No olvidemos que la testigo que ven en el estrado es una niña a quien han preparado y sexualizado desde una edad temprana, en una casa en la que un niño ya había sido puesto bajo protección.

SE LO LLEVARON.

Él lo quiso.

ANNIE, NO VUELVAS A DECIR ESO. JAMÁS.

—Objeción, su señoría, ¿a dónde quiere llegar?

—Estoy de acuerdo, ¿podría el fiscal centrarse en lo que nos compete?

—¿Podría la testigo recordar a la corte cuántos años tiene? —pregunta Flaco.

—Quince.

—Quince, damas y caballeros. ¿Podrías contarle a la corte cuántos años tenías cuando tu madre empezó a abusar sexualmente de ti?

—Objeción su señoría.

—Ha lugar, esto no tiene relevancia alguna para el caso.

Cinco. Fue en la noche de mi fiesta de cinco años.

—No más preguntas, su señoría.

—En ese caso, la testigo puede retirarse.

June le cuenta a Mike y a Saskia que estuve "estupenda", que lo hice muy bien. Los dos parecen aliviados y confirman que mañana me vuelven a traer a las nueve. Cuando salimos, vuelvo a cerrar los ojos, los abro un par de calles después. Almorzamos cuando llegamos a la casa, después les digo que me voy a acostar y asienten. Duerme lo que quieras, te despertaremos si no bajas para comer, dice Mike. Cuando revisé mi teléfono en el coche, tenía un mensaje de Morgan, se había ido de pinta y quería pasar a verme en la noche. Le contesto que puede pasar más temprano, que le llamaré para decirle a qué hora. La llamo en cuanto entro a mi cuarto, sé que Mike y Saskia están en la parte de enfrente de la casa. Le digo que se apure. Llega al balcón en cuestión de minutos, sin aire, bromea y dice que no está en forma, igual que su abuela. Nos acostamos en la cama, una en los pies y la otra en la cabecera, no se deja de retorcer, sus pies en mi cara. Le hago cosquillas, la amenazo y le digo que si no para le voy a morder los dedos. Se ríe, dice, quiero ver que lo intentes.

No lo haría, respondo para mí y me enderezo.

—¿Por qué tampoco fuiste a la escuela? —pregunta.

—Tuve que ir a la corte, responder preguntas sobre mi mamá.

—¿Por qué? Pensé que no la habías visto en años.

Otra mentira. Estoy exhausta de intentar recordar quién sabe qué cosa.

—Querían preguntarme cómo había sido ella cuando yo era pequeña.

—¿Cómo era?

—No quiero hablar de eso.

—¿Por qué nadie sabía qué hacía?

—Era lista, impresionante.

—¿Cómo?

—La gente la quería, confiaba en ella. Sabía cómo engañar.

—¿Recuerdas todo eso de cuando eras niña?

—Sí, supongo, y de leerlo en las noticias.

—Cuando murió tu papá, debiste haberte sentido muy sola sin hermanos ni hermanas.

Asiento, es verdad. Cuando Luke se fue me sentí sola. Me alegra que no me vayan a interrogar sobre él en la corte, el jurado se preguntaría cómo logró escapar antes que yo. Todas las peleas en las que participó, los robos. Hizo todo lo posible para que se lo llevaran, para que lo castigaran en un lugar más cálido que su casa. Todo salvo decir la verdad sobre ti, la vergüenza que sentía, lo que le hiciste tantos años.

—¿Cómo era el lugar donde vivías? —pregunta Morgan.

—¿Por qué?

—¿Era muy diferente de aquí?

—Estaba en el campo, había muchos árboles. Pájaros en todas partes, los veía durante horas.

—¿Qué clase de pájaros?

—Estorninos.

Una parvada de estorninos.

—Como un enjambre, se movían al unísono, caían y se elevaban como si fueran uno. Un idioma secreto, ladeaban un ala, movían una pluma. Volaban hacia arriba, hacia abajo, por todas partes, nunca se detenían.

—¿Un idioma secreto?

—No, algo más bello, más sutil.

—¿Por qué se movían así, arriba y abajo?

—Para que los pájaros más grandes no los atraparan.

—¿Crees que por eso atraparon a tu mamá, porque no se movió mucho?

—Tal vez.

—¿Te sientes mal? Ya sé que no es tu culpa, pero sigue siendo tu mamá, ¿no?

—En la noche me visitan.

—¿Quiénes?

—Me piden que les ayude, pero no puedo.

—¿De quién hablas? Estás muy rara, no me gusta. Me asustas.

Estoy siendo yo.

—Hablemos de otra cosa, Mil. Cuéntame otro cuento sobre las aves de tu otra casa.

La cara de Morgan me tranquiliza, sus pecas, pálidas, no cafés, cuando la miro me invade una sensación de paz. Me paso a la cabecera de la cama, para que estemos lado a lado.

—¿Lista? —pregunto.

—Sí.

—Era tarde en la noche. Me estaba lavando las manos en el lavabo de mi cuarto. Escuché algo detrás de mí, raspando la ventana.

—¿Te dio miedo?

—No, volteé y lo vi.

—¿Qué era?

—Me miraba con los ojos bien abiertos, platos con una sombra blanca.

—¿Qué era?

—Un búho, en la ventana. Volteó su cabeza por completo para avisarme.

—¿Avisarte qué?

—Que había visto lo que yo había hecho.

—¿Qué quieres decir? ¿Qué hiciste?

—Lo que me ordenaron.

—¿Quién?

—No importa.

—¿Y luego qué pasó?

—Se fue volando. Las cosas que vio, las cosas que hice, eran horribles, no quiso quedarse.

Se carcajea, me dice que digo muchas tonterías, que debería ser actriz.

—No he terminado el cuento.

—¿Me vas a decir que regresó?

—No, nunca regresó pero lo recuerdo a menudo, la forma de su cara, un corazón. Se asomó a mi ventana y luego se fue volando.

Lo que vio era demasiado feo como para amarlo.

28

No recuerdo bien cómo llegué hoy a la corte, el camino hasta acá. La habitación pintada color crema. Otra vez en el estrado, uno de los abogados defensores me mira. Belcebú. Miro de cerca pero no hay nada que ver, un rostro serio en toga y traje, es todo, el dedo anular desnudo, sin anillo. ¿Soltero? ¿Divorciado? Dudo que tenga un hijo que haya dejado arropado en su cuna. ¿Cómo podría ser si te está defendiendo?

Lo que hace es sutil, es mejor de lo que mis abogados creyeron, mucho mejor, el ascenso es gradual. Ni siquiera me doy cuenta a dónde quiere llegar hasta que ha llegado.

Garganta.

Mía.

—¿Te gustan los niños, disfrutas jugar con ellos?

—Sí.

—Así conociste a Daniel Carrington, ¿no?

—No estoy segura de entender.

—Jugabas con él en el trabajo de tu mamá, ¿no?

—Sí, un par de veces.

—¿Un par de veces? Tengo declaraciones, una de la madre de Daniel y otra de una mujer que vivió en la habitación contigua a la suya en el refugio. Las dos confirman que jugaste con Daniel muchas veces durante semanas, que lo querías mucho, que le regalabas dulces. ¿Es cierto?

El juicio no es mío, al menos no públicamente, sin embargo escucho que comienza un coro en mi mente.

Un difunto está caminando.

Sus preguntas resultan familiares, las he practicado, pero hoy, después de no dormir nada para ocultarme de ti otra vez, no recuerdo cómo responder.

—¿Podría la testigo responder? ¿Jugaste o no con Daniel varias veces durante semanas? Con un sí o no basta.

—Sí.

Ahora parezco una mentirosa, el jurado escribe en sus libretas. Una puntada en mi interior se afloja, se descose. Se sale un poco de relleno. Mucho más cuando de repente cambia la dirección de sus preguntas. Cambia de curso. Táctica. Sucia.

—Cuando tu hermano mayor fue puesto bajo protección, ¿por qué no le dijiste a la trabajadora social que te entrevistó que tu madre abusaba de él? ¿Por qué mentiste?

Flaco se para de inmediato, refuta a la defensa.

—Objeción, su señoría, la aseveración es indignante, la testigo tenía cuatro años cuando la entrevistaron.

—Ha lugar. Esto no tiene relevancia alguna con el caso y es un recordatorio oportuno para la defensa de que está entrevistando a un menor de edad.

Semana tras semana acudimos a la unidad de seguridad, Luke, pero pateabas, te negabas a salir de tu cuarto, no dejabas que Mamá se acercara. Más valiente que yo. Perdón por no decirles, Luke, pero tú tampoco lo hiciste. Tenía miedo, ella me convenció de que estaba jugando juegos agradables contigo, de que los disfrutabas. Te diagnosticaron un trastorno conductual, ella intentó convencer a los profesionales de que te permitieran volver a casa, que no era culpa nuestra, que tal vez era una reacción tardía del abandono de papá. Esa noche cuando nos fuimos, destrozaste la sala de la unidad de seguridad y los profesionales dijeron no, era más seguro para todos que él permaneciera en la unidad. Me hubiera gustado decirles, me hubiera gustado saber cómo, porque las cosas se pusieron mucho más siniestras en casa después de eso. A partir de entonces yo tenía que ser su ayudante, pero no era suficiente para ella. Yo no era niño.

El abogado defensor mira al juez y dice:

—Me gustaría preguntarle a la testigo sobre su testimonio según el cual asegura que vio a su madre matar a Daniel Carrington.

El juez me mira, pregunta si estoy lista. Tengo que decir sí, para superarlo hay que enfrentarlo, las palabras de Mike resuenan en mi mente.

—Sí, estoy lista —respondo al juez. Él asiente y le pide a la defensa que prosiga.

—Dijiste que tu madre mató a Daniel.

—Sí, eso creo. No se movió cuando ella salió de la habitación.

—Eso "crees". En el video de tu testimonio dijiste que viste a tu madre matar a los nueve niños. ¿Ahora sugieres que no estás segura de si mató o no a Daniel?

—Estoy segura, es difícil explicarlo.

LO ES, ¿VERDAD, ANNIE?

Habías estado callada hasta ahora, cuando mencionaron a Luke, pero no ahora. Te inclinas en tu asiento, esperas.

—¿Qué es difícil de explicar? —pregunta el abogado defensor.

Otra puntada se descose, sale más relleno. Mi boca. Seca. Alcanzo el vaso de agua en la mesa, a mi derecha, lo tiro, me tiemblan las manos. Nerviosa. Yo. Así me siento.

—No se movía así que ella debió haberlo matado —respondo.

—Pero no puedes estar segura ¿o sí? La muerte de Daniel fue por asfixia, ¿acaso no pudo haber sido accidental después de dejarlo en el colchón con heridas que lo inmovilizaron? Por lo tanto, no murió directamente a manos de mi cliente.

—No, no lo creo. No estoy segura.

—Parece que hoy no estás segura de muchas cosas. Me intriga qué dirías si te preguntara sobre la otra llave de la habitación en donde se mantenía a los niños, la llave a la que, asegura mi cliente, tenías acceso.

—Objeción, su señoría, de nuevo, no se está juzgando a la testigo —argumenta Gordo.

—Ha lugar, ¿podría la defensa enfocarse en interrogar a la testigo en vez de preguntarse en voz alta o proveer comentarios a la corte?

El abogado asiente, camina hacia mí.

—¿En dónde estaba Daniel la última vez que lo viste?

—En la cama de la habitación que ella llamaba el patio de juegos.

—¿Podrías describir en qué posición estaba acostado, por favor?

—De espaldas, no, boca abajo, estaba boca abajo. Acostado boca abajo en el colchón.

El jurado me atraviesa con la mirada. Garabatean, garabatean. Están pensando, mentirosa, mentirosa. Completamente.

Estoy sosteniendo el cristal que me dio Saskia, los nudillos me crujen cuando lo aprieto con el puño. June tenía razón al jugar al abogado del diablo: ¿Qué pasa si no puede lidiar con esto? ¿Qué pasa si la realidad de estar en el estrado es demasiado para ella?

El juez habla de nuevo, como lo hizo ayer, ¿la testigo necesita hacer una pausa?

Si es definitiva, sí, por favor.

—No, gracias.

El abogado continúa.

—Para aclarar, ¿en qué posición estaba acostado Daniel?

Hay ocho cositas ocultas en el sótano y si la novena también muere. ¿De quién es la culpa?

—Boca abajo —respondo.

—¿Esta vez estás segura?

Asiento.

—Testigo, responda en voz alta por favor.

—Sí, estoy segura.

Así como mi silencio saca de quicio a Phoebe, el tuyo me saca de quicio. Segura. Así te sientes. Esperas que me equivoque pero en el fondo te gustaría que no, eso supongo. Como prueba de que me educaste bien, puedo guardar la compostura mientras abogados expertos intentan descifrarme. Suelto los dedos del borde del edificio. Es una caída alta.

—Mi cliente asegura que un día después de que llevara a Daniel a casa, un jueves, fue a trabajar y se quedó hasta tarde —voltea a verme—. Tú regresaste a casa en el autobús de la escuela, el chofer lo confirmó, lo recordó porque, como dijiste ayer, tu madre siempre te llevaba, es decir, estuviste sola en la casa más de dos horas antes de que tu madre regresara. ¿Es correcto?

Ayer que asintió en tu dirección, cuando dije que casi siempre me llevabas. Subieron la calefacción. No puedo respirar. De acuerdo. Tú. Yo. Las dos testigos, estuvimos presentes. Te vi. Siento el pecho comprimido. La cabeza atareada. Le pido que repita la pregunta.

Una señora en la segunda fila del jurado circula algo en su libreta, levanta la vista, no me quita los ojos de encima. Volteo, intento concentrarme en lo que pueda preguntar después, pero no tiene caso, no nos preparamos para estas preguntas. Nunca le conté a mis abogados que me quedé sola en la casa, nunca preguntaron, no soy yo quien está siendo juzgada, no tenía caso comprobar si ese día me llevó a la casa o tomé el autobús. Las expresiones de mis abogados son impasibles, para nada serenas. Hoy no me está yendo tan bien y lamento decir que las cosas se podrían poner peor, mucho peor, si digo la verdad. Si suelto a la paloma mensajera que está atrapada en mi pecho, para que haga su labor. Para que entregue su mensaje.

El abogado defensor me pregunta otra vez si el jueves en la tarde me quedé sola con Daniel, el día en que todavía estaba vivo y en la habitación.

—Sí —respondo.

Flaco y Gordo intercambian miradas, sé qué están pensando, están pensando esto es nuevo, esto es nuevo y está muy jodido y ahora no es buen momento para enterarnos de información nueva. El abogado defensor me huele las ansias, la necesidad de confesarme. Lo ha visto antes, masajea la espalda mientras su objetivo sigue siendo la garganta. Baja la voz y suaviza su tono, me tranquiliza, intenta atraerme.

—¿Intentaste abrir la puerta de la habitación en la que estaba Daniel?

Estoy a punto de decir sí, sí lo intenté, pero alguien tose. Tú. Sé que fuiste tú, conozco todos tus sonidos. ¿Pero por qué ahora? ¿Te preocupa mi respuesta, te preocupa que en minutos el juego terminará si ya no puedo guardar la compostura, si me derrumbo ante la presión? Te decepcionarías mucho. Un anticlímax. Y un reflejo tuyo, mi maestra. No te preocupes, no lo haré, aunque mentiría si dijera que no lo he considerado. La tentación de decir la verdad, cómo sería. Cómo se sentiría. Valdría la pena o aún tendría que vivir con una serpiente y los fantasmas de nueve cositas jugando a mis pies. De todas formas.

—La testigo parece distraída, repetiré la pregunta. ¿Intentaste abrir la puerta?

—Sí, lo intenté, pero estaba cerrada.

—¿Entonces en ningún momento entraste a la habitación en la que estaba Daniel?

—No.

—¿Nunca entraste en la habitación, nunca tocaste a Daniel, nunca lo intentaste consolar?

—Sí.

—¿Cuál de todas? ¿Entraste a la habitación o lo intentaste consolar?

—Intenté consolarlo.

—¿Cómo?

HOLA, ANNIE.

Se me cae el cristal de la mano, cae debajo de la mesa, a un lado del vaso de agua, el sonido resuena en la madera del estrado. Demasiados ojos como para contarlos, y todos se enfocan en mí. Miro a June, hace un gesto para indicar que lo deje, pero quiero agacharme, recogerlo, para esconderme y ya no salir.

—¿Cómo consolaste a Daniel?

Un pit bull, el abogado. Dientes aferrados a la carne. A lo que pueda.

—Hablé con él por el agujero en la pared.

—¿Entonces estaba vivo cuando hablaste con él por el agujero en la pared?

—Sí.

—¿Qué le dijiste?

—Que lo sentía y que terminaría pronto, que todo estaría bien.

Cierto.

—¿Qué terminaría pronto? ¿Cómo saberlo, no eres tu mamá o sí? No tenías idea de cuánto tiempo estaría ahí.

—Quería tranquilizarlo.

Cierto.

—¿Qué hacía Daniel?

—Lloraba, pedía a su mami.

Cierto.

—¿Mientras Daniel estuvo en la casa, en ningún momento lo tocaste?

—No.

—Si te dijera que el experto forense al que consultamos encontró evidencia de tu ADN en la ropa de Daniel, ¿qué dirías?

—Objeción su señoría, la testigo tuvo contacto previo con la víctima en el refugio. El ADN pudo haberse impregnado en su ropa entonces.

—Ha lugar.

Sin producir ningún silbido ni sentir calor, me empieza a sangrar la nariz. Una gota roja resbala por mis labios, barbilla y cae en el podio de madera. Todos me miran, mira, es ella, la hija de la asesina cubierta de sangre. Llévensela, arréstenla, podrían decir. Escucho que Gordo pide un descanso.

—¿La testigo necesita hacer una pausa? —pregunta el juez.

Me tapo la nariz, un ujier me da una caja de pañuelos, me siento un poco mareada. No recuerdo qué estaba diciendo. La verdad. No. Sí. Quiero decir la verdad.

—Su señoría, ¿acaso la corte no se da cuenta de la aflicción de la testigo? —Gordo se levanta.

—Sí, pero también soy consciente de que estas preguntas deben plantearse y mientras más pronto se hagan, más pronto podrá irse la testigo a casa —responde el juez.

Quiero irme a casa ahora.

YA NO TIENES CASA, ANNIE, TÚ TE ENCARGASTE DE ESO.

Me pongo un puñado de pañuelos en la nariz, respiro profundo y espero la siguiente pregunta.

—Entonces Daniel está en la habitación llorando, pidiendo a su mami. ¿Qué pasó después?

—Escuché que el coche de mi mamá se estacionó en el garaje, así que bajé a la planta baja.

—¿Tu madre te habló?

—No. Cuando llegó a la casa pasó junto a mí, subió las escaleras y entró a la habitación en donde estaba Daniel.

—¿Primero le quitó el seguro a la puerta o ya estaba abierta?

—Ya estaba. Estaba cerrada, eso quiero decir, ella la abrió, tenía las llaves en la mano cuando pasó junto a mí.

—¿Y después qué hiciste?

—Luego de un rato subí.

—Y aseguras haber visto a mi cliente por el agujero en la pared cubrirle la cara a Daniel con una almohada, ¿cierto?

—Sí, después él no se movió.

—¿Cuánto tiempo te quedaste en el agujero en la pared?

—No estoy segura.

—¿Más o menos? ¿Minutos? ¿Horas? ¿Toda la noche?

—No, tal vez unos minutos. Cuando salió de la habitación bajamos a cenar.

Cierto.

—¿Y después regresaste, no? Al agujero en la pared.

—Sí, fui a consolarlo.

Cierto.

—Pero ya estaba muerto, dijiste que viste a tu madre matarlo. ¿Por qué regresarías si ya estaba muerto?

—No sé.

—No estabas segura de que ya estaba muerto, ¿eso sugieres?

—No. Estaba muerto, no se movía.

Veo que al segundo abogado defensor le pasan un papel de mi izquierda. Tuyo. Mis entrañas se sueltan, un globo de aire caliente jala sus amarras. Él lo lee y luego le pregunta al juez si puede pasárselo a su colega. Si está relacionado con las preguntas que se están planteando, adelante, responde el juez. El abogado frente a mí camina, toma el papel, lo lee y asiente. Miro al jurado, el fantasma de Daniel está de pie a su lado.

Está sacudiendo la cabeza, la deja caer y empieza a llorar. Como dos gotas de agua, dijiste una noche, Mami. Tan parecidas. A palabras necias, oídos sordos.

Falso.

El abogado regresa, tiene en las manos el papel que deslizaron por la mesa, y dice:

—El experto forense concluyó que la muerte de Daniel pudo haber ocurrido durante el tiempo que estuviste sola en la casa con él, no necesariamente después de que mi cliente llegara a casa, como se creyó en un principio. ¿Qué responderías a esto?

—Objeción, su señoría.

—Denegada, permita que la testigo responda.

Me ha dejado de sangrar la nariz pero debió haber caído una gota roja de sangre antes de que me dieran los pañuelos. Hay una mancha en mi camisa, parece tinta o papel de cromatografía. Una de las mujeres en el jurado está al borde de las lágrimas. Apuesto a que es madre. Lo siento, de verdad.

—No sé, no estoy segura.

El abogado hace una pausa, mira la nota en sus manos. Me mira, me deja esperando. Se toma su tiempo, la tortura sabe mejor lenta. Se acerca, zapatos cafés como los del profesor West, debajo de la toga se asoma un traje a rayas. Asiente mientras caminas, se detiene directamente frente a mí y dice:

—Entiendo por qué no estás segura. Es una pregunta confusa, ¿verdad? Está el asunto de la llave adicional a la que tu madre asegura que tenías acceso, tu ADN en la ropa de Daniel y la hora de su muerte, posiblemente cuando estabas sola en la casa. Creo que dados los hechos presentados, tengo derecho, incluso la obligación, de preguntarte…

—Objeción, su señoría, la defensa está provocando —Flaco interrumpe.

—Denegada, pero insto a la defensa a formular su pregunta con cuidado.

El abogado asiente, pero algo en su postura, las piernas bien separadas, hombros hacia atrás, indica que lo último que quiere es formular con cuidado su pregunta. Busca la gloria. Va por mí. Me mira con ojos entrecerrados, inhala, se le infla el pecho. Su momento de Ulises. Después la hace, la pregunta que ha estado preparando.

—No fue mi cliente quien mató a Daniel ¿cierto? Dile a la corte qué pasó la noche de su muerte, di la verdad.

Nadie escucha mi respuesta, la ahogan una erupción de "objeciones" de Flaco y Gordo. Gritos de "objeción, su señoría, está intimidando a la testigo". Los dos de pie, los dos dicen, es menor de edad, no se le está juzgando. El jurado parece confundido, ya no tienen las plumas listas, ahora las mastican, un hombre en la fila de enfrente levanta las manos en un gesto de "quién sabe". June también está parada, ya no parece tan "estupenda" como de costumbre. A la única que no puedo ver es a ti. Apuesto a que estás sonriendo, disfrutando el caos que ocasionaste, que orquestaste.

Mentí.

Ésa era mi respuesta.

La repito.

—Mentí.

La tengo que decir otras dos veces, mentí, mentí, para que el juez levante la mano y silencie a la corte.

—Permitan que la testigo hable —dice.

Aquí está Mami, el momento que has estado esperando, cuando me desplomo. Cuando ganas.

—Mentí.

Nadie salvo el abogado defensor pestañea. No mueven los pies, no cruzan y descruzan las piernas, no toman nota. El abogado se me vuelve a acercar, apoya la mano en la madera frente a mí, un gesto amable, sólo que no es amigable, está hambriento. Quiere comer. Sopa de letras con las mentiras que me está sacando poco a poco, la testigo principal. Veo esa noche con mucha claridad, estuve ahí. Sé qué paso.

—¿Sobre qué mentiste? —pregunta.

Asiento, puedo contarle, está bien. Intenté ayudar a Daniel. Hice todo lo que pude. Quería que estuviera a salvo, mi querido, fuera de peligro. Cierto. Les digo que lo siento. Lo siento mucho. Cierto. Los rostros del jurado, perplejos. El de June. De mis abogados. Del juez.

—¿Sobre qué mentiste? —pregunta otra vez.

—Le mentí a Daniel cuando le dije por el agujero en la pared que todo estaría bien. Sabía que era una mentira, pero se lo dije de todas formas. Lo defraudé. Por eso mentí.

Empiezo a llorar, lágrimas saladas manchadas de rojo cuando la nariz me gotea. Percibo la decepción del abogado defensor, se le arruga un poco la cara. Aún no es hora de cenar, sabes.

Ahora vete a la mierda.

Quita la mano, me sigue mirando. Puede ver todo lo que quiera, pero no puede demostrar nada y ya se le acabó el tiempo, si continúa se meterá en problemas por acosar a un menor de edad, y lo sabe. Se aleja, se sienta y dice las palabras que tanto he esperado.

—No más preguntas, su señoría.

—En ese caso, la testigo puede retirarse.

Una ola. Pura. Me invade la tristeza cuando me piden que me vaya. No me muevo, miro a la pantalla. Quiero correr hacia ti, acurrucarme dentro de tu útero. Reescribir una historia en donde esta vez me ames con normalidad. Todo nuevo. El juez vuelve a hablar, June me hace una seña para que vaya con ella.

—Milly, te puedes ir —repite.

Él también está cansado. Su peluca de pelo de caballo, pesada. Caliente. Dice mi nombre, mi nuevo nombre, en voz alta.

Contra las reglas. Ella se da cuenta, como un sabueso tras un zorro.

—Se llama Annie.

Todas las cabezas giran en tu dirección. No suenas demente, como el monstruo que esperan. Suenas como una madre que se preocupa. Requiero de toda mi determinación, algo más, para no ir corriendo hacia ti. A la corte se le dificulta procesar el error del juez, los susurros se vuelven voces y van aumentando.

—Silencio en la corte —dice.

Toma más tiempo que antes para silenciar la sala; su poder, su credibilidad, menores. Aunque no el tuyo, sólo se requieren tres palabras tuyas. Tu voz, un nimbo que se cierne en el aire, cerca, amenaza con granizar. Una tormenta.

June me toma del brazo, me detengo para levantar el cristal y luego me conduce a la salida de la sala. Ya no escucho un coro, ninguna canción en mi mente, ahora es tu voz que dice mi nombre. ANNIE.

Regreso a la habitación color crema, también me sigues. Mike y Saskia me miran a la cara, la camisa.

—Me salió sangre de la nariz. Voy al baño a limpiarme.

—¿Quieres que te acompañe? —pregunta Saskia.

—No, gracias.

—Aquí te esperamos —agrega Mike.

Asiento.

La puerta del baño cierra con seguro, corre a la derecha. Meto la mano en el bolsillo, la turmalina negra. No puedo hacerlo en las costillas, camisa blanca. Me bajo los pantalones. Los muslos. Tengo que apretar con fuerza, con el borde áspero, no con el suave, me rayo la piel. Esculpo una A. Es como descubrir una droga o un azote. El dolor me lleva ahí, me lleva a ti.

A, DE ANNIE.

Sí, para ti siempre seré Annie, pero para los demás soy Milly. Siamesas dentro de mí, en guerra.

Buena.

Mala.

¿Estás orgullosa de mí? Seguí el juego, incluso pude haber ganado, Mami.

Cuando regreso a la sala de espera para familiares, June dice que junto con la corte, le dará seguimiento el trato que la defensa me dio. Mike los llama bastardos, sea o no su trabajo, dice. Está bien, le digo, ya se terminó. Saskia parece aliviada. June nos acompaña al estacionamiento y dice que las cosas van a concluir muy rápido, el veredicto podría hacerse público a principios de la próxima semana.

A esperar.

Más tarde en casa voy al estudio de Mike, quiere verme antes del fin de semana, comprobar si estoy bien después de lo de la corte. Cuando llego Phoebe está ahí, sigue castigada por desobedecer el toque de queda, el castigo de la fiesta se retrasó hasta después de la gira de hockey. Está negociando con Mike, intentando convencerlo de que la deje salir.

—Ay, es viernes, todos van a ir al cine.

—No, estás castigada hasta el lunes.

—Papá, estás siendo muy necio.

—Creo que la necia fuiste tú.

—¿Y tú nunca has cometido un error?

—Phoebe, no voy a volver a discutirlo. Dije el lunes y no quiero hablar del tema. Cariño, si no te importa, necesito ponerme al corriente con Milly.

—Sí, genial. Bien, papá. Muchas gracias.

Otra mirada asesina cuando pasa a mi lado.

Él cierra la puerta y dice, me temo que hoy no soy muy popular, y sonríe, me pide que tome asiento.

—No te quitaré mucho tiempo, ha sido un día muy cansado y te ves exhausta. ¿Cómo te sientes ahora que ya terminó?

—No estoy segura, todavía no parece real.

—Comprensible. Quería decirte lo orgulloso que estoy de ti y lo lamentable que me parece cómo te trató la defensa. En parte me siento responsable.

—¿Por qué? No fue tu culpa.

—No, pero tal vez te pudimos haber preparado mejor. Tal vez pudimos haber sido más sinceros contigo.

—¿Sinceros?

—June me llamó un fin de semana para avisarme que tu madre había dicho ciertas cosas sobre la noche en que Daniel fue asesinado.

La conversación que escuché cuando estaba en el nicho.

—Decidimos no contarte, los abogados no tendrían por qué haberlo abordado así.

—¿Qué cosas?

—Insensateces, el juez invalidó sus argumentos de inmediato. Me hubiera gustado que no pasaras por lo de hoy.

—Estoy bien, en serio. Me has ayudado mucho, Mike.

—Eso espero, y por lo menos ahora nos podemos concentrar en ti, en el trabajo que se requiere para ayudarte a sanar.

—¿Lo harás conmigo?

—Todo lo que pueda, sí.

—¿Todo lo que puedas?

—Milly, no te preocupes por eso hoy. Sólo necesitas preocuparte por dormir bien, lo mereces.

¿En serio?

Me quedo dormida rápido, dos noches de insomnio te obligan a hacerlo, a cerrar los ojos, te llevan a lugares a los que no quieres ir. Un niño pequeño al pie de mi cama, ojos bien abiertos y asustados. No puedo respirar, dice, no puedo respirar.

Sube ocho. Después otros cuatro.
La puerta a la derecha.

Juro decir la verdad, toda la verdad.

Y nada más que la verdad.

Ésta, junto con los planes que tenías para mi cumpleaños,

es la otra razón por la que me fui cuando lo hice.

Estabas trabajando, yo estaba sola en la casa, no a través

del agujero en la pared, sino dentro de la habitación.

Otra llave, sabía en dónde la escondías.

Su cuerpecito acurrucado en la cama, en la esquina.

Se movió cuando entré, cerré la puerta.

Piel pálida, por la falta de aire fresco. Ojeras,

preguntó por su mami. Sí. La verás pronto, le dije.

Sus ojos castaños, húmedos de alivio.

Lo abracé muy fuerte, le calenté la sangre.

Tu voz en mi mente, las cosas que le dijiste a su mami

para que ella te lo diera.

¿Susie, y si tu esposo te busca? ¿Y si lastima a tu hijo?

Peor aún. Tengo un contacto en Estados Unidos que trabaja en

adopción.

Una familia cariñosa lo espera, una vida mejor para Daniel.

No le digas a nadie.

Le di un osito de peluche, mío, mi nombre cosido en la oreja.

Cierra los ojos, le dije, pide un deseo. Le di la mano con fuerza

mientras pasaba lo peor, mientras sus pulmones se quedaban sin

aire.

Mientras lo asfixiaba.

Tú estabas afuera de la habitación cuando abrí la puerta,

volviste más temprano,

tu turno de asomarte por el agujero en la pared.
Me viste como nunca lo habías hecho.
Ésa es mi niña, dijiste. Orgullosa.
Mami, nunca te dije que lo hice por salvarlo.
No para complacerte.
Cuando dije que le conté todo a la policía, casi todo.
Era cierto.

29

Fue por cómo lo dijo ayer domingo, cuando habíamos terminado de almorzar con Mike y Saskia y estábamos subiendo a nuestros cuartos. Por cierto, ¿cómo estuvo tu operación?, preguntó, ¿qué tenías? Estuvo bien, gracias, pero preferiría no hablar de eso. Ella sonrió, asintió, debe ser difícil para ti, no poder hablar de ciertas cosas, de *muchas* cosas. El énfasis en "muchas". Una sensación incómoda, una semilla plantada en mi estómago. La caja de Pandora abierta un poquito. Lo sabe. ¿Qué sabe? ¿Cómo puede ser? Mike y yo hemos sido muy cuidadosos, ¿o no?

Hoy es el último día para inscribir portafolios en el concurso de arte, el ganador se anunciará la semana próxima. Lo primero que hago cuando llego a la escuela en la mañana es enviarle un correo a MK. Acordamos vernos en la tarde y cuando llego me dice que voy un poco retrasada.

—Los otros concursantes terminaron la semana pasada mientras tú… no estabas.

No quiero ser paranoica, pero la pausa, el espacio que dejó antes de terminar su oración, como si dudara en dónde estuve o lo que hice. Lo estoy imaginando, eso es, igual que con Phoebe. Seguro.

—¿Por qué no sacas todos tus dibujos en el orden que los hiciste y seleccionamos los cinco que necesitas?

Mientras extiendo tus dibujos pienso que el juicio sigue su curso, tú, sentada en una silla, esposada, te espera toda una vida en prisión, sin contacto conmigo. No llevas bien las pérdidas. Perder a Luke cambió todo, tus deseos se volvieron más siniestros, más fatales. Te aburriste conmigo, secuestraste a Jayden, el primer niño, a menos de un año de que Luke se fuera. El amor es un lubricante y, aunque torcido, lo obtenías de nosotros. ¿Ahora en dónde lo conseguirás? Puede ser que obligues a la mujer en tu celda a morderse la lengua. Siempre hay posibilidades, decías, oportunidades para hacer maldades.

La voz de MK interrumpe mis pensamientos.

—Guau, ahora que todos están extendidos se puede apreciar.

—¿Apreciar qué? —le pregunto.

—El viaje, como si cada uno fuera una pieza en un rompecabezas.

Después pregunta algo raro.

—¿Te sientes más segura ahora que te quedas con los Newmonts?

Los dibujos están muy disimulados, cara borrosa, ojos de otro color. No es posible reconocer al sujeto, estoy segura.

—No entiendo a qué se refiere.

Sacude la cabeza y dice:

—No importa. Yo elegiría esos dos, sin duda, ese de allá y tú escoge los otros dos, tal vez unos que exhiban la intensidad en el uso de las sombras.

Alguien dice buenas noches cuando pasa por la puerta. MK dice, espera, ¿Janet, eres tú? Pero se abre y se cierra la puerta del pasillo, no pudo haber escuchado.

—Dame un segundo, necesito decirle algo —dice.

Cuando ella se va, el salón se siente solo, menos atractivo. Elijo los últimos dos dibujos y me encuentro caminando hacia su escritorio, su agenda, abierta. Un Post-it: *pedir más barro*. Su caligrafía es gloriosa, muy barroca. Encantadora. Las *r* de barro muy sinuosas, envuelven a las otras, un abrazo de tinta. En la última página de su agenda se asoma la parte gruesa de una tarjeta. Color crema. Caligrafía dorada al frente. La saco. Una invitación de boda, nombres que no conozco, pero no me interesan los nombres sino otra cosa, el sobre debajo de la invitación. Lo volteo, una dirección, la dirección de MK. Sé en dónde está su calle, he pasado por ahí con Morgan. Regreso el sobre y la tarjeta a su lugar, escucho que se abre la puerta al final del pasillo y regreso a mis dibujos.

—Lo siento, ¿ya tomaste una decisión?

—Sí, estos cinco.

—Qué buena elección, será difícil ganarles, eso seguro. Janet me recordó que la galería Muse en Portobello Road tiene una exposición fantástica de dibujos en carboncillo ahora mismo. Es una pena que hoy sea la última noche, creo que te hubiera gustado.

—¿Todavía podemos ir, no? ¿Hoy en la noche? Tendría que pedirle permiso a Mike, pero no le importaría si es para la escuela.

—Quise decir para ti, tú deberías ir. No quise decir que fuéramos juntas.

—Ah, ok, lo siento, suena increíble, pero no creo que Mike me deje ir sola.

Ansioso, un poco sobreprotector desde la corte, me quiere en casa todas las noches hasta que se anuncie el veredicto.

—Me encantaría ir, maestra Kemp, sobre todo después de la operación de la semana pasada.

—Sí, ¿cómo salió todo, por cierto?

—Bien, ya terminó.

—Algo positivo, por supuesto. No te prometo nada porque hoy en la noche tengo planes, pero puedo intentar darme una vuelta por la galería como a las siete. No me importaría aprovechar para ver la exposición. ¿Por qué no vas con Mike y si nos encontramos, genial?

—Sí, claro, le pregunto. ¿Llegará a las siete?

—Lo intentaré.

Mike se ofrece acompañarme a la galería, digo no, está cerca y caminando. Omití la parte de quedar con MK, le conté que todos los concursantes del premio de arte iban a ir. Al principio no estaba seguro, pero lo convencí, soy buena en eso. Después de todo lo que ha pasado, argumento. Asiente. Entiende.

Antes de salir, se asegura de que lleve mi teléfono, me dice que me veo bonita, incluso más madura. Espero no haberme equivocado, no haber elegido el vestido inapropiado. Espero afuera de la galería, creo que será agradable entrar juntas. Entra y sale gente, como llegué un poco temprano, cuando dan las siete con diez, llevo casi veinte minutos parada, apenas siento los pies, me pego el abrigo de la escuela al cuerpo. Reviso mi teléfono, lo cual no tiene ningún sentido porque ella no tiene mi número ni yo el suyo.

Cuando dan las siete con veinte, intento mantener la calma, me tranquilizo pensando que llegará un poco tarde, cuando llegue me envolverá con su caos artístico y me sentiré mejor. La puntualidad y la disciplina son la clave del éxito, decías, pero no quiero pensar en ti.

—MK no se parece nada a ti.

—¿Cómo?

Me doy cuenta de que hablé en voz alta cuando un trío de mujeres sale de la galería y pasa a mi lado. Balbuceo una respuesta, digo que estoy practicando mis diálogos. Sonríen al recordar sus días de escuela, a juzgar por sus sonrisas, tiempo atrás. O porque el tiempo diluye los malos recuerdos, como espero haga con los míos.

Miro mi teléfono, veinticinco para las ocho. No va a venir, ahora lo sé. Cuando llego a casa, voy directo a mi cuarto, abrazo una almohada. Quiero el cojín de la oficina de Mike, azul, muy suave.

Me susurras al oído, me recuerdas que eres mi mami, que lo que hizo MK estuvo mal. Me cubro la cabeza con la colcha, pero de todas formas tus palabras se filtran y luego de un rato te empiezo a escuchar, empiezo a estar de acuerdo contigo. Tienes razón, sé que la tienes, lo que hizo MK no estuvo bien.

Te escucho cuando respondes, la emoción en tu voz.

ÉSA ES MI NIÑA, ANNIE, ¿QUÉ VAS A HACER?

DIME, ¿QUÉ VAS A HACER?

30

El veredicto se pronuncia el miércoles, menos de una semana después de haber ido a la corte. Reviso mi teléfono como siempre de regreso de la escuela, tres llamadas perdidas de Mike en la última media hora. Me conecto a la página de la BBC, tu foto. La palabra: sentenciada.

Culpable.

Culpable.

Culpable por doce.

Te culpan por los nueve homicidios, el juez dictó la sentencia de inmediato. De por vida, sin posibilidad de libertad condicional. Mike me espera en la entrada, la abre cuando llego. Asiento para que sepa que ya vi las noticias. Dice, pasa, shh, está bien.

Pensé que estaría alegre, aliviada. Que después de que terminara el juicio podría olvidarme de lo que le hice a Daniel. Lo hice para ser buena, para salvarlo, aun así me hace sentir mal. Me hace igual a ti.

Saskia viene al vestíbulo, me acaricia entre los omóplatos.

—Lo siento, Milly, por lo menos ya terminó y podemos planear tu cumpleaños.

Cuando levanto la cara veo que Mike le dice no con la mirada. Demasiado pronto. Ella se pega en la cabeza, decepcionada por equivocarse. Otra vez.

—Cuando estés lista, Milly —ella dice y se va.

Mike me pregunta si quiero ponerme al corriente, él está entusiasmado, apuesto a que quiere escribir el próximo capítulo de su libro. El día del veredicto. Le digo no, quiero estar sola.

Me siento en el piso, recargo la espalda en la cama. Pienso en ti. En el tiempo que pasamos juntas. Cuando te sentabas en tu silla, sin ropa interior. Un programa de asesinos, camaradas, decías, aunque yo soy mejor que ellos, a mí no me van a atrapar. ¿Cómo? Protestabas por su incompetencia, sus defectos. Es porque son hombres, decías, ser mujer me da protección y a ti también, la ayudante de Mami.

La prensa, el nombre que te dan, lo habrás oído y habrás visto tu cara en la primera plana de los periódicos. Tu apodo, mi libro favorito, escrito en negritas:

LA ASESINA DE PETER PAN

Creo que te gustará, el espíritu es apropiado. De todas formas ya no está en tu poder, ahora estás bajo llave. Los detalles adicionales que le di a la policía se debieron haber filtrado a la prensa. Las palabras que susurrabas a cada cuerpo inerte que yacía en la habitación, arropados para dormir. Para siempre. Eso te pasa por abandonar a tu mami, tu voz, salía de tus dientes tensos, mientras les siseabas al oído pese a que ya no te podían escuchar. Intenté decir que no había sido su culpa, que sus mamis los habían entregado. No, no, no, me gritabas, yo no entregué a mi hijo, me lo quitaron. No son Luke, dije, no lo puedes sustituir. Me pegaste hasta dejarme moretones por mencionar su nombre.

Me pegaste.

Más perturbador que el dolor es el amor cuando es retorcido. Los arrullabas en tus brazos, los dejabas en su lugar como si fueran a romperse, más, o de nuevo. Seis niños. Daniel fue el séptimo pero no fue tuyo. A su manera, seis pequeños príncipes, envueltos en mantas, piyamas nuevas siempre. Dos niñas pequeñas. No te gustaban las niñas. No me molestes hasta que haya terminado, solías decir. ¿Terminado de qué?

De despedirme.

Siempre era lo mismo. Los rituales, ponerle la piyama a los niños. Luke estaba en piyama la noche que se lo llevaron cuando descubrieron que había sido él quien había incendiado la oficina de correos del pueblo, por fortuna el departamento de arriba había estado vacío. Tenía once años.

Los saludos son importantes, así empezamos, pero robar un adiós, no darte la oportunidad de cargar a Luke una última vez antes de que se lo llevaran. Para ti ése fue el pecado definitivo.

Me interrumpe la puerta de mi cuarto, se abre y entra Phoebe. No dice nada, se queda parada, me mira fijamente.

—¿Qué me ves? —pregunto.

Ella no contesta. Pirañas diminutas me carcomen por dentro.

Ni todos los caballos ni hombres del rey.

Me mira otro poco, después retrocede y sale despacio del cuarto, ni siquiera se molesta en cerrar la puerta.

Me reúno con Mike después de cenar, me pregunta cómo me hizo sentir el veredicto. Nauseabunda, le digo, no lo esperaba. Habló con June, quería todos los detalles de lo que había ocurrido en la corte, me pregunta por qué nunca le dije a nadie que me quedé sola con Daniel. Tenía miedo, respondo, sabía que mi mamá intentaría culparme. Qué hay de ti, pregunta, todavía te culpas. Sí, respondo, siempre lo haré. ¿Por qué?, insiste. ¿Por qué no?, contesto. Me mira de forma extraña, me escudriña, pero no insiste.

Más tarde saco el resto de mis dibujos, los que no van a concursar. No puedo explicar por qué me tranquiliza mirarte.

Pero es así. Lo que no me tranquiliza es sentir que Phoebe me vigila. Entra a mi cuarto, me mira.

Me duele, pero rompo los dibujos hasta que de ti no queda nada más que una pila de ojos, labios y orejas. Quiero superarlo, quiero una casa normal con cosas normales. Una vez Mike me preguntó qué quería de la vida. Aceptación. Ésa fue mi respuesta. Aceptar de dónde vengo y quién soy, poder creer y demostrar que puedo desenmarañar mi corazón, esa figura extraña que deformaste. Y así será, respondió Mike, sólo espera. Aunque no sabe qué tan extraña es esa figura. Recojo los dibujos rotos, los tiro en el bote de basura del baño. Más o menos una hora después los saco, los pego con cinta.

El mensaje de Morgan me llega después de medianoche, ¿estás despierta?, pregunta, necesito verte. Le digo que venga al balcón y cuando llega se ve más pequeña que de costumbre, se encogió una o dos tallas. Abro la puerta. Se cuela el aire frío, el invierno, ese bufón, se acomoda en cada esquina y se pone a bailar. Se burla. Morgan tiene la boca ensangrentada e inflamada, la piel de la frente, a la izquierda, rasguñada, parece una alfombra quemada. La tomo de la mano y la meto, cierro la puerta con llave. Me aseguro dos veces.

—¿Qué pasó?

Sacude la cabeza, movimientos pequeños y rígidos, con la mirada clavada en el piso.

—No sabía a dónde ir —responde.

Sus dedos recorren el aire frente a ella, ata y desata nudos imaginarios. Me acerco a la lámpara del buró, la prendo. Tiene los jeans manchados y emana un olor salado y agrio, un indicio de alcohol en su aliento.

—¿Tienes otras heridas?

Se limpia la nariz con la manga y le vuelve a gotear, un chorro de líquido claro se le mete a la boca. La barbilla le empieza a temblar. No hay lágrimas. La impresión de lo que pasó las contiene. Levanto la caja de pañuelos del piso.

—Toma.

Levanto el brazo para aventárselos, ella se encoge, temerosa. Bajo la mano, quiero decirle, soy yo, no tengas miedo, pero recuerdo que ya la he lastimado.

—Te puedes quedar aquí.

Ella sacude la cabeza.

—Sí, te ayudaré, te sentirás mejor.

—¿Y si entra alguien?

—No, están dormidos.

Saco una piyama de mi cajón, una de algodón suave. Me castigarías por cuidarla, no es un niño, dirías, las niñas no necesitan cuidados. No, respondería yo, no es un niño pero es importante para mí.

La luz de la lámpara es tenue, pero cuando le ayudo a quitarse la blusa, se empiezan a marcar los moretones, una marca, la silueta de un zapato a un lado de sus costillas. Apoyo sus manos en mis hombros, me agacho, le levanto una pierna para quitarle los pantalones y ponerle la piyama. Me enderezo, sigue apoyando las manos en mis hombros. Nos quedamos así un rato, mirándonos. Yo me quito, junto su ropa en una pila y la pongo en la silla junto al balcón.

—Siéntate en la cama, te traeré una toalla para la cara.

Hace un gesto de dolor cuando le limpio la sangre de la inflamación alrededor de la boca.

—¿Quién fue?

—Ojalá estuviera muerto —contesta.

—¿Quién?

—Mi tío.

Se suelta a llorar, la abrazo, nos mezo hacia adelante y atrás y empiezo a tararear. *Naranja dulce, limón partido…* Su respiración se tranquiliza, deja de llorar.

—Me encanta esa canción.

—Lo sé, acuéstate, necesitas descansar.

Lo hace sin protestar, voltea hacia mí y sube las rodillas al pecho. La tapo con la colcha, una cobija extra. Cierra los ojos. Quita una de las almohadas y la tira al piso.

—En mi casa sólo tengo una.

Me siento a su lado en la cama, veo cómo se le contrae y relaja la cara mientras intenta olvidar lo que pasó. Deberías estar segura, Morgan, querida, fuera de peligro. No puedo ayudarle con su tío, pero ella es diferente. Fuera de peligro, eso puedo hacer. Levanto la almohada, pienso en lo mucho que le gustaría Nunca Jamás, un lugar en donde nacen los sueños y el tiempo nunca pasa, pero se mueve, se talla los ojos, puños cerrados como los niños pequeños cuando están cansados, me pregunta qué hago.

—Nada, la estoy colocando en la cama.

—Mil, ¿aquí estoy segura, verdad?

—Sí.

—Qué bueno —responde en voz bajita.

Cuando me despierto en la mañana ya no está. Piyama en la cama, una pila diminuta.

31

Hoy en la mañana no vi a Phoebe en casa, pero cuando entro a la asamblea de los jueves, a las primeras que veo son a ella y a Izzy. Me siento en la fila detrás de ellas, un par de asientos a la izquierda, escucho las conversaciones alrededor, atenta a cualquier pista que indique que la gente ya se enteró, pero es lo de siempre. Cortes de pelo y chicos, planes para Navidad, quién necesita boletos para la obra. Empieza el órgano, nos paramos cuando los profesores entran al escenario. Una niña, creo que de segundo secundaria, hace una presentación sobre "la generosidad", los actos buenos que podemos hacer durante la época festiva para ayudar a los menos afortunados. Le aplauden con entusiasmo. La directora James se pone de pie para dar los anuncios semanales, habla de la remodelación de la sala de estudiantes de último año, si alguien está interesado en recabar fondos, por favor acuda con la señora McDowell en la oficina administrativa. Se detallan un par de cosas sobre el orden de las representaciones de la obra y el último anuncio es:

—La ganadora del Premio de Arte Sula Norman de este año es Milly Barnes de primero de preparatoria.

El aplauso es desganado, pero mejor que nada. La directora James dice que mi nombre se grabará en oro en el cuadro de premios de las escaleras que conducen al Gran Salón y que busque a la maestra Kemp para los demás detalles. Me siento incómoda, no por el halago público sino porque no he visto a MK desde aquel día que se suponía que nos encontraríamos en la galería. Y porque siento la mirada de Phoebe. Cuando la miro, voltea inmediatamente.

MK me encuentra en la biblioteca en el almuerzo, intento trabajar en un ensayo de historia, pero he leído la misma frase una y otra vez. Sonríe al acercarse.

—Felicidades, tenía el presentimiento de que ganarías. A los padres de Sula y al propietario de la galería les encantaron tus dibujos, la decisión fue unánime.

—Gracias.

—Deberías estar muy orgullosa, en especial con todo lo que ha…

Se detiene pero es demasiado tarde, su expresión, las señales delatoras: se ajusta cada capa de cuentas en el cuello, después los anillos.

—¿Todo lo que ha qué?

Se sienta a mi lado. Hice bien en sospechar cuando la vi el lunes.

—Por eso no llegó.

—¿A dónde? —pregunta.

—A la galería. Dijo que nos veríamos a las siete, esperé más de media hora.

—¿El lunes? Ay, Milly, dije que intentaría llegar, pero que no podía prometerte nada.

—Está bien, entiendo.

—Mi amiga llegó más temprano y salimos. Lo olvidé, lo siento.

Ella inhala por la nariz, exhala despacio, se le inflan las mejillas. Se inclina cerca de mí, el aroma a lavanda.

—Milly, presentía que pasaba algo. Los dibujos, los correos, el regalo que intentaste darme, tu ausencia de la escuela.

Hablé con la profesora James y terminó contándome, bueno, de dónde vienes.

Cuento los libros en la repisa sobre su cabeza, llego a once, luego dice:

—Sé lo de tu mamá, Milly.

—Por eso no quiso ser mi asesora.

—De ninguna manera, pero hubiera sido útil que lo supiera.

—Firmó sus correos MK.

—Lo siento, no entiendo.

—Creí que se preocupaba por mí.

—Sí me preocupo, pero firmo todos mis correos MK, llevo años haciéndolo. Lamento si te confundí. De haber sabido hubiera tenido más cuidado.

Aparece un banner en la esquina superior derecha de mi laptop, la alerta de un correo: "Nueva publicación en el foro de primero". Doy clic en el vínculo, se tarda, se está descargando una imagen.

La imagen es una foto tuya.

El título: "Din-don, la Bruja Malvada que DEBERÍA estar muerta".

Debajo, dos íconos de pulgares. Uno hacia arriba, el otro hacia abajo. Vota si estás de acuerdo. Hasta ahora diecisiete votos. Un dedo, redundante.

Cierro la tapa de mi laptop de golpe, me paro, mi silla se tambalea, cae con un estruendo. Muévete. No puedo. Camina. No puedo.

MK se para, pregunta:

—¿Milly, qué pasa?

Bruja malvada. DEBERÍA estar muerta. Din-don. Tú. Tú deberías estar muerta, por eso están votando y sé quién sigue.

La bibliotecaria se acerca y pregunta si está todo bien.

—No estoy segura, ¿Milly? ¿Estás bien?

—Tengo que irme.

—¿A dónde? ¿Qué pasó?

—No puedo hablar, lo siento —digo, junto mis cosas y me voy.

—¿Sientes qué? ¿A dónde vas? Ni siquiera hemos hablado del premio.

Voy directo a la enfermería, mientras camino, una máquina de escribir oculta en mi mente va escribiendo estas palabras: Phoebe sabe, Phoebe sabe.

Y pronto todos se enterarán, si no es que ya saben.

—Enfermera Jones, no me siento bien, ¿podría irme a mi casa?

—Te ves algo demacrada, ¿alguna idea de qué pueda ser?

—Creo que migraña.

—Sí, recuerdo haber leído en tu historial médico que padeces migraña. Tengo que llamar a los Newmonts, son tus tutores, ¿cierto?

—Sí.

El sonido del reloj de pared es suave, el ritmo es como un trance, similar al de mi cuarto esa noche que llegó la policía. Tengo la misma sensación que entonces, la espera, desear que se termine. Sólo que esta vez no sé qué terminará.

—Está bien, hablé con el señor Newmont. Él y su esposa estarán en casa en una o dos horas, mientras tanto el ama de llaves está ahí. ¿Puedes caminar?

Asiento.

—Bien, que te mejores, descansa y toma muchos líquidos.

Sevita me está esperando cuando llego.

—Hola, señorita Milly, ¿quiere almorzar?

—No, gracias, me voy directo a la cama. No me siento muy bien.

—Ok, estoy en el cuarto de lavado.

Veo que se persigna cuando se retira, un Ave María. Una plegaria para mí o para ella. A solas. Conmigo.

Doy vueltas en mi cuarto, necesito pensar con claridad. ¿Acaso Phoebe sabe? ¿La publicación del foro estaba dirigida a mí o es un juego enfermo en respuesta al veredicto del juicio? Esquinada. Yo. Sin salida. Huye. Huye. ¿Si corriera a dónde iría? Alguien como yo no tiene a dónde ir.

Tengo que descubrir si Phoebe o alguien más sabe. ¿A quién le pudo haber contado? ¿A Clondine? ¿A Izzy? Tal vez a todas las chicas de mi año, pero me encontré a algunas cuando salí de la escuela y no pasó nada. Hubieran dicho algo si hubieran sabido. Me siento en la cama, intento apaciguar mi mente, mientras siento que la arena del reloj se está acabando. Me paro, vuelvo a caminar. Piensa, carajo, piensa. Cuando veo la esquina superior de mi laptop asomándose por mi mochila se me prende el foco.

No debería abrir la puerta que abro, no es la mía. Una de las reglas de la casa, los cuartos son privados, está prohibido entrar sin el permiso del dueño. Mike. Su idea de una utopía doméstica, pero no hay nadie a quién preguntarle así que yo misma me doy permiso. Su cuarto es un cliché. Ya había entrado en las vacaciones. Pósters y color rosa, un aroma dulce en el aire. Algodón de azúcar. Caramelo. Azúcar y flores. Polaroids de ella y sus amigas pegadas con tachuelas azules sobre su escritorio. Una serie de lucecitas en forma de corazón cuelgan por encima de los pies de su cama. Una gruta. Un trineo para una princesa, una reina de hielo. En su buró tiene varios tubos de brillo labial parados como piedras de Stonehenge, nunca sabes a quién te encontrarás en sueños. Yo sí.

Encuentro lo que estoy buscando en el cajón central de su escritorio. Qué suerte, se la podría haber llevado a la escuela pero sé que casi nunca lo hace, prefiere su teléfono, ahí está casi toda la acción. Abro su computadora, la prendo, tiene su cuenta de correo abierta, un nuevo mensaje. No puedo arriesgarme a leerlo, sabría que lo abrí, pero leo los más recientes entre ella y Sam, en los que le cuenta que está sola, que odia su vida, que desearía vivir con él en Italia. El último se lo mandó anoche, menciona unas notas sobre mí que encontró en el estudio de Mike. Dice que cree que tengo algo que ver con la asesina de Peter Pan, que está supercañón porque me parezco a ella.

El mensaje sin leer es su respuesta. ¿Qué dijo él? ¿Qué hará ella?

Pongo la laptop en donde la encontré, salgo y cierro la puerta, camino por el pasillo hasta mi cuarto. Me acuesto en mi cama hasta que oscurece afuera. Hasta que la migraña disminuye y ya no se extiende a la nuca o me pincha la espalda superior. Me volteo, abro los ojos, ya me duele menos la cabeza, pero cuando miro alrededor de mi cuarto mi corazón duele más. ¿Qué hará Phoebe? ¿Qué pasará conmigo? ¿A dónde iré?

No puedo quedarme quieta, así que bajo. Saskia y Mike están hablando con Phoebe en el cuarto de estar. Busco pistas de qué les ha dicho que cree saber, pero nada parece inapropiado.

—Ves, Mike, está bien, no hay razón para estresarte por salir —dice Saskia.

Phoebe no hace contacto visual conmigo, se va casi en cuanto llego.

—¿A dónde van? —pregunto.

—Los Bowens nos invitaron a cenar, pero como no te sientes bien, pensé que mejor podíamos quedarnos.

—Ahora que descansé me siento mejor.

Tal vez si salen, podría hablar con Phoebe, razonar con ella, convencerla de que tú y yo somos diferentes.

—No estoy seguro de que debamos ir, has tenido que lidiar con mucho últimamente —dice Mike.

—Estoy bien, en serio, me voy a poner al corriente con mi tarea.

—Me gustaría que nos dijeras si no te sientes bien, Milly, para eso estamos aquí.

—Mike, dijo que se sentía bien. Ya cancelamos la última vez, deberíamos irnos.

Mike asiente, dice, parece que son mayoría. Cuando se ponen los abrigos, él demora su partida, una serie de tácticas para perder el tiempo, acomoda el correo en el estante cerca de la puerta, usa su pie para reacomodar la pila de zapatos en el piso, comenta que al porche le hacen falta mosaicos nuevos.

—¿Tomo las medidas rápido? —insiste.

—No, ya es tarde, vámonos —dice Saskia.

No es instinto maternal, pero él lo siente, cierta tensión en la casa. Hace un último intento.

—Rosie necesita salir.

—Una de las chicas puede hacerlo —responde Saskia.

—¿Estás segura de que no te importa que vayamos, Milly?

—No, está ben.

—El teléfono de los Bowens está en el pizarrón, llámanos si necesitas algo, cualquier cosa —dice antes de salir.

No sé qué hacer. Si subir al cuarto de Phoebe, tocar la puerta. Preguntarle si podemos hablar, pero no estoy segura de qué diría. Me siento en uno de los sillones en el cuarto de juegos para pensar, con Rosie a mis pies. Sus oídos agudos lo oyen primero. Se sienta, ladea la cabeza, escucha los pasos de Phoebe mientras baja las escaleras. Llama a Rosie, pero el perro no se mueve. La vuelve a llamar, esta vez más impaciente. Enérgica.

—Está conmigo —respondo.

No contesta de inmediato, debió haber creído que yo estaba en otra parte. Después, sin entrar a la habitación, dice:

—Necesita salir, mamá me acaba de mandar un mensaje.

Rosie se para cuando escucha lo de salir, sale al vestíbulo para reunirse con Phoebe.

—Mierda, yo la saco entonces.

Cuando entra al cuarto de juegos me ignora, camina a la puerta del patio y la abre. Rosie la sigue pero no le hace caso, se queda sentada frente a la puerta abierta.

—Fuera, ahora.

Sigue sin moverse, así que Phoebe la agarra del collar y la arrastra hasta sacarla al patio. Se prenden las luces de seguridad. Se queda afuera aunque no lleva puesto un abrigo y sé por el aire que se filtra que está helando. Cuando Rosie termina, Phoebe la mete, cierra la puerta, la mirada perdida en el teléfono. La mía, en ella. Es ahora o nunca.

—Phoebe, ¿puedo hablar contigo?

Levanta la vista de su teléfono pero le cuesta mirarme directamente a los ojos, mira para todos lados.

—Depende.

—Sé que no nos hemos llevado muy bien que digamos, pero me gustaría cambiarlo.

—No tiene caso.

—¿Por qué?

—No te vas a quedar mucho tiempo.

—Me gustaría quedarme lo más que pueda.

—No te toca decidirlo, ¿o sí?

Me paro, ella me mira y pregunta:

—¿Qué haces? Va a venir uno de mis amigos, ya está por llegar.

Tiene miedo, no quiero que lo tenga. Quiero decirle que juntas podríamos dominar el mundo, un equipo para morirse, lamento el juego de palabras. Pasa a mi lado, se acerca a la puerta y antes de irse, agrega:

—Antes de que te des cuenta, mi papá meterá a otro cabrón en tu cuarto. Será como si nunca hubieras existido.

32

Al día siguiente cuando salgo del patio de la escuela, me cruzo con Phoebe, Clondine e Izzy. Clondine sonríe pero las otras dos se voltean. ¿Cuánto tiempo me queda antes de que las sonrisas y los desaires se conviertan en miradas fijas y señalamientos? Es ella, puedes creerlo, la hija de la asesina de Peter Pan.

Cuando llego a casa me encuentro con Mike y Saskia. Qué coordinación, dice él, queríamos hablar contigo antes de que empiece el fin de semana. Saskia no me mira a los ojos cuando nos sentamos. Mike ofrece poner la tetera, ninguna responde.

—Sas y yo queríamos decirte que estamos muy orgullosos de ti, de lo que has logrado. No conozco a muchos adolescentes que hubieran salido adelante pese a tanta presión y de modo tan maduro, pero ahora que ha terminado el juicio, necesitamos hablar de lo que depara el futuro.

Dos días, sólo han pasado dos días desde el veredicto. No. Podían. Esperar. Para deshacerse de mí.

—June y el equipo de trabajo social han estado buscando un lugar permanente para ti. Creen haber encontrado una familia que vive en el campo cerca de Oxford, mucho espacio y campo y dos perros, creo. Aunque no se ha confirmado, obviamente los conocerías y verías cómo se llevan, pero parece muy prometedor. ¿Qué opinas?

—Parece que mi opinión no cuenta.

—No queremos que te sientas así, estamos buscando lo mejor para ti.

—¿Cuándo me voy?

—Milly, por favor no reacciones así —dice Mike.

Cruzo los brazos, me siento las cicatrices. Miro a otro lado.

—Nos gustaría mucho que celebraras tu cumpleaños con nosotros y que termines la escuela, hay que pensar en algo para celebrar el premio del concurso de arte.

Demasiado tarde, para entonces todos lo sabrán. El gato. Fuera de la bolsa.

—Me siento tan estúpida.

—¿A qué te refieres? —pregunta Mike.

—Creí que les caía bien.

—Claro que sí y mucho —responde Saskia.

—Sas tiene razón, pero la intención nunca fue que te quedaras para siempre, hablamos de eso en el hospital, ¿recuerdas?

La intención nunca fue que esto fuera permanente por Phoebe. Azúcar y flores y muchos colores.

—Como dijimos, nada está dicho, pero vamos a arreglar una visita preliminar con la familia en Oxford, incluso el próximo fin de semana.

Creen que cuanto antes mejor.

A primera hora de la mañana tengo la mente despejada por una vez. En mi interior no se libra ninguna batalla contradictoria. Supongo que desde hace tiempo he sabido que no pertenezco. Que no encajo. También desde hace tiempo he sabido que no hay lugar para alguien como yo. De haberlo sabido antes de abandonarte, me hubiera quedado, acurrucada en un seno que no necesariamente brindaba amor, pero sí un lugar familiar. Dios los cría.

Saco el calcetín de mi cajón de ropa interior, vacío en mis manos las pastillas que he estado ocultando, meses de engañar a Mike. Entro al baño, las pongo en el piso, también traigo mi laptop, le pongo seguro a la puerta, no puede abrirse por fuera. Miro las pastillas, estoy segura de que son suficientes. Me siento con la laptop en las rodillas, una carpeta oculta en mis documentos titulada:

Tú.

Agarro unas pastillas, me las paso con un trago de una botella de agua medio vacía que dejé en el lavabo. Veo videos de cuando llegaste en la camioneta. Ventanillas, polarizadas como las del coche de Mike cuando también fuimos a la corte. El siguiente video es el último día del juicio. Veredicto. Culpable por doce. La multitud emergió cuando la camioneta que te transportaba salió del tribunal, la prensa con sus cámaras en alto. Me tomo otro puñado, una mezcla de pastillas azules y blancas y un par de rosas. Después de una o dos horas, la habitación se torna afelpada, mi cuerpo lleno de arena, resbala un poco por la pared. Me dan ganas de reír, puesta por las drogas, pero no recuerdo cómo ni cuándo fue la última vez que lo hice.

Me tomo las pastillas que quedan, un buen puñado. Sobre todo rosas para que los niños no parpadeen pero también para no tener que pensar, nunca más. Tomo un trago de agua, boca seca, un caracol hecho de gis está paseando por mi garganta. Esta vez sí quiero verme al espejo, quiero verte antes de irme, pero mis manos se resbalan y el espejo se derrite. Puntos brillantes de luz. Estrellas fugaces. Pide un deseo, no tiene caso. Estoy cansada, tan cansada.

Me meto a la cama, no, creo que es la tina. La cortina del baño se mueve en mi mano, necesito taparme rápido, tiene listo el teléfono, ella me toma fotos, recuerda. Catorce mosaicos en el piso del baño, los conté la noche anterior al inicio del juicio, cuando no podía dormir. Mi cabeza cae en mi pecho, un sitio de descanso, una panza llena de pastillas.

Me jalan, de las piernas.

Me jalan de abajo.

Sube ocho. Después otros cuatro.
La puerta a la derecha.

Ahora que estoy muerta van a encontrar las cosas que oculto.

Tus dibujos pegados con cinta.

Enferma, así me llamarán. Tal para cual.

También hay otras cosas.

La primera por accidente, limpiaba el cuarto de rodillas.

Un cubo de azúcar en el piso. No. Un diente de leche

de un niño.

Fue a parar a mi bolsillo.

Después busqué, hurgué. Esto y aquello, ropa, una cosa

de cada uno

de los nueve, una obsesión propia que guardé de

contrabando en mi bolsa

la noche de tu arresto.

¿Por qué los conservé?

Ningún tesoro para las hadas, no bajo mi almohada.

La respuesta: era mi forma de cuidarlos.

Jayden. Ben. Olivia. Stuart. Kian. Alex. Sarah. Max. Daniel.

Nueve cositas a las que quería ayudar.

Nunca supiste que las guardé.

Nadie lo supo.

33

Tubos.

Dentro de mí.

Luces.

Arriba.

Garganta seca, me ahogo. Una aguja en el dorso de mi mano, en forma de mariposa. La cara mojada, un pequeño torrente. Lágrimas. No quiero llorar, para qué. Siente. El temor. Nada que temer. No temas a nada. Teme a todo.

¿Hay alguien ahí?

Manos frías chocan con mi piel. Me tocan suavemente. Me dan la vuelta. Unos dedos me abren los ojos. Una luz cegadora, una lámpara del tamaño de una pluma se abalanza sobre cada pupila. Una voz con acento narra la historia de la sobredosis de una adolescente, estómago lavado. Intento de suicidio. Múltiples pastillas. Afortunada.

¿Les parece?

Un idioma de números y letras, sangre y cosas. Cosas y sangre. Se debate. Una bata blanca, un portapapeles en los brazos, mira una gráfica. Hace una pausa.

Aumentar los sedantes, dice la bata blanca.

Me vuelven a jalar por debajo.

La próxima vez que despierto, Mike está a mi lado. Se fuga aire de mi corazón, un globo se desinfla. Él está destrozado, su cuerpo inclinado sobre la cama. Yo no puedo hablar, he perdido la voz, he perdido más que eso. Le puedo apretar la mano, levanta la vista.

—Milly, estás despierta. Gracias a dios que estás despierta.

Intento responder, disculparme porque no me pudo reparar, me odio, estoy mal por dentro.

—No intentes hablar, necesitas descansar —dice.

Estira el brazo sobre mi cabeza, presiona un botón. Mis pupilas parpadean, interrogan, él las sabe leer, me cuenta una historia. Mi historia.

—Tuviste una sobredosis, no bajaste a desayunar así que subí a verte, la puerta del baño estaba cerrada, tuve que forzarla. Te lavaron el estómago y sigues muy sedada, vas a estar confundida unos días pero después de eso estarás bien.

Se abre la puerta de mi habitación, intento enfocarme pero el pelo rubio la delata.

—Está despierta.

—Sí, está desorientada por los medicamentos, pero despierta.

Saskia no se acerca a la cama, se queda a la distancia, pero dice, bien, me alegra, ¿llamamos a alguien?

—Ya lo hice, una de las enfermeras debería llegar en cualquier momento. ¿De acuerdo, Milly?

Asiento, pero no estoy segura de que aguantaré. Párpados, pesados. Mike, un punto. Borroso. El cuarto es un barco. Mareo. Una sombra, reluciente y enorme, una ballena nada debajo, sale a la superficie a mi lado, boca bien abierta. Me asomo dentro. Un error. He cometido tantos. Ellos me miran, con expresiones asustadas, extienden los brazos. Desde mi barco me estiro todo lo posible, quiero salvarlos. Una voz dice "no", nunca lo había escuchado hablar pero creo que es dios, en quien no creo. Él se ríe. Fuerte e implacable. El mar se alborota, no puedo alcanzarlos. Si los cuento, nueve. Dejan caer sus cabezas, saben qué les espera, la ballena cierra la boca, se sumerge. Regreso a lo blanco, al cuarto, demasiado radiante. Una enfermera habla con Mike y Saskia, acompáñenme por favor, aquí está June. La próxima vez que abro los ojos, veo a Phoebe. ¿Es ella? Sonríe para la cámara, cara de perro. No, por favor no, mi voz es un murmullo, no la reconozco. Demasiado tarde. Un flash en mi cara. Eres idéntica a tu madre. Cierro los ojos, los vuelvo a abrir de inmediato pero ya no está, nunca estuvo, mi mente me engaña.

Una tele está montada en la pared, prendida pero sin volumen, en la parte inferior de la pantalla se leen subtítulos. Encabezados sobre el naufragio de un ferry y me da la impresión de ver tu cara un segundo. A mi izquierda una máquina, antes su ritmo era constante, aletargado, ahora incrementa, está pegada a mi corazón, registra una reacción gracias a ti. Intento sosegar mi respiración, pero el pitido acelera, cierro los ojos, sumérjanme otra vez por favor. Miro la tele de nuevo, las noticias terminaron, si no las imaginé, ahora hay un programa de concursos, los competidores inventan palabras.

Intento enderezarme, no tengo fuerza en los brazos. La conversación entre June, Saskia y Mike. ¿A dónde iré? La nueva familia ya no me querrá. No estamos seguros de poder tener a ese tipo de persona en casa, dirán, ¿no será mejor que se quede en donde está? Sí, de hecho sí, ahora lo sé. Quiero quedarme. Una habitación para las dos, para Phoebe y para mí. Por favor.

Volteo a la tele, tu cara llena la pantalla. Debajo, una palabra, parpadeante. Ampliada.

ESCAPÓ

Asientes y sonríes, me dices que vienes por mí. Escucho que alguien grita y me doy cuenta de que soy yo. Me revuelco en la cama, la mariposa en el dorso de mi mano sale volando, igual que otros tubos y cables. La máquina que monitorea mi corazón emite una alarma, un tono continuo y sordo, el cable se soltó, no detecta el ritmo cardiaco. Sin corazón. No puede. Encontrar. Mi. Corazón. Entra corriendo un doctor, tranquila, tranquila, dice, me pega los hombros a la cama. Después Mike y Saskia entran al cuarto. El doctor pide a gritos que alguien traiga Olanzapina, 5 mg IM.

—Ella viene por mí —me escucho decir.

—Milly, nadie viene por ti, estás segura.

Las nueve cositas miran desde una esquina del cuarto, con las cabezas agachadas, ojos llorosos, bocas en ademán triste.

Una bata.

Una aguja.

Sueño.

34

Me transfieren del ala médica a la unidad de psiquiatría adolescente. No será por mucho tiempo, Mike argumentó, una admisión breve y puntual para revisar tu medicación. No más de una semana. Cuando dijo "medicación" no me pudo ver a los ojos, como si fuera su culpa. Cree que a la hora de dispensarla fue muy descuidado.

Una enfermera monitorea todos mis movimientos, lo denominan observación constante. Uno a uno. De la pared fuera de mi habitación cuelga un portapapeles, cada hora, de forma puntual, palomea la hoja.

Baño. Palomita. Almuerzo. Palomita. Viva. Palomita.

¿Me pueden dejar sola? No.

¿Puedo meterme a internet? No.

¿Puedo irme?

Sacude la cabeza despacio.

Esta vez sigo las reglas, incluso me tomo las pastillas que me dan, me ayudan a dormir durante horas y no te veo ni una sola vez. June ha venido un par de veces, dice que han extendido mi estancia con los Newmonts hasta después de Navidad, pero después me mudaré con otra familia. Le pregunto si Phoebe sabe qué pasó. No. Cree que tuviste apendicitis, Mike le contó que tuviste complicaciones pero que volverás pronto a casa.

Cómo lo hará, me pregunto. ¿Cómo le contará a todos quién soy?

La chica en la habitación a mi lado también me visita. Arrulla a un conejo de peluche. Prozac, saluda a Milly. Milly éste es Prozac. Por qué se llama Prozac, le pregunté. Se rio, respondió en tono cantarín, mi psiquiatra también me pregunta. Ayer la chica entró a mi cuarto, se paró al lado de mi cama acariciando las partes rosas de las orejas del conejo y dijo, a mi psiquiatra le dije que se llama Prozac porque me hace sentir mejor.

Josie, sal de la habitación de Milly, por favor, dice una de las enfermeras.

Rápido, dame la mano. Condujo mi dedo por un hoyo en el pelo del conejo, otra panza llena de pastillas. Pero la realidad es que al conejito también le gusta el Prozac, dijo, me guiñó el ojo y salió de mi cuarto dando piruetas.

Pastillitas azules, ofrendas de los dioses o los psiquiatras que las recetan y se creen dioses. Quiero decirle que se las tome, que haga lo que le dicen, pero antes yo era como ella, las escondía. Tómatelas, no te las tomes, placebo al revés es Obecalp. 10 mg de Obecalp para la chica de la habitación número cinco, por favor. En el primer centro de seguridad en el que me quedé aprendí rápido, entendí el lenguaje que empleaban para intentar engañarnos. En retrospectiva, tal vez la tonta fui yo porque después de casi una semana aquí, tomándome las pastillas y hablando con las enfermeras, me siento mejor.

Casi bien.

El panel de altas se reunió hoy. Mike, Saskia y June también vinieron. Un panel en una unidad psiquiátrica es circular, para que te sientas parte de él, no como si te estuvieran entrevistando. Tampoco llevan uniformes. Iguales. Quién decide quién está loco, tus palabras pero no quise escucharlas, así que me concentré en decirle al personal que me sentía segura. Cuando me preguntaron, del uno al diez, ¿qué tan segura te sientes? Nueve de diez, respondí, sigo trabajando en el último número. Sonrisas en la mesa, apreciaron mi intento por bromear.

Se atribuyó la sobredosis al estrés retardado del juicio y la falta de sueño. No es necesario concentrarnos en eso, sigamos adelante, la enfermera en jefe le dijo a Mike, esto no fue culpa de nadie. Se concede el alta, me puedo ir a casa, el viernes 25 de noviembre, una semana antes de cumplir dieciséis. Voy a mi cuarto a empacar mis cosas, ya no me espera una enfermera, estoy viva, no hace falta palomear la lista. Un chico que apenas he visto entra a mi cuarto, se abalanza contra mí, estoy de espaldas a la puerta. Su boca pegajosa con saliva, los efectos secundarios de sus pastillas; no es una sensación agradable cuando está intentando mejorar. Me dice que también vienen por mí, los hombres que entran en su habitación en la noche. Susurra, mira por encima del hombro, no los dejes entrar, dice. Incluso a pesar de lo asqueroso de su boca, la locura en su mirada, fantaseo con besarlo y después decirle que estoy muriendo. De qué, preguntaría, ¿te hicieron algo? No sé, respondería, creo que hace mucho tiempo me pasó algo. Quiero decirle que en la noche no vendrán hombres por mí.

Vendrás tú.

¿Qué tan segura te sientes ahora?

Del uno al diez, tal vez dos.

35

Ayer Mike canceló a sus pacientes del sábado y se tomó el
día libre. En el desayuno preparó hotcakes con tocino y miel
de maple para todas, comimos juntos y, por primera vez, salió
bien. Phoebe parecía contenta, sonriente. Albergué un atisbo
de esperanza, tal vez decidió renunciar a la idea de que tengo
que ver contigo o tal vez lo sabe pero le doy lástima, quiere que
las cosas funcionen entre nosotras. Ella y Saskia salieron por la
mañana, de compras, Mike parecía muy contento. Son las cosas sencillas.

Ahora supervisa mis medicamentos cuidadosamente. El
personal de la unidad psiquiátrica le recomendó que me diera
mis pastillas con una bebida tibia y que me acompañara lo suficiente para que el calor del líquido disolviera la medicina en
mi flujo sanguíneo, lo hace y está bien. Quiero que sepa que
puede confiar en mí. Quiero quedarme.

Cuando Saskia y Phoebe salieron nos reunimos para una
sesión, me preguntó de qué me gustaría hablar. Quería contarle que la semana que pasé en el hospital estuve pensando qué
sabía Phoebe y qué haría al respecto, pero no lo hice, le conté
que en el cuarto de hospital imaginé que mi cama era un barco
y que una ballena había nadado debajo. Le conté que te había
imaginado en la tele, que había visto la palabra "escapó" en la
pantalla. Me explicó que había sido por los sedantes, que crean

alucinaciones. También me pidió que lo buscara si no me sentía segura. Que debía dejar de guardarme las cosas. No queremos que vuelvas al hospital, ¿de acuerdo?

Al final de la sesión me entregó un sobre. Lo abrí, una tarjeta de la profesora James. Mike me explicó que le contó a todos, no sólo a Phoebe, que tuve apendicitis, no le pareció necesario informar a la escuela exactamente qué había ocurrido dado que el semestre está por terminar. Preguntó si estaba lista para volver el lunes. Sí, aseguré, me gusta mucho Wetherbridge, es la mejor escuela en la que he estado. También sé que la profesora Kemp lo sabe, agregó, la directora James me escribió, pero no te preocupes, no le contará a nadie. No, pero tu hija sí, pensé.

Hoy Mike y yo decidimos caminar a los mercados. De camino me dice que envió un correo sobre mi cumpleaños, está preparando un té el próximo sábado en casa, invitó a algunos buenos amigos. Le agradezco pero me encuentro perdida en mis pensamientos, cómo hubiera sido mi décimo sexto cumpleaños de haber estado contigo.

Compramos chocolate caliente de uno de los puestos y la señora que nos atiende me pregunta si me entusiasma la Navidad. Sí, respondo, pero primero es mi cumpleaños. Ella mira a Mike para intentar adivinar mi edad. Al ver a tu papá, diría que tienes diecisiete. Sonrío, casi, voy a cumplir dieciséis. No me importó que se haya equivocado porque cuando dijo "al ver a tu papá", Mike no la corrigió. Quiero sonreírle, pero él está mirando a otra parte, no escuchó lo que ella dijo.

Cuando llegamos le escribo a Morgan para preguntarle si va a venir más tarde. En el hospital no me permitieron usar el teléfono así que cuando me dieron de alta tenía muchos mensajes suyos. Ella también cree que fue apendicitis y espero que no me pida ver la cicatriz. Tengo muchas ganas de verla, de asegurarme de que está bien. La casa sigue en silencio el resto de la tarde. Phoebe no está, seguro está en casa de Izzy, y Saskia está durmiendo la siesta. Mike está en su estudio, según él poniéndose al tanto con su trabajo, tal vez está escribiendo sobre mí.

Intento dibujar pero no me puedo concentrar. No puedo dejar de pensar en Phoebe. No es propio de ella olvidarse de las cosas, no es propio de ella ser comprensible. Desearía poder ir a su cuarto, leer sus correos, pero con Mike en casa es muy arriesgado. Ayer estaba contenta en el desayuno, sonriente. No es porque yo regresé, por supuesto que no, es porque se le ocurrió un plan.

Tengo miedo. Extraño a la enfermera que palomeaba el formulario en el portapapeles, a Josie dando vueltas por ahí. No quiero estar sola. El piso. Inestable. Quiero decirle a Mike que estoy preocupada de que Phoebe se haya enterado, pero no sé cómo. No quiero que sepa que rompí las reglas de la casa, que entré a su cuarto.

No sé qué le diré, pero de todas formas voy a su estudio, me dijo que lo buscara cuando lo necesitara. Estoy a punto de tocar la puerta, la mano en el aire, a mitad de camino, pero lo escucho hablando por teléfono. Dejo caer mi brazo, volteo la cabeza para pegar el oído en la puerta, escucho la plática trivial. Planes para Navidad y Año Nuevo, después lo escucho hablar de mí.

—June, creo que tienes razón, es hora de darle prioridad a Phoebe, sin duda. Lamento que hayamos cambiado de opinión pero ahora que Milly ha vuelto me doy cuenta de que tener a ambas aquí es demasiado, y para ser honesto, empiezo a resentir el cansancio de haberla apoyado durante el juicio y en lo que pasó recién. Todos. No me caería mal un poco de normalidad.

Hace una pausa, June responde.

—Sí, de acuerdo, es demasiado pronto para decírselo, demasiado pronto después de la sobredosis, pero estoy seguro de que lo tomará bien cuando se lo diga. Seré amable.

Me retiro de la puerta. Ya no quiero contarle que tengo miedo. Me dijo que dejara de guardarme las cosas, pero cómo hablar con alguien que no me quiere aquí.

Cuando Morgan llega a mi balcón, verla me conmueve. ¿El hogar es un lugar o una persona? Nos sentamos en la cama, me pregunta cómo me siento y no me pide ver la cicatriz. También le pregunto cómo está, la última vez que la vi estaba herida, ya no tiene inflamada la boca y el raspón en su frente ya cicatrizó.

—Mil, ¿ves que tu libro favorito es *Peter Pan*?

—Ajá.

—También es la película favorita de mi hermana. La semana pasada la vimos en DVD y ¿ves que Peter le regala algo a Wendy para agradecerle? Pues te traje algo.

Lo saca de su bolsillo y me lo entrega. Es un relicario de oro pequeño, parecido a los que he visto en los puestos de antigüedades del mercado. Lo abro, no tiene fotos.

—Pensé que algún día podrías poner mi foto en un lado y la tuya en el otro.

Las dos sonreímos y me doy cuenta de lo mucho que ella significa para mí y de que no tengo que lastimarla para mantenerla a salvo. Está bien tal como está. Se recuesta en mi cama y pregunta si la puedo dibujar. Quiero empezar una nueva serie de retratos, una en donde no tenga que borronear las caras.

36

Mis primeros días de vuelta a la escuela son difíciles, el ruido de la cafetería es mayor, los choques en los pasillos son más fuertes. El miedo eterno de que Phoebe pase la voz. He hecho todo lo posible por mantenerme fuera de su camino, esperando que como por arte de magia se olvide de mí. De quien cree que soy. La espera es peor, no saber que todavía no le ha contado a nadie.

Hoy a la salida, voy al área de casilleros para recoger mis cosas y la encuentro ahí con Marie, quien la invita a Starbucks. Phoebe dice que no, que tiene que hacer unas cosas en su casa.

—Aunque podemos caminar juntas si me esperas un minuto, sólo tengo que leer este correo.

Sonríe cuando revisa la pantalla de su teléfono.

—¿De quién es? —pregunta Marie.

—Nadie —responde mirándome—, es para una cosa que tengo planeada para mañana.

Pudieron a Humpty Dumpty volver a componer.

De camino al Gran Salón le envío un mensaje a Mike, le recuerdo que estaré construyendo los escenarios para la obra hasta las siete. Responde que no me preocupe, que él y Saskia estarán en su oficina celebrando que terminaron la remodelación y regresarán casi a la misma hora que yo. Es complicado mantenerme ocupada, me concentro en dibujar y construir y a media tarde me ofrezco a ir a la tienda cruzando la escuela para comprar botanas para todos, necesitamos un subidón de azúcar. Cuando terminamos una buena parte de los escenarios, justo después de las siete, me doy cuenta de que lo disfruté, una distracción bien merecida.

Salgo con MK, le cuento que he empezado una nueva serie de retratos. Le alegra, hora de seguir adelante, dice. Sí, concuerdo, lo es.

—¿Llegarás bien a casa? —pregunta.

—Sí, gracias, vivo muy cerca.

—Ok, nos vemos mañana Milly.

—Bye.

Estoy a medio camino cuando suena mi teléfono. El nombre de Mike aparece en la pantalla y cuando contesto dice:

—¿Dónde diablos estás?

—Voy camino a casa, estuve…

—No vengas a casa, ¿entendido?

Su voz suena forzada, tensa. No es normal.

—Ve a casa de Valerie, al lado, y quédate ahí hasta que te avise.

—Mike, me estás asustando, ¿qué pasó?

—Haz lo que te digo. No vengas a casa, ¿entiendes?

—Sí.

Conforme me voy acercando, la casa parece normal. No quiero entrar a casa de Valerie, pero ya me está esperando en la calle, me apresura para entrar a su casa.

—¿Qué pasa? Mike me asustó —le digo.

—No estamos seguros aún, pero todo va a estar bien. Vamos adentro, hace frío.

Cada que he escuchado esas palabras —todo va a estar bien—, nunca ha sido así.

No tarda mucho. Primero escucho sirenas que se detienen afuera de nuestra casa. Valerie me lleva a la sala que da al jardín, no a la calle, me pregunta si quiero comer o tomar algo.

—Quiero irme a casa, quiero saber qué pasó.

—Todavía no, cariño.

Voy a casa hasta dentro de dos horas. Valerie prende la tele, hace lo posible por parecer normal. Relajada. Pero cuando David, su esposo, llega, me doy cuenta por las miradas que intercambian. Las noticias son malas. Malas noticias. Suena el timbre, David abre, lo escucho hablar con Mike, lo conduce a la sala. Cuando lo veo me pongo a llorar porque tiene la camisa manchada de sangre, toda la parte de enfrente, y sé qué tipo de mancha deja ese color. Baja la mirada y dice en voz monótona.

—Debí haberme cambiado, no lo pensé.

Su voz es lenta, su cara aterrada. Envejecida. Ahora él también verá rojo en todas partes, es miembro del mismo club que yo.

—Valerie, quizá debamos darles un minuto —sugiere David.

—Por supuesto, lo que necesiten.

Cierran la puerta, la atmósfera en la sala es seria. Cargada. Mike se sienta a mi lado. Me doy cuenta de que le tiemblan las manos. Normalidad, eso había anhelado, según su conversación con June.

—Tengo miedo, Mike, ¿qué está pasando? Por favor dime.

No puede hablar, empieza y se detiene una y otra vez. La boca. Le cuesta pronunciar la infamia que sabe tiene que decir. Por fin dice:

—Un accidente, un accidente horrible.

Se cubre la cara con las manos, también manchadas, todos los dedos. Quiero estirarme y tocarlo pero no quiero que la sangre me toque la piel.

—¿A qué te refieres?

Al principio no contesta, sacude la cabeza, mira la alfombra. Incredulidad. La he visto antes, en el detective al que le di mi primer testimonio. Mike se quita las manos de la cara pero de inmediato vuelve cubrirse la boca después de decir el nombre de ella. Está hiperventilando. Le resulta fácil tranquilizar a los demás, es su trabajo, pero cuando se trata de él, está perdido.

—¿Qué tipo de accidente? ¿Ella está bien?

Respiración entrecortada, se lleva la mano a la corbata que trae puesta. Intenta soltársela. No ayudará, quiero decirle, nada lo hará.

—No, no está bien —dice.

Pero no dice que ella está muerta, aunque tiene la camisa roja. Muy roja.

—¿Qué quieres decir con que no está bien? ¿La puedo ver? Quiero ver si está bien.

Se jala el pelo, se jala la camisa, las manos no se están quietas, aún puede sentir la silueta de su cuerpo. Comienza a mecerse, a murmurar.

—Mike, por favor di algo.

—Se ha ido, los paramédicos se la llevaron, la policía está en la casa.

—¿A dónde se la llevaron?

Voltea a verme, me toma por las rodillas. Manos como garras. La regla "no tocar a Milly", sale por la borda. Quiero quitarme, cerrar los ojos. No quiero ver su expresión cuando dice lo que creo que está a punto de decir.

—Está muerta, Milly, mi Phoebe está muerta.

Después empieza a llorar, quita las manos de mis piernas, se abraza. Los brazos cruzados frente al pecho, se vuelve a mecer.

—No entiendo, la vi en la escuela a la salida.

Se para deprisa. Movimiento para sacudirse la terrible sensación interior, a mí también me ayuda. A veces. Camina a la chimenea y regresa. Balbucea y murmura mientras camina. Va y viene, parece que eternamente, y se detiene, me mira como si hubiera recordado que hay alguien más en la sala. Se acerca, se arrodilla frente a mí, de nuevo se pone el sombrero de psicólogo. Terreno seguro. Sabe cómo desempeñar ese papel, es más fácil, más cómodo que estar en el lado equivocado del dolor.

—Lo siento, Milly, lo siento.

—¿Por qué dices que lo sientes?

—Ya has tenido que soportar tanto.

Después se derrumba, un llanto angustiante, desmedido, cada respiración es un esfuerzo. También me pongo a llorar, su dolor inunda el espacio a mi alrededor. Intento consolarlo, decirle que de algún modo todo estará bien. Estiro el brazo y coloco mi mano en su cabeza. Creo que ayuda pues deja de llorar con tanto ímpetu, se vuelve a sentar sobre los talones y se masajea la sien, se pasa los dedos por el pelo, dos, tres veces. Respira profundo, eso hace, inhala por la nariz, exhala por la boca.

—¿Qué pasó? —pregunto.

—Creemos que se cayó, la policía está investigando.

—¿Se cayó?

—Milly, no puedo revivir los detalles. Por favor, ahora no.

—¿Y Saskia?

En el infierno, creo que ésa sería su respuesta si pudiera decirlo en voz alta, si se atreviera. Percibo whisky en su aliento mientras habla. Dijo que no podía revivir los detalles, pero no lo puede evitar, se le presentan en un *loop*, un disco rayado dentro de su mente. Su teléfono estaba en el piso a su lado, repite. Le dije que no se sentara ahí arriba, que un día se caería. Pero nunca hacía caso. Carajo, nunca hacía caso. Comienza a llorar otra vez, se cubre la cara.

—Mike, no es tu culpa.

Tocan el timbre, se escuchan voces. Tocan a la puerta con delicadeza. Entra Valerie, dice, lo siento, la policía quiere hablar contigo, dicen que pueden ir a casa si quieren. Mike asiente, usa las dos manos para levantarse del sillón, no puede confiar en sus piernas. Valerie sale, dice que esperará en el vestíbulo.

—Deberíamos irnos —dice él.

—Tengo miedo, ¿qué veré?

—No verás nada. Hay una lona en donde ella…

Camina hacia la ventana, apoya la mano en el cristal, mira al jardín, se tranquiliza. Intenta. Voltea a mirarme, dice, tenemos que irnos. Cuando salimos de la sala, Valerie y David esperan afuera, los dos dicen que lo lamentan mucho y que llamemos si necesitamos cualquier cosa, sin importar la hora. Mike asiente.

Lo primero que veo en la entrada para coches es dos patrullas, ninguna ambulancia, ya se fue, dice Mike. Cuando llegamos a la puerta no quiero entrar.

—No sé si puedo, Mike.

—Tenemos que hacerlo, aquí estaré.

Un grupo de oficiales uniformados está de pie en el vestíbulo. Mike me presenta como su hija adoptiva. Uno de ellos asiente y dice que Steve está esperando en la cocina. El piso, se necesitará mosaico nuevo. Agarro a Mike cuando pasamos.

—Estás bien —dice, su mano en mi espalda. Vuelvo a preguntar en dónde está Saskia.

—Los paramédicos le inyectaron algo para tranquilizarla, está en nuestra habitación.

Otro oficial está sentado en la mesa, se para cuando entramos.

—Tú debes ser Milly. Si no te importa, quisiera hacerte unas preguntas. Entiendo que debe ser una impresión terrible.

—¿Puedo quedarme con ella? —dice Mike.

—Desde luego, no tardaremos, son preguntas rutinarias. Por favor siéntense.

Abre la libreta, le quita la tapa a una pluma.

—¿Me puedes decir cuándo viste a Phoebe por última vez?

—En la escuela, a la salida, como a las cuatro.

—¿Cómo la viste?

—Normal, supongo. Estaba ocupada con su teléfono.

—¿Sabes con quién hablaba?

—No, estaba leyendo un correo. Parecía emocionada.

Lo anota en su libreta.

—¿Te contó por qué?

—No.

—¿Dijo que iría directo a casa?

—Eso creo, sí, dijo que tenía cosas que hacer.

—¿Intercambiaron algo más?

—No, yo tenía una junta. Estoy ayudando a diseñar las escenografías para nuestra obra.

—¿Y ahí has estado toda la tarde? —pregunta.

—Sí, éramos como quince y una de las profesoras, la maestra Kemp.

Anota otra cosa en su libreta.

—¿A qué hora saliste de la escuela?

—Salí con mi maestra poco después de las siete, fue cuando Mike llamó.

El oficial mira a Mike, él asiente para confirmar que lo que dije es correcto, a cada minuto se ve más acabado. Sé que ya terminó cuando el oficial cierra su libreta y tapa su pluma. El detalle de las personas.

—Lamento su pérdida. Creo que ya terminamos —dice.

Se detiene unos segundos, una respuesta cortés a partir de lo que ve, estuvo despierto en su entrenamiento, se nota. Al pararse, su silla arrastra en los mosaicos. Mike se encoge, ahora todos los ruidos y sensaciones se intensifican.

—¿Pasarán la noche aquí? —pregunta.

—Tal vez, depende de cómo se encuentre mi esposa. La inyectaron.

—¿Quiere que pida un equipo de limpieza? A estas horas no será un trabajo perfecto, pero lo suficiente para que puedan pasar la noche.

—Si puede, se lo agradecería —responde Mike.

Me tapo los ojos cuando paso por la lona. Mike me dice que me quede en mi cuarto hasta que me diga lo contrario.

Tres mensajes de Morgan en mi teléfono preguntando si estoy bien y por qué hay patrullas afuera de mi casa. Le escribo, le cuento que estoy bien pero que Phoebe no, está muerta, se cayó del barandal. Mierda, responde al instante, era mala pero no le desearía esto a nadie, los accidentes son lo peor.

Sí, contesto.

Lo peor.

37

Llevamos una semana viviendo en un hotel, Rosie ha estado en perreras. La casa ya no se sentía como un hogar, el mármol del vestíbulo necesitaba cambiarse. Sustituirse. La zona, limpiarse a conciencia. Es inevitable imaginar la reacción de Mike y Saskia cuando encontraron el cuerpo de Phoebe. Saskia. Apuesto a que cayó de rodillas, gritó, Mike, a su lado. Pasos. Urgentes. Él habría corrido al cuerpo de Phoebe, para revisar su pulso, por eso tenía las manos y la camisa manchadas. Él se habría desplomado en el piso, cargado su cuerpo. Saskia, muda, conmocionada.

Me preocupan, un reflector alumbra su pena veinticuatro horas al día. Mike experimenta todas las emociones, se mueve más despacio que de costumbre, cada paso le recuerda qué vio. Es el guardián de las pastillas para Saskia, si logra salir de la cama, y para mí, nos las da en las mañanas. Ella se toma lo que él le dé, estira la mano para que le dé más. Duerme todo el día, cuando regresé de mi primer día en la escuela Mike me contó que impongo un sentido de estructura, normalidad. Creí que estaría contenta de escapar, pero quiero acompañarlos. Mike también lo siente, dice que ayuda cuando regreso todos los días.

Durante la noche en el hotel, escucho a Saskia a través de la pared llorar en su habitación contigua a la mía, un ruido triste, infantil. La pena hace eso, envejece con su horror, aunque también apaga, te lleva a un lugar en donde quieres que te consientan y protejan del mundo. Ayer nos dieron autorización de regresar a casa. Hace no mucho hubiera subido directo a mi habitación, hubiera sacado un dibujo tuyo y le hubiera dibujado una silueta a tu rostro, pero no lo hago. Acompaño a Mike en la medida de lo posible, le sirvo bebidas tibias, refrigerios, cuido a Rosie. Soy útil. Le dieron tiempo a Sevita, el que necesite. Desolada, Mike dijo que así reaccionó cuando la llamó un día después de lo ocurrido. Ella y Phoebe eran tan cercanas, recalcó.

Ayer lo escuché llorando en el teléfono, hablaba con su papá en Sudáfrica, muy mayor como para viajar, no llegará al homenaje que se realizará hoy en el Gran Salón de la escuela. Saskia no ha visto a nadie, no llama a nadie, sus padres murieron cuando ella tenía veintitantos, no tiene hermanos. Mike lleva años rescatando chicas.

Ayer llegó una oleada constante a la casa. Voces susurrantes, tarjetas, flores. Amigos. Enemigos. Amienemigos. Ha habido un cambio notorio hacia mí en la escuela, como si la muerte de Phoebe hubiera evaporado un campo de aislación erigido por ella en torno a mí. Clondine me abrazó la primera vez que me vio, lloró en mi cuello. Después fui al baño a enjuagarme sus lágrimas.

Hoy, cuando llegamos al Gran Salón, nos recibe un mar rosa, el color favorito de Phoebe. Sombreros, faldas, una boa de plumas, una hermandad numerosa y rosa. Cientos de ojos nos miran cuando caminamos al frente. Mantuve la compostura en la corte, pero de algún modo esta multitud se siente peor.

La profesora James habla de los logros de Phoebe y el futuro que tenía por delante, hubiera sido exitosa en lo que se hubiera propuesto. Una ola de llanto y de gente sonándose la nariz atiborra el salón. Las chicas se apoyan entre ellas, algunas realmente tristes, otras disfrutan el drama como las adolescentes lo hacen. Clondine le dedica un poema a Phoebe. Las dos últimas estrofas, no se paren en mi tumba a llorar, no estoy ahí, no morí.

Mike sube al escenario, agradece a la escuela por su apoyo. Me siento en su silla y me encuentro a un lado de Saskia. Ojos. Vidriosos, como de muñeca. Distantes. Perdidos. Los químicos te llevan ahí. Izzy termina el funeral tocando la guitarra y cantando "Somewhere Over the Rainbow". Después se sirven bebidas en la biblioteca. Se acerca la maestra Kemp, nos da el pésame, todavía tiene la piel de las manos seca. La gente deambula en los espacios entre los tres, siento manos en mi espalda, hombros y brazos. Hago lo posible por no encogerme. Qué accidente tan horrible, dicen, sí, respondo. Terrible.

Antes de irnos se acerca la mamá de Izzy, pequeña y francesa. Tóxica. Ahora sé de dónde lo saca su hija.

—¿Acaso algo positivo puede salir de esto? Una tragedia sin sentido.

Mike asiente, después ella me mira.

—¿Disfrutaste tu estancia en Wetherbridge?

Pasado.

—Supe que te mudarás pronto. Sas me contó antes de esto.

Saskia no dice nada, el gato le comió la lengua o los químicos que traga diario.

—En fin, *quelle bonne nouvelle*. Magníficas noticias.

Besa a Mike y a Saskia, me ignora. Cuando se va, Mike se disculpa. Asiento, intento parecer valiente, pero en torno a mí ángeles diminutos levantan trompetas diminutas, para Phoebe, no para mí.

Después del homenaje en la escuela, Mike y Saskia fueron al funeral de Phoebe. Un servicio pequeño, familia y amigos cercanos. Mike me dejó en casa de Valerie, me explicó que sería mejor que no fuera, Saskia y él necesitaban tiempo para despedirse. Dije que entendía, pero me decepcionó que aún no me considere familia y sé que es egoísta pensar en eso ahora, pero no lo puedo evitar. Como si me tentaran con una zanahoria. Ya hay espacio para mí.

Viniste en la madrugada, la primera visita en semanas. Dijiste que era hora. Hora de qué, pregunté. No respondiste pero antes de irte mudaste de piel, una silueta escamosa debajo de mi almohada, tan real que ahora me aseguro de que no esté.

No puedo dormir, me descubro abriendo la puerta del cuarto de Phoebe. Su aroma perdura, dulce y seductor. Cierro la puerta. Su cuarto está tal como lo dejó, mochila y fólders en el piso, una copia de *El señor de las moscas* en el buró. Con el tiempo Mike y Saskia revisarán sus pertenencias, desmantelarán su vida. Abro el cajón de su escritorio pero no está su laptop, reviso en el fondo del clóset y dentro de su mochila. A lo mejor la dejó en la escuela, pero casi no se la llevaba. No me gusta que no esté, no me gusta cómo me siento.

38

Se canceló el té para mi cumpleaños, tendría que haber sido el fin de semana pasado pero estábamos en el hotel. Entonces lo celebraremos hoy, el sábado antes de que termine el semestre, una cena tranquila, sin invitados, dijo Mike. Los tres solos. Cuando bajo a la cocina hay un regalo en la mesa para mí. Lo abro. Es un reloj con una inscripción en la parte posterior: FELICES 16 CON AMOR M Y S. La sensación que me dio. Como si perteneciera.

Cuando Mike entra me doy cuenta de cómo se mueve, aún mucho más despacio que antes del accidente de Phoebe. Tareas sencillas como llenar la tetera requieren más esfuerzo, el agotamiento de estar vivo cuando alguien a quien amas no lo está. Se abotonó mal la camisa pero no tengo el corazón para decírselo, así que le quito la tetera y le pido que se siente. Lo hace sin protestar.

Apenas he visto a Saskia, cuando la veo tiene los párpados rojos, inflamados, es como vivir con una de las madres a quien le quitaste algo. Como se debieron haber sentido al saber que nunca volverían a ver o abrazar a sus hijos. Ya que hago una tetera, le pregunto a Mike si le puedo subir una taza.

—Puedes intentarlo, hoy hará un esfuerzo.

Le subo el té a su cuarto, toco a la puerta, no hay respuesta. Vuelvo a tocar, esta vez dice adelante. La habitación está oscura, se filtra un poco de luz natural de la ventana del baño.

El aire está inmóvil. Polvoriento. Está más delgada, ya no ve a Benji, ya no ve a nadie.

—Te preparé té.

Asiente pero no se mueve del borde de la cama, en donde está sentada.

—¿Te lo dejo aquí?

Asiente otra vez, lo coloco en el buró, se le llenan los ojos de lágrimas. La gentileza duele más cuando estás herido.

Se seca las lágrimas, sacude la cabeza.

—La casa está tan silenciosa sin ella. Qué bobada, siempre quise estar en paz y ahora que ya no está lo único que quiero es tenerla aquí.

No digo nada, aún no. He leído artículos en internet sobre qué hacer, cómo ayudar a la gente en duelo. Cosas pequeñas como comida caliente en la mesa, tirar la basura. Ser visible pero no intrusiva, dejar que hablen si eso quieren.

—La extraño, incluso cuando me odiaba. No digas que no me odiaba, todos sabemos que no soy la mejor madre.

Sus dedos repasan los bordes del collar con el nombre. Oro. Sonríe un poco, una sonrisa triste. Parece entender algo. Se arranca la cadena con fuerza, se rompe, le cuelga de los dedos antes de caer en el piso.

—Nunca acerté con Phoebe, en nada.

Me siento a su lado en la cama, tomo una de sus manos, le digo que creo que sí, que es buena madre, le recuerdo el cristal que me compró. Llora, recarga su cuerpo en mi hombro. Nos sentamos así un rato. Siento que sus lágrimas empapan mi playera. No me gusta pero me quedo, esperando que cuando se tome la decisión de mi destino, Mike y ella recuerden estos momentos.

—Debería bañarme —dice.

Asiento y mientras salgo le recuerdo que se tome su té. Cuando Mike me ve, me pregunta cómo está.

—Se está levantando, se va a bañar.

—Qué bien, tuviste más suerte que yo.

—Quiero hacer todo lo posible para ayudar.

—Ya lo estás haciendo, nos has mantenido a flote. Si sólo estuviéramos Sas y yo no estoy seguro de qué sería de nosotros.

Trompetas diminutas se elevan para rendir un homenaje, esta vez para mí.

Un par de horas después tocan la puerta de mi cuarto. Saskia, haciendo su mejor esfuerzo. Lleva una bolsa en la mano. De cosméticos.

—Me gustaría maquillarte, ¿está bien?

Asiento, nos sentamos en la cama, habla mientras me pasa la brocha. Polvo y rubor. Cada que su muñeca pasa cerca de mi nariz percibo un aroma tan femenino que me sonrojo, doble capa de rubor. Con lo que me hace apenas me toca, pero es íntimo. El contacto visual tan cercano es aún muy incómodo.

—Phoebe nunca me dejaba maquillarla, decía que no lo hacía bien, ¿te estoy dejando bien?

Asiento y digo, por supuesto, lo estás haciendo de maravilla, aunque no sé si es verdad.

—Milly, eres muy bella, no creo que lo sepas.

Habla y habla, me cuenta que Phoebe fue un error, que estaba resfriada y olvidó tomarse su pastilla anticonceptiva durante un par de días. Sorpresa. Un bebé difícil, no era fácil tranquilizarla.

Estoy tentada a preguntarle por Benji —cuando se trata con cuidado, un secreto puede ser útil—, supone ventajas. Yo le podría sacar provecho si Saskia cree que estamos estableciendo lazos afectivos, que guardaremos los secretos de la otra, pero por primera vez, me lleva la delantera.

—Milly, me gustaría pasar más tiempo juntas, ¿te gustaría?

—Sí, mucho, pero me iré pronto.

—Mike y yo hemos estado hablando, la casa se siente tan vacía tal como está.

—¿Quieres decir que…?

—¿Qué?

—No importa, me gusta mucho estar con ustedes.

Asiente y sonríe un poco.

—Mike dice que te compraste un vestido, ¿te ayudo a ponértelo?

—No, gracias.

Le pido que traiga una cámara, me gustaría una foto de las dos si no le importa.

Mi vestido. Negro, de manga larga, terciopelo, con falda estilo patinadora, se esponja un poco, me cae en las rodillas. Me pongo mallas y un par de botines con tacón que compré en Topshop con mi mesada, similares a las que he visto que llevan las otras chicas. Me gustaría darle un toque final al atuendo con el collar de oro con mi nombre, pero sé que no estaría bien, así que me pongo el que me regaló Morgan y el reloj de Mike y Saskia y es inevitable sentirme querida.

Ella regresa con la cámara y con Mike. Está descalza, como una niña. Más como una hermana que como una madre.

—Radiante —dice Mike.

Él la abraza de la cintura y aunque ella se quita, sé que esta noche van a coger. Un nuevo comienzo.

Para mi cena de cumpleaños, comemos comida china en la cocina. Mike dice que me veo muy elegante para comida rápida, es el primer chiste que intenta desde la muerte de Phoebe. Lamento que no hayamos salido a cenar, dice, pero ahora no podemos lidiar con ello.

Hay una galleta de la fortuna para cada quien, pero ni Mike ni Saskia abren la suya. Guardo la mía para después, la voy a abrir a solas cuando terminemos. Mike dice que recibió un correo del papá de Joe para preguntar si Joe podía salir conmigo. Saskia asiente, dice, es un chico dulce, lo conozco.

—¿Te parece bien, Milly?

—Sí.

Lo imagino llevándome al cine, sus pecas sonrojándose cuando me despida con un beso, pero después recuerdo en dónde terminan los besos y ya no me gusta mucho la idea.

Me ofrezco a limpiar, le digo a Mike y a Saskia que descansen en el cuarto de estar. Cuando paso por ahí me asomo, están sentados en el mismo sillón. El cuerpo de Saskia está volteado, recarga su espalda en el reposabrazos, mete los pies en el espacio entre los cojines en el centro. Mike se sienta a su lado, su mano en su espinilla.

—Sas, deberíamos prender la chimenea, siempre lo hacemos en diciembre.

—No puedo creer que ya sea diciembre —responde.

Se quedan mirando la chimenea apagada, los dos pensando en lo mismo, en la misma persona. Los dejo así, subo a mi cuarto y le llamo a Morgan. No la he visto mucho desde el accidente de Phoebe, me he concentrado en Mike y Saskia, en llenar el hueco y en hacer amigos en la escuela. Creo que voy bien. Ofrecerme a recaudar fondos para la sala de estudiantes de las de último año fue una jugada astuta, me elevó al instante. Un ave fénix. Defectuosa, pero en ciernes.

Cuando me contesta dice que tiene que hablar en voz baja, su hermanita está durmiendo a su lado, me pregunta qué he hecho. No mucho, le cuento, en la escuela y ayudando en casa. Te extraño, Mil, dice, me cuentas un cuento. Ok, cierra los ojos. Le digo los nombres de las estrellas, los planetas. Hay agua en Marte. Le cuento de las catacumbas en París, un cementerio subterráneo de cráneos. Suena increíble, dice, me gustaría ir, a lo mejor podemos ir un día. A lo mejor, sí. Quedamos de vernos el próximo fin de semana y cuando cuelgo, abro la galleta de la fortuna. El mensaje lee: "SI TIENES ALGO BUENO EN TU VIDA, NO LO SUELTES".

Miro el reloj en mi muñeca y pienso, no lo haré, cueste lo que cueste.

39

Recibimos una ovación de pie por nuestra representación de *El señor de las moscas*. Sustituí a Phoebe, la narradora; al final de la obra las chicas me empujan al frente. Estuviste sensacional, ve, haz otra reverencia. Miro al público y veo a Mike y Saskia aplaudiendo. Mike me mira raro, no me quita los ojos de encima. Tampoco sonríe.

Cuando termina la obra, me ofrezco a recoger la utilería. Clondine y yo nos vamos al mismo tiempo. Se detiene y mira el cielo.

—Qué triste.

—¿Qué?

—Este viernes es el baile de Navidad, el favorito de Phoebe. Le encantaban los vestidos elegantes y ponerse el abrigo de piel de Saskia.

También digo que es triste, porque lo es.

De camino a casa veo la página de noticias de la BBC. Han pasado semanas sin noticias tuyas, pero esta noche, un encabezado. Demolerán nuestra casa, plantarán un jardín comunal. Nueve árboles. Ya no vienes a mi cama, ya mudaste de piel. "Es hora", dijiste. Ahora entiendo a qué te referías, a que ya no me necesitaba. Una mezcla de felicidad y tristeza. Sobre todo, aceptar las cosas que he hecho. Las hice para ser buena, lo prometo, aunque hayan sido malas.

He estado practicando qué decir en caso de que vuelvas. Esto es lo que diría.

Nunca pedí una madre que me silbara con lascivia, que se riera cuando yo intentaba negarme, te diría, te equivocaste cuando te parabas detrás de mí en el espejo y me decías que nadie me amaría más que tú, porque creo que Mike y Saskia lo harán con el tiempo. Te diría, tenías razón, mis entrañas son diferentes a las de los demás.

Tienen una forma extraña, deforme.

La forma que les diste. La forma con la que estoy aprendiendo a vivir.

La noche de tu arresto, te vi y asentí. Sabías a qué me refería. Te estaba diciendo que te abandonaría. Estaba lista. Aunque tú no, ¿cierto? Nunca te gustaba cuando terminaba un juego, siempre querías seguir jugando. El juego que me obligaste a jugar, ir a la corte, el más público que habíamos jugado hasta entonces. Tu última oportunidad, una muestra de qué tan bien me educaste. No fue un camino de rosas, no, tampoco jaque mate. Fue como mirar al sol directamente. Cegador. Sin sombra.

Tu voz, para mí, fue una gota de morfina. Mancillaba, incapaz de transmitir alivio y consuelo, sino miedo y tentación. Me alegra que ya no te escucho ni te veo en lugares en los que sé que no puedes estar, como de pie en la parada del autobús cerca de la escuela.

Las cosas que hiciste, las cosas que me obligaste a hacer, me rompieron el corazón.

Tú me rompiste el corazón.

Tú me doblegaste.

Tú nos doblegaste.

A ti.

A mí.

Por eso tengo secretos, tantos secretos.

No soy quien digo que soy.
Folie à deux, locura que comparten dos personas.
Niegan.
Manipulan.
Mienten.
Mami, creí que podía elegir.
Pero resulta que soy como tú.

Sólo que mejor.

Ya no me interesa ser mejor.

Sino
Que
No
Me
Atrapen.

40

En cuanto abro la puerta principal sé que algo está mal. Es por el lugar en dónde está parado Mike, en medio de los mosaicos en donde ella aterrizó. Por qué está ahí parado cuando lleva una semana o más sin poder verlos, mucho menos pararse sobre ellos.

—Necesito que vengas al estudio. Ahora mismo —dice.

Cuando entramos no me pide que me siente, se para más cerca que de costumbre, me mira a los ojos. No creo que le gusta lo que ve porque se aparta, se sienta en su escritorio, murmura para sí. En su escritorio tiene una botella de whisky, le queda más de un tercio, y un vaso. Se empina el vaso, se sirve otro enseguida. Me siento en silencio en el sillón que desde hace un par de meses ha sido mío. Y espero.

Sus palabras, cuando las pronuncia, me lastiman.

—Me advirtieron sobre ti. La gente me llamó estúpido, incluso imprudente. Tenerte aquí sólo podría traer problemas, pero no escuché. Creí que podría con ello.

Las pirañas han vuelto. También el pez de la suerte, comienza otro juicio.

—Creí que sabía todo de ti, tal vez no todo, pero casi todo. Creí que confiabas en mí. Yo confié en ti, por amor de dios, te recibí en mi casa.

—Mike, confío en ti.

Da un puñetazo en el escritorio, salto. No es nada comparado con lo que tú hacías pero viniendo de Mike, amable, comprensivo, se siente brutal. Está enojado conmigo. Empieza a despejar su mente, el dolor confunde, es una neblina. Se cierne cerca del piso, oculta el paisaje. Oculta la realidad.

—No me mientas, de haber confiado en mí me habrías contado.

—¿Qué?

Hace una pausa, se toma un trago de whisky, arquea los dedos en el escritorio. Tarántulas gemelas, listas para atacar.

—En nuestras sesiones, las cosas que dijiste. En desorden. Inconsistentes. Eras tan difícil de guiar. Odiabas que te preguntara, intenté no decir su nombre pero sabía que algo sobre la muerte de Daniel te inquietaba más de lo que debería. Cuando te pregunté, con insistencia, repetías la misma historia y yo te creí. Hasta cierto punto quería hacerlo, habías pasado por tantas cosas, pero ahora ya no estoy tan seguro. No estoy seguro de nada.

Relaja los dedos en el escritorio, más pianista que araña. El whisky también es una neblina, una que confunde la mente hasta que ya no sabes qué creer. Por favor bebe más, Mike.

—Lo que dijiste en la corte, sobre lo que pasó esa noche, ¿es cierto, Milly? ¿Tu madre mató a Daniel? ¿Lo mató?

—¿Por qué crees que estoy mintiendo?

—Porque lo haces, ¿no es así? Mientes. Me mentiste, ¿verdad? Me mentiste sobre Phoebe cuando dijiste que se llevaban bien.

—Es cierto.

Empuja un pisapapeles de cristal de su escritorio, choca con la pared, no se rompe, abolla la pintura y aterriza en el piso con un golpe seco.

—Mike, me estás asustando.

—Pues tú me asustas, ¿lo sabías?

Ahí está. La verdad. Su verdad. Le infundo lo mismo que a todos los demás. Que a mí misma. Bajo la mirada.

—Lo siento, Milly, eso fue innecesario.

Se toma otro whisky, arregla el marco del lado derecho de su escritorio. La primera vez que vi las fotos en el marco me sentí celosa y solitaria. Un collage de Phoebe en diferentes etapas de su vida. Rubia, perfecta y hermosa, no contaminada como yo. Él sacude la cabeza, le sonríe a su hija. No con cariño, sino tal vez con remordimiento. ¿Remordimiento por qué? Aunque ya no está, aún está en todas partes, en los espacios y huecos que se supone ahora son míos.

Suena el teléfono de su escritorio, lo mira pero no lo contesta.

—Es June. La llamé mientras te esperaba pero no contestó. Sabrá que algo anda mal, nunca la llamaría a estas horas.

—¿Por qué la llamaste?

—Estoy escribiendo un libro sobre ti, ¿sabías? ¿No? Pues así es. Sólo se me ocurrió hacer eso. Qué estúpido y arrogante.

No me cuenta por qué llamó a June, pero siento que el lugar que he labrado en esta casa a base de manipulación desde la muerte de Phoebe, se empieza a disolver frente a mí. Arenas movedizas. Me hundo.

—Ya puedes dejar de fingir, Milly, lo sé.

Ni todos los caballos ni hombres del rey.

—Llevaba meses, ¿verdad? Facebook, el foro de la escuela. Mensajes de textos. Ayer la policía regresó el teléfono de Phoebe. Llevaba meses acosándote.

Sé lo que piensa, que todos los caminos llevan a mí.

—¿Por qué no me contaste? Dios, pasamos bastante tiempo juntos.

—No quería preocuparte ni causar problemas. Creí que Phoebe y yo terminaríamos siendo amigas, incluso hermanas.

Abre uno de los cajones de su escritorio, saca algo, primero lo mira y luego lo levanta y lo coloca frente a él.

La laptop de Phoebe. Mike la tenía.

—Ella no sospechaba que yo sabía —dice.

—¿Qué?

—De Sam.

—¿Quién es Sam?

—¿Me estás diciendo que no sabías, que no te habías enterado en la escuela?

—No.

Me pregunta si estoy mintiendo. No respondo porque sí estoy mintiendo, pero sólo porque tengo mucho miedo de decir la verdad. Me lo impiden los destellos de lo que podría ser una nueva vida para mí aquí. Tan cerca. Si pudiera salir viva de esta tormenta, si pudiera convencerlo.

—Conozco a su papá desde hace mucho. Estudiamos juntos, nos mantuvimos en contacto cuando se mudó a Italia, los vimos en el verano. Todos nos reímos un poco a sus espaldas, un romance a la distancia. La mamá de Sam había visto algunos correos, pero no todos. No en los que Phoebe le contaba que sospechaba de ti.

—Creí que no sabía.

—Pues sí sabía.

Cierra los puños, los abre. Los cierra. Alcanza la botella de whisky, se sirve, se lo toma y ya no se sirve más. Me gustaría que siguiera, su crispación y habilidad para razonar empiezan a suavizarse gracias a la calidez del alcohol. Se nota.

—Ella me buscó hace tiempo, me dijo que había visto unas notas sobre ti en mi estudio mientras buscaba un libro. Intenté convencerla de lo contrario, pero se enojó tanto, dijo que siempre le daba prioridad a mis pacientes. Ya no podía mentirle, no quería, así que le conté y quedamos que no diría nada y cumplió, por lo menos en la escuela, sólo le contó a Sam.

—Lo siento, Mike.

—Te has disculpado mucho desde que te conozco. ¿Por qué esta vez?

No espera a que responda, la conversación es más consigo que conmigo. Está intentando ordenar sus ideas. Organizarlas, archivarlas. Asegurarse de que no se equivocó, fatalmente.

—Tenía planes para exhibirte. Lo dice en un correo que le escribió a Sam, el último que mandó a la salida de la escuela el día de su muerte. Compró un teléfono de recarga, iba a mandar mensajes anónimos, revelarle a todos quién eras. Carajo, cómo no me di cuenta de lo infeliz que se sentía.

—Mike, no es tu culpa.

Asiente varias veces, pero de algún modo parece que sí, responde. Mira la laptop de Phoebe, mira el marco otra vez. Empieza a llorar, me duele verlo tan de cerca. El daño que he causado, un terrorista en su familia que cambia de forma cada que es necesario.

Cuando se da cuenta de que estoy llorando, dice:

—Sueles ser muy buena ocultando tus sentimientos.

—¿A qué te refieres?

—El acoso debió haberte dolido, entristecido. Molestado. Sin embargo, nunca lo demostraste. Sabía que Phoebe y tú no eran cercanas, pero nunca me di cuenta de que hubiera hostilidad entre ustedes, no había motivos para preocuparme.

Se que está mintiendo. Se dio cuenta así como se da cuenta de que Saskia navega entre sus emociones. Ebria, drogada, deprimida. Repite. Ebria, drogada, deprimida. Su ciudad esmeralda en casa, jodida. Si fuera honesto consigo, si fuera valiente, admitiría que le convenía no darse cuenta, no reconocer la tensión entre Phoebe y yo. Me quería aquí, me necesitaba. Para entrar a mi mente, una oportunidad de oro, una que nunca se presentaría otra vez. Como dije, las asesinas son una excepción.

—Te lo ocultamos, las dos.

—Tuve que haberlo visto. Absorto en el maldito trabajo y…

—Escribiendo sobre mí.

Asiente, responde, sí y a qué precio.

—¿Por eso te sientes mal, sientes que debiste haber pasado menos tiempo conmigo y más con Phoebe?

Se recarga en su silla, apoya su cuerpo en el cuero. Sé cómo se siente cuando no quieres hablar de ciertas cosas pero te insisten. Nadie quiere hablar de las cosas de las que se siente culpable.

—Mike, Phoebe te adoraba. Se notaba.

Sacude la cabeza, al borde de las lágrimas, ahora le toca a él.

—Clondine me lo contó en la fiesta de Matty, Phoebe te idolatraba, te consideraba el mejor papá del mundo.

—Cómo, si estaba demasiado ocupado, demasiado preocupado por los problemas de los demás.

—Eso le encantaba de ti. Que intentaras ayudar a los demás.

Mis palabras ungen, frotan aceite y bálsamo relajante en su pérdida, su culpa. Me doy cuenta de que la partida empieza a cambiar ante mis ojos. Me paro, me acerco a su escritorio, le sirvo otro whisky. Tómatelo, le digo, te ayudará. Lo hace, ya se acostumbró a mi ayuda. Me he esforzado mucho para que él y Saskia crean que no pueden estar sin mí. No quieran. Me mira mientras me siento. Recojo el cojín de terciopelo azul que puso en el sillón en nuestra primera sesión. Lo agarro y me lo llevo al pecho. Desencadenará una respuesta, le recordará que sigo siendo una niña, alguien que necesita cariño y cuidados. Dirección. Activará su deseo, su necesidad de ser necesitado. Debajo de sus camisas costosas se oculta un complejo de héroe. Orgullo. Una caída estrepitosa si te equivocas con alguien como yo.

326

—Milly, dije cosas que no debí haber dicho. Lo siento. Creí que había descubierto todo, creí que sabía.

¿Que sabías qué? ¿Por qué llamó June?

—Esta noche la maestra Kemp me dijo que agradecía mucho tu ayuda con el diseño de los escenarios, dijo que te habías esforzado mucho en la última junta, que incluso saliste a comprar refrigerios para todos. Desde la muerte de Phoebe no había podido pensar claramente, hasta hoy.

—Mike, estás cansado de cuidar a todos.

—Por eso llamé a June, quería hablar con ella de algo. Entonces lo tenía tan claro, pero ahora ya no sé. Creo que estaba buscando culpar a alguien y me avergüenza admitir que pensé en ti.

Pasa el dedo por el borde del vaso, hace una pausa y me mira.

—Le pregunté a la maestra Kemp a qué hora saliste a comprar los refrigerios. No estaba segura, había tanto que hacer, pero dice que saliste como cinco minutos.

Cómo saberlo, su noción del tiempo es caótica.

—¿Es cierto?

—¿Qué?

Pregunta en voz baja, despacio.

—¿Te fuiste nada más cinco minutos?

Normalmente quiere oír la verdad, pero esta vez el camino no sólo desemboca en mí, también en él. Demasiado absorto y obsesionado conmigo, en escribir de mí. El libro tiene un final distinto, uno que no quiere escribir. No sólo me invitó a tomarme un té, me invitó a vivir con él, con su familia. Nunca se recuperaría personal ni profesionalmente si se sintiera responsable por haberme juzgado mal, o si lo acusaran de haberlo hecho. Lo sabe tan bien como yo. Tanto que perder, ya ha perdido tanto.

Asiento.

—Sí, volví en unos cinco minutos. Fui al puesto de periódicos cruzando la calle.

—¿Nada más? ¿No fuiste a ninguna otra parte?

—No, Mike, no fui a ninguna otra parte.

Nos quedamos sentados en silencio. Me esfuerzo por mantener contacto visual. Él aparta la vista primero, se inclina, cierra la tapa de la botella de whisky, una señal de que por hoy ya está bien. El detalle de las personas, los detalles que observo.

—Milly, es tarde, deberías irte a dormir. Necesito estar solo.

Doy vuelta en la puerta antes de salir de su estudio. Una de sus manos descansa en la laptop de Phoebe, la otra en el escritorio, los dedos señalan, quizá inconscientemente, al teléfono.

—Mike, tienes que darme mis medicamentos, a Saskia también. Te necesitamos.

Sube veintiocho. Otro piso.
El barandal a la derecha.

Si no hubiera visto el mensaje en la pantalla de su teléfono
abandonado
junto a la tetera durante el desayuno, y a Phoebe en la mesa.
Todo hubiera sido diferente.
Todo.
"Ay, ya perra, ¿cómo que mañana es el día D para
Cara de perro?", leía el mensaje.
Remitente: Izzy
Salí del Gran Salón donde pintábamos los decorados para
comprar
botanas para todos.
Cierto.
Sólo fui al puesto de periódicos.
Falso.
Corrí, cinco si te apuras, menos si corres de verdad.
Subí las escaleras, veintiocho, otro piso, el barandal
a la derecha. Ella estaba ahí. Gritó cuando me vio.
Bú.
Se metió a su cuarto, cerró la puerta de una patada,
la seguí. Salte, dijo ella. No te me acerques.
Me acerqué un paso. Qué haces, preguntó.
Otro paso. Me empujó al pasar, dijo, le voy a llamar a papá.
No la perseguí, hubiera bajado corriendo las escaleras,
no quería eso. Salí de su cuarto. Estaba en el descansillo,
medio sentada, medio recargada en el barandal.
Su lugar seguro, desde donde disfrutaba atormentar a su madre.

Huellas, suyas, visibles en el barniz. El sudor del miedo,
saliendo por sus poros.
Se desbordaba. Estaba a punto de apretar el botón de llamar.
Distraída.
Ella, no yo.
Otro paso al frente.
Cuando alguien dice te vas a matar. Créele.
Sólo tardó un segundo.
Cayó en silencio.
Los mosaicos españoles se tiñeron con un color nuevo, su pelo
también.
Regresé corriendo, llegué con botana del puesto de periódicos
para todos.
Las preguntas del oficial más tarde esa noche. Preguntas
rutinarias, dijo.
Ningún entrenamiento los prepara para el potencial de los niños.
Ah, El señor de las moscas.

Prometí ser lo mejor que pudiera ser.
Prometí intentarlo.

Mike.
Un hombre amable.
Le conté todo.
Bueno.
Casi todo.

Discúlpame.

Agradecimientos

Para los niños y adolescentes bajo mi cuidado; fue un privilegio. Fueron muy valientes y sin ustedes no existiría la base de este libro. Al equipo con el que trabajé en el curso de los años; por las risas, cuando muchas veces pudieron haber sido lágrimas. Una mención especial al equipo en YPU, en Edimburgo, mi primer trabajo después de titularme. Sigo sin entender cómo sobrevivimos a esos turnos nocturnos.

A mi agente Juliet Mushens por descubrirme y convertirme en una realidad. Por ser la lectora más rápida que conozco y por su hermoso ojo crítico. Eres un bólido, la mejor para negociar y una amiga para siempre. Qué afortunada soy de conocerte.

Saludos a Sarah Manning —dinamita pura para la organización—, sin tus Post-its hubiera estado perdida. Y a Nathalie Hallam por el relevo. Para todo el #TeamMushens, gracias por su apoyo.

A Jessica Leeke, mi editora en Michael Joseph. Porrista, ojo de águila, ancla. Me presionaste para que me esforzara. Me hiciste ser valiente. Ellie Hughes, mi publicista, por saber exactamente qué hacer conmigo y por mitigar mi hiperactividad. A Hattie Adam-Smith por ser la fuerza creativa, divina, relajada y resistente, detrás de todo lo de *marketing*. Equipo de ensueño. Hago extensivo el agradecimiento a todo el equipo en Michael Joseph y Penguin HQ. Muchas personas que hicieron tanto, con tanto cariño y entusiasmo. Qué maravilla que te acoja un equipo así. Gracias a todos.

A Christine Kopprasch, mi editora en Flatiron US, por creer no sólo en este libro sino en mí como escritora. También gracias al resto del equipo de Flatiron y a Sasha Raskin, mi agente en Estados Unidos.

A Alex Clarke, implicado en la adquisición de este libro. Karen Whitlock por su enfoque sensible y reconfortante en la corrección. A Richard Skinner por decirme: "No te preocupes, Ali, confía en tu instinto". Lo hice y este libro es el resultado.

A mi familia con amor.

Y por último, ¡al clan! Dispersos en todo el mundo y sin quienes nunca hubiera tenido el valor de embarcarme en este viaje. Son muchos y hay mucho que agradecerle a cada quien. Así que gracias a todos por el color, la creatividad, las aventuras y la magia que le dan a mi vida todos los días. Y por quererme tal como soy, a pesar de todo. Son personas brillantes, especiales, los adoro. Gracias, gracias, gracias, un millón de veces.

Esta obra se terminó de imprimir
en el mes agosto de 2024,
en los talleres de Impresos Santiago S.A. de C.V.,
Ciudad de México.